Sur l'auteure

Amy Jo Burns a grandi en Pennsylvanie. Elle est l'auteure d'un mémoire dénonçant un scandale sexuel survenu dans sa ville natale. *Les femmes n'ont pas d'histoire* est son premier roman.

AMY JO BURNS

LES FEMMES N'ONT PAS D'HISTOIRE

Traduit de l'anglais (États-Unis)
par Héloïse Esquié

10/18

SONATINE ÉDITIONS

Titre original :
Shiner
Éditeur original : Riverhead Books, une maison
du groupe Penguin Random House LLC.

ISBN 978-2-264-07947-3
Dépôt légal : février 2022

Pour mes parents,
qui m'ont donné
tout ce qu'ils n'avaient jamais eu

L'univers n'est pas constitué d'atomes,
mais d'histoires.

Muriel Rukeyser, *The Speed of Darkness*

HISTOIRE VRAIE

Fabriquer du bon *moonshine*, c'est un peu comme raconter une bonne histoire, or personne ne raconte les histoires mieux qu'une femme. La femme sait que les légendes et l'alcool sont meilleurs concoctés à l'arrière d'un pick-up après la tombée du jour, et elle sait raconter lentement, distillant son récit comme le whisky qu'on fait couler goutte à goutte à travers le tamis. Le *moonshine* doit son nom au fait qu'il passe sa vie dans la pénombre, et personne ne comprend ce destin mieux que moi.

Par-delà ces collines, les miens sont connus pour le mordant de leur gnôle et la pauvreté de leurs cœurs. Overdoses, opiacés, chômage. Les gens nous préfèrent comme ça – la bouche anesthésiée, les dents jaunies par la clope, l'esprit engourdi par les bonbonnes de whisky et les bibles cornées. Mais ce n'est pas le fond de l'histoire, en vérité. Voilà le secret de la beauté des routes de Virginie-Occidentale : la peur que Dieu nous ait oubliés. Nous vivons dans un dépotoir créé par le charbon, où les trains dévorent des kilomètres de rails. Les hommes de chez nous glissent des serpents entre leurs doigts le dimanche matin et prient Dieu de se montrer à eux pendant que leurs femmes lavent leurs caleçons. Et voilà mon secret, à moi : mon père n'était pas seulement l'un de ces hommes. Il était le meilleur.

Depuis que ses péchés ont été ébruités jusqu'au pied des montagnes, les gens font le détour dans l'espoir d'apercevoir un héros déchu. Ils s'imaginent que cet avant-poste de la mine, ratatiné depuis que les barons du charbon l'ont réquisitionné il y a quarante ans, dans les années 1970, recèle toujours la clé des miracles de mon père. « BIENVENUE À TRAP », annonce le nouveau panneau à l'entrée de la ville. Ce qu'il ne dit pas : « VENEZ TOMBER AMOUREUX. VENEZ CRAINDRE POUR VOTRE VIE. » Les étrangers me demandent ce que je peux leur raconter sur le manipulateur de serpents et sa femme. Ils veulent des mythes, des légendes. La vérité ne les tente pas.

« C'est une histoire vraie, je commence, juchée à l'arrière d'un vieux pick-up. Je le jure. »

Puis je leur raconte que ces bois peuvent se révéler inquiétants ou romantiques, selon l'entourage qu'on se choisit.

C'est une soirée d'automne, et le feu est allumé. Les *moonshiners* apportent en douce leurs dernières cuvées de whisky, pendant que des jeunes femmes comme moi racontent de vieilles histoires. Le soleil se couche tôt. Juste à la sortie de Trap, vous me trouverez au milieu d'une constellation de pick-ups à quatre roues motrices, dans les bois, derrière le vieux Saw-Whet Motel. Les montagnes dans mon dos.

Quand a commencé l'histoire de la fille du manipulateur de serpents, je venais juste d'avoir quinze ans. À l'époque, je ne savais pas grand-chose du monde extérieur, car mon père me le cachait. *Nous appartenons à une civilisation orale*, disait-il toujours, *et elle est en train de mourir*. Il accusait le charbon, il accusait l'héroïne. Il ne s'accusait jamais, lui. Il était persuadé de posséder les seules histoires méritant d'être racontées, et il n'avait jamais compris ce que ma mère avait fui toute sa vie pour la seule raison qu'elle était née femme.

La vérité s'aigrit si elle s'attarde trop longtemps dans nos bouches. Les histoires, comme les bouteilles de *moonshine*, sont faites pour être distribuées.

PREMIÈRE PARTIE

LA FILLE DU MANIPULATEUR DE SERPENTS

DU PAIN ET IVY

Ça a commencé par une flambée, comme les histoires de Moïse que racontait souvent mon père. Moïse, disait-il, n'était qu'un humble berger qui se cachait dans les collines, jusqu'au jour où il avait escaladé une montagne et trouvé un buisson ardent. Et il n'avait plus jamais été le même. Mon père avait une histoire tout aussi magique, celle de l'origine de sa vocation d'homme de Dieu. Le plaisir qu'il prenait à la raconter était proportionnel au regret qu'avait ma mère d'y avoir cru un jour.

Elle, de son vivant, ne m'a jamais raconté sa propre histoire. Je l'entendais souvent chuchoter à sa meilleure amie, Ivy, qu'elle aurait aimé qu'on ne la voie pas seulement comme la femme de Briar Bird. Cet aspect de notre vie dans les collines, je le détestais – les hommes de la montagne tenaient la barre de leur propre histoire, et les femmes leur tenaient lieu de rames. J'ai demandé un jour à ma mère si elle avait déjà vu ce qui s'étendait au-delà des falaises, et elle m'a conduite au point culminant de nos champs, qui donnait sur le ravin derrière le cabanon à serpents de mon père. Au loin, j'ai aperçu deux crêtes de pierre pointues qui s'élevaient de la forêt. Toute ma vie, ces montagnes avaient veillé sur moi. Ma mère s'est agenouillée à côté de moi, a passé un bras autour de ma taille.

« Il y a deux façons de voir une montagne, m'a-t-elle dit en protégeant du soleil ses yeux noisette. La vue *depuis* le sommet et la vue *du* sommet. »

Ivy est arrivée derrière elle, suivie de trois de ses garçons. « Du sommet de notre montagne, les collines de Virginie-Occidentale s'inclinent à tes pieds. Mais depuis le bas, c'est toi qui t'inclines aux leurs. »

Ma mère a rattrapé une mèche de ses cheveux bruns qui dansait dans le vent. Sa tresse arrivait plus bas que la ceinture de sa jupe, dans laquelle elle fourrait le cran d'arrêt à manche nacré qu'Ivy lui avait offert bien avant ma naissance. Ivy a posé une main sur l'épaule de ma mère. Leur accord était tacite, hanté par des promesses qu'elles avaient juré de tenir.

Tout a changé quand Ivy s'est brûlée. Ce matin-là, peu de temps après mon quinzième anniversaire, par la fenêtre de ma chambre, j'avais aperçu mon premier renard de l'été. Il gambadait dans le soleil, et moi, je guettais l'arrivée d'Ivy, avec son air renfrogné habituel et ses cheveux blonds tremblant sur ses épaules.

Ivy était la seule femme à savoir comment se rendre à la cachette de mon père après les pins. Nous habitions en haut du flanc ouest de la montagne, juste en dessous des crêtes et des plus hauts plateaux à des kilomètres à la ronde, dans un carré de prairie appelé Violet's Run. Chaque jour, Ivy grimpait la colline touffue pour venir à notre cabane, car elle et ma mère ne pouvaient survivre l'une sans l'autre.

C'était comme ça depuis leur enfance. Leurs vies étaient une seule et même vie, vécue deux fois, sauf qu'Ivy avait quatre fils et un mari, Ricky – qui se droguait au whisky et se soûlait à la came, comme aimait dire mon père. Ivy et ma mère avaient grandi ensemble, elles étaient allées à l'école ensemble, elles étaient tombées amoureuses ensemble. Ce lien était la seule chose que j'aie jamais enviée à ma mère. Je voulais une Ivy, moi aussi. Pareil pour mon père.

« Du pain et Ivy, disait-il avec son sourire de prêcheur. C'est tout ce dont ta maman a besoin pour survivre. »

Mon père se jetait à corps perdu dans les choses qu'il aimait – ses serpents, ses bois, sa femme. Chaque fois qu'Ivy venait avec ses garçons, il allait se retirer dans son cabanon à serpents à côté de la falaise. Il ne supportait pas de partager ma mère avec quiconque – pas avec Ivy, pas même avec moi.

Le jour du feu, Ivy est arrivée si tôt qu'il lui a fallu retrouver notre cabane à l'aveuglette dans le brouillard. Nous habitions au sommet d'un chemin de terre glissant, et notre toit gris s'effaçait dans les arbres mourants au-dessus de lui. Aucun étranger n'avait jamais repéré la route de chez nous, dissimulée derrière un marais et un bosquet de sapins baumiers. C'était ce que voulait mon père – être à moitié là, à moitié pas. La cabane penchait un peu sur ses poutres, prête à se faire souffler. Même sans un pet de vent, l'ossature de la maison gémissait.

Nous étions en juin, et je guettais Ivy à la fenêtre, comme toujours. Dès qu'elle a dépassé le sommet de la colline avec ses trois plus jeunes fils, j'ai couru dehors pour les accueillir. La veille, ils n'étaient pas venus. Ma mère et moi, nous avions attendu toute la matinée, puis nous avions mangé le pain de maïs et la mélasse que nous avions préparés et replié les nattes de pique-nique que nous avions étalées pour nous asseoir tous les six dans l'herbe haute. Je voulais savoir pourquoi ils nous avaient fait faux bond, mais Ivy ne semblait pas d'humeur à répondre à des questions. Sa peau était luisante de sueur, et elle n'a pas émis un son en se dirigeant vers l'arrière de la maison, où ma mère remuait un baril de savon.

Ma mère aimait s'occuper les mains. Elle fabriquait du savon, cousait des robes, faisait des vagues dans l'eau du ruisseau. Ces mains-là ne se calmaient qu'à l'aube, lorsqu'elle allait se planter dans notre champ et scrutait l'horizon comme si elle s'attendait à voir Jésus en personne le traverser. Elle était nerveuse, et Ivy était la seule personne qui puisse la faire tenir tranquille.

Devant la cabane, les fils d'Ivy me regardaient fixement.

« Vous êtes allés où, hier ? j'ai demandé. On vous a attendus jusqu'à midi. »

Henry, le deuxième fils d'Ivy, a haussé les épaules.

« Nulle part, a-t-il répondu en regardant derrière la maison, vers l'appentis que mon père avait construit au bord du ravin. On peut aller au cabanon à serpents, aujourd'hui ?

— C'est pas des jouets. Tu le sais.

— T'en as déjà soulevé un, non ? »

J'ai secoué la tête. « Jamais de la vie. »

Le troisième fils d'Ivy, Job, s'est tourné vers moi : « T'as peur ?

— J'ai jamais peur.

— Menteuse. » Henry a touché la queue de rat à l'arrière de sa tête. « T'as peur de te faire mordre.

— Henry. » J'ai ajusté son col tandis que Pony, le plus petit, jouait avec le bout de ma tresse. « Si t'es si courageux que ça, va frapper à la porte de ce cabanon à serpents, et regarde mon père dans les yeux. »

Les gens détestaient regarder mon père. Un mauvais orage, dans son enfance, avait endommagé un de ses iris bleus. Officiellement, il en était resté aveugle de l'œil gauche, mais les gens croyaient qu'il y voyait tout de même. Il s'en fichait, de ce que pensaient les autres. Il gardait ses serpents dans des caisses. Les reptiles puaient, et avaient besoin de manger de la chair vivante pour survivre. On en avait cinq.

« Les gens à l'école, dans la vallée, ils disent que vous êtes bizarres, a dit Job. Que ton papa, il t'enferme avec les serpents.

— Je suis pas si bizarre que ça », ai-je répliqué, même si je l'étais.

Le premier lundi du mois, ma mère et moi, on allait en ville acheter des provisions avec l'argent de la dîme que touchait mon père pour ses prêches. Notre liste de courses ne variait jamais – farine et semoule de maïs pour faire du pain, haricots, lait, oranges et pêches en boîte. Cuisses de poulet et sucre quand on pouvait se le permettre.

Chaque excursion à Trap nous catapultait dans le temps. Mon père obéissait aux rituels de la loi de la manipulation des serpents, c'est-à-dire qu'il se comportait comme si nous vivions encore dans les années 1940, plutôt qu'à l'ère d'Internet et des téléphones portables aux possibilités infinies que je ne comprenais pas. À l'époque, George Went Hensley avait convaincu les gens de la montagne que soulever des serpents était la seule vraie façon d'adorer Dieu. Quotidiennement, mon père levait ses bestioles vers le ciel et disait une prière dans une langue que personne ne pouvait interpréter. Son visage se parait d'une euphorie inquiétante chaque fois qu'il ânonnait ainsi. Il le faisait devant vingt personnes lors des assemblées du dimanche, et il le faisait tout seul dans son cabanon, où je l'espionnais par l'unique fenêtre. Il n'avait nul besoin de public ou d'argent pour adorer son Dieu, mais cet argent, nous, on en avait quand même besoin pour vivre. Plus d'un demi-siècle s'était écoulé depuis que la fièvre de la manipulation de serpents s'était répandue dans nos collines, et désormais, il restait moins de cent manipulateurs de serpents dans tout le pays. Personne ne croyait plus dans le pouvoir de soulever des serpents. Amer, mon père affirmait que les gens croyaient dans le pouvoir de la came sur ordonnance, à la place. Les offrandes qu'il récupérait le dimanche se résumaient à une poignée de pièces de vingt-cinq cents et une mince liasse de billets d'un dollar. Ce n'était jamais suffisant.

Une fois par mois, Ivy nous conduisait à Trap dans sa vieille Pontiac. Je m'asseyais à l'arrière avec Pony sur mes genoux pour les quarante minutes de virages en épingle.

Les regards insistants commençaient dès qu'on sortait tous de la voiture dans le parking du Shop 'n Save. Mères, enfants, bûcherons, caissières. Ils louchaient sur les plis des jupes que ma mère m'avait cousues à la main à partir de ses vieilles robes. La longueur de la tresse en épi qui descendait dans mon dos les laissait babas.

« C'est triste, de la garder enfermée sur cette montagne », ai-je un jour entendu une femme chuchoter à son fils adulte qui a étouffé un rire tout en prenant une photo de moi avec son téléphone. Je ne savais même pas qu'un portable pouvait faire des photos jusqu'au moment où le flash m'a fait sursauter.

Devant la cabane, tout à coup, les enfants et moi, nous avons entendu Ivy hurler. Pony a laissé le bout de ma tresse glisser entre ses doigts, et j'ai piqué un sprint vers l'endroit d'où provenaient les cris. Jusque-là, les grognements que j'avais connus étaient habités par la foi, forts de l'esprit du dimanche, quand les hommes et les femmes lançaient leurs appels vers Dieu. Mais là, c'était le son d'une détresse véritable. Une détresse pure, sans Dieu.

De l'autre côté de la maison, j'ai vu la meilleure amie de ma mère tomber à genoux devant le feu. Des tourbillons de fumée s'élevaient au-dessus d'elle et sa robe et ses cheveux étaient en flammes. La soude caustique et la graisse chaudes de la marmite de ma mère avaient giclé sur elle. Ivy vacillait dans l'air immobile. Sa tresse, de blonde, est devenue orange vif, puis noire.

« Briar ! » a appelé ma mère.

J'ai couru au robinet. J'ai rempli un seau d'eau et j'en ai aspergé le dos d'Ivy. Tout son corps a sifflé. Son hurlement s'est réduit à un sanglot lorsque la flamme s'est élevée. Ma mère a arraché sa jupe et l'a pressée contre le ventre d'Ivy. Son visage s'est tordu, mais elle ne faisait pas un bruit. Ivy est tombée en arrière, et ma mère a levé les yeux. Son chignon s'est défait. Ivy se tordait de douleur sous elle.

Ma mère a levé brusquement la tête vers moi. « Wren ! a-t-elle crié. Les garçons ! »

C'était trop tard pour leur couvrir les yeux. Pony se cramponnait à ma jupe, et j'ai senti la main de Job dans mon dos. Sa poitrine a émis un sifflement tandis qu'il essayait de reprendre sa respiration.

Ivy a été prise de convulsions.

« Cours au cabanon à serpents, dépêche-toi, j'ai dit à Henry. Frappe, mais n'ouvre pas la porte. Dis à mon père de venir en vitesse. »

Il est resté pétrifié. Comme tout le monde, il avait peur du cabanon.

« Va dans la maison avec tes frères et attendez-moi. » Je lui ai touché le bras. « Vous approchez pas de la fenêtre. »

Je suis partie vers le cabanon, à environ cinquante pas de la maison. À l'autre bout, un muret de pierres protégeait le terrain avant l'à-pic. Le cabanon dominait les collines ondulées tel un phare sombre.

« Papa ! » j'ai hurlé.

Quand je suis arrivé à l'appentis, j'ai donné un coup de pied dans la porte.

« Papa ! »

J'ai soulevé le loquet, ouvert grand la porte et baissé la tête pour entrer. Mon père dormait profondément contre le mur du fond, les jambes étendues devant lui. Une mèche de cheveux dorés était tombée dans ses yeux, et elle brillait dans un rayon de soleil.

Je me suis accroupie et j'ai tapé des mains devant son visage. Il s'est réveillé en sursaut. Son œil mutilé ressemblait à un disque blanc dans le noir.

« Qu'est-ce qui se passe ?

— C'est Ivy. Elle brûle ! »

Il s'est levé d'un pas chancelant, et j'ai remarqué une strie rouge sur sa joue, là où il l'avait pressée contre son épaule. Il est sorti du cabanon en hâte, et je comptais le suivre. Mais mes yeux se sont rivés sur les cinq boîtes à serpents à la place. Je n'avais pas mis les pieds dans le sanctuaire de mon père depuis mes cinq ans, quand j'avais voulu toucher la peau lisse d'un mocassin à tête cuivrée. La première et la dernière fois que ma mère m'a fouettée. À présent, des particules de poussière flottaient dans la lumière, et l'atmosphère puait le musc. Je me suis penchée sur les boîtes à serpent en pin – les objets les plus luxueux que possédait mon père. Quelque chose a remué derrière moi. Dans une autre cage près de la porte, une grappe de souris des champs poussaient de petits cris. Elles attendaient d'être mangées.

J'ai remis le loquet derrière moi et j'ai couru vers le feu. De la sueur dégoulinait le long de mes jambes. Mes parents et Ivy formaient un cercle asymétrique, mon père penché sur le corps d'Ivy et ma mère à côté d'elle. J'ai cherché des yeux une racine qui aurait pu l'avoir fait trébucher, mais je n'ai rien vu. Juste les sillons épais que ses pieds avaient laissés dans le sol, comme si elle les avait traînés derrière elle. Ivy n'était jamais maladroite, jamais négligente. Je ne comprenais pas ce qui l'avait fait tomber.

Mon père a placé ses mains au-dessus de la tête d'Ivy et a soufflé sur elle trois fois – *pfffff, pfffff, pfffff*. À chaque respiration, il tournait ses poignets vers l'extérieur. Puis il s'est penché davantage et a murmuré quelque chose à l'oreille d'Ivy avant de répéter le rituel tout le long de son corps.

Le temps que j'arrive à leur niveau, ma mère s'était avachie, sa robe déchirée et durcie par le savon gâté. Mon père a murmuré une dernière phrase à Ivy et elle a exhalé et ouvert les yeux.

À côté d'elle, ma mère lui tendait ses mains comme une offrande.

« Ruby, a dit mon père. Tes bras. »

Les bras de ma mère étaient criblés de petits trous et de brûlures, du bout des doigts aux coudes. Mon père a approché sa main, mais elle a retiré les siennes.

« Laisse-moi faire », a-t-il dit.

Elle a secoué la tête et s'est levée.

« Je vais chercher de la sauge », a-t-elle annoncé.

Mon père s'est reculé et assis en tailleur sur le sol. « Pas la peine. Elle en a pas besoin. »

Les plis sur le front de ma mère se sont encore creusés.

« Wren, a-t-elle dit. Ramène les garçons chez eux. » Elle gardait les bras le long du corps.

« On ferait mieux de rester », ai-je protesté.

Les fils d'Ivy seraient plus en sécurité si on les laissait tout seuls à côté des voies de chemin de fer que sous la garde de leur père.

« Vas-y, a-t-elle insisté. Et ne reviens pas tout de suite. »

Son visage disait ce que sa bouche taisait. *Fuis. C'est dangereux ici.* La meilleure amie de ma mère était allongée, immobile, à ses pieds. Je me suis repliée dans la maison, j'ai appelé les garçons, et, tandis que nous partions, le renard est sorti des roseaux d'un bond. Le blanc de sa queue a filé comme un éclair tandis qu'il galopait vers le ravin, et aucun d'entre nous ne s'est retourné pour le voir disparaître.

ÉTRANGER

Avant ses brûlures, Ivy disait toujours que mon père aurait dû épouser la solitude, plutôt que ma mère. Il aimait être seul. Grâce à lui, j'aurais eu beau hurler, personne à Trap ne m'aurait jamais entendue. Seize ans plus tôt, lorsque mes parents s'étaient mariés, il avait peiné toute la montagne en offrant, en guise de foyer, un marécage isolé à sa jeune épouse – Ruby, qui avait toujours été l'aube du matin de tout un chacun.

« C'était pas correct, m'avait dit Ivy. D'isoler Ruby comme ça. »

Alors Ivy avait convaincu son mari, Ricky, de s'installer à proximité. À l'époque, il avait encore envie de lui faire plaisir. Il aurait préféré vivre en ville, plus près du filon des mines de charbon de Randolph County et du motel où il avait rencontré Ivy, mais ça, c'était à quarante minutes de chez ma mère, dans la vallée, et Ivy avait refusé de céder.

« Y a personne, dans ces bois, protestait Ricky, tentant de raisonner sa jeune épouse.

— Ruby, c'est pas personne », avait-elle répliqué, et il n'avait pas osé la contrarier.

Leur mobile home rouillé, à trois kilomètres de chez nous, avait l'air comme tombé du ciel. Des jouets brûlés par le soleil jonchaient la pelouse, et une douve de détritus encerclait la maison. Il était devenu trop petit pour eux en l'espace de trois ans, avec l'arrivée de leurs deux premiers fils, mais Ivy refusait toujours de bouger. Son dévouement à ma mère n'avait d'égal que celui de mon père.

Celui-ci n'avait jamais été désagréable avec Ivy. C'était juste qu'il aimait si férocement ma mère qu'il la voulait pour lui tout seul. Les autres étés, Ivy glissait souvent l'alliance de ma mère à son doigt lorsque celle-ci la retirait pour récurer la marmite à savon dans le jardin. Ruby ne voulait pas la perdre dans les massettes, et elle la confiait à la seule personne qui était toujours là. Ça ne manquait jamais de mettre les nerfs de mon père en pelote. Je voyais son œil blanc tressauter chaque fois qu'Ivy passait la bague. Elle restait à ses côtés jusqu'à ce que la marmite reluise – ma mère assez proche pour être l'ombre d'Ivy, avec ses yeux marron et ses cheveux bruns en négatif de la peau claire et du pâle chignon de son amie. Ce n'était pas qu'Ivy en rajoutait pour attiser la jalousie de mon père. Elle s'occupait de la bague parce qu'elle et ma mère survivaient à leurs existences silencieuses en prenant soin l'une de l'autre, et Ivy s'occupait mieux de ma mère que d'elle-même.

Ces deux femmes m'avaient appris à redouter ce qu'on pouvait découvrir d'un homme une fois qu'il devenait père. *Je suis allée me coucher avec un homme*, résumait Ivy à la colline vide, *et je me suis réveillée avec un petit garçon.* Ivy – mère de cinq enfants dont son mari – ne supportait pas ce sort aussi bien que ma mère. Ses yeux verts frémissaient comme de l'eau agitée par le vent.

« J'aurais bien voulu être bonne à autre chose qu'à faire des bébés », avait-elle dit plus d'une fois tandis que ma mère cousait et recousait les ourlets des jupes de son amie, qui commençaient à s'effilocher.

Ma mère n'était pas du genre à fabriquer quelque chose à partir de rien. Non, elle faisait le maximum avec ce qu'elle avait. C'était ce qu'Ivy préférait chez elle. Ma mère, qui était capable de réparer n'importe quoi, n'avait jamais considéré Ivy comme quelqu'un qui avait besoin d'être réparé.

Les gens disaient que les quatre fils d'Ivy et Ricky étaient aussi prometteurs que l'armée confédérée à Appomatox, c'est dire. Je ne voyais presque jamais son aîné, Bobby, qui avait quinze ans comme moi. Il gaspillait les après-midi chauds à clouer des queues d'écureuil à des chênes blancs, dans les bois. Il voulait profiter de sa liberté autant que possible avant d'être obligé de se mettre à réparer des Chevrolet en panne pour se faire un peu de fric comme son père.

La route étroite devant les garçons et moi contournait un bosquet de pins blancs. Nous nous étions enfuis, mais nous ne pouvions nous échapper. Les images d'Ivy en feu avaient marqué au fer rouge les cœurs de ses trois plus jeunes fils. Seuls les bras et les mains de ma mère avaient brûlé, et je ne pourrais plus jamais gratter une allumette sans la revoir en train d'étouffer les flammes avec son propre cœur.

Il commençait à faire chaud. La respiration sifflante de Job résonnait dans les bois. Je me suis retournée et je l'ai vu, genoux fléchis. Il avait de l'asthme, et la marche l'avait épuisé.

« Venez. » J'ai quitté le sentier pour m'avancer sur la colline qui descendait vers le ruisseau. « J'ai un truc à vous montrer. »

J'ai entendu le murmure traînant de l'eau avant de la voir. Un bourdonnement, aussi intime qu'un battement de cœur. Ma mère et moi, on aimait se promener sur ce chemin les matins de début d'été, et ensemble, on retenait notre souffle, on se glissait sous l'eau, on y disparaissait.

« Écarte les bras comme Jésus sur la croix », m'avait-elle dit quand elle m'avait appris à faire la planche. Elle m'avait tout appris – à nager, à lire, à me cacher.

J'ai guidé les garçons à travers les fourrés jusqu'au trou d'eau propice à la baignade, sous un éperon rocheux. Tout était silencieux, à part le gargouillis de l'eau. À cinquante kilomètres, les mineurs mettaient au crochet leurs lampes frontales pour prendre leur pause déjeuner tandis que la serveuse de Teddy's Tavern, en ville, essuyait les tables près de la vitrine pour les jeunes hommes venus faire de la randonnée dans les grottes. Ils étaient vifs, bronzés et musclés, jamais sans un ami. Je les observais lors de mes visites mensuelles en ville, de façon à pouvoir me repasser ce souvenir la nuit, une fois que la montagne était plongée dans les ténèbres.

Le ruisseau formait autour de moi une bulle de calme et le soleil donnait à la roche un éclat d'étain.

« C'est pas là qu'on fait les baptêmes ? a demandé Henry.

— Si. »

Chaque année, en août, mon père convoquait ses ouailles au ruisseau et demandait qui voulait être baptisé et accueillir la vie nouvelle dans le Christ. *Confessez vos péchés*, disait-il. *Puis avancez et soyez guéris*. Ça faisait des années que personne ne s'était porté volontaire. Les vieux l'avaient fait dans leur jeunesse, et les enfants, ici, se faisaient rares. Ce n'est pas le genre de trucs qu'on fait deux fois. Mais les fidèles se rassemblaient tout de même, et mon père disait la prière.

Je me suis agenouillée à côté d'un rocher noueux et j'ai creusé la terre. Lorsque mes doigts ont rencontré du métal, j'ai soulevé une boîte de caramels et la flasque en acier que j'avais enfouies là. La flasque, je l'avais trouvée vide, sous une racine de sapin-ciguë arrachée, après la fin de la messe, par un jour d'avril de l'année d'avant. Je l'ai remplie d'eau du ruisseau et l'ai passée à mon cou.

« Torse nu, j'ai ordonné aux garçons. Et tournez le dos. »

Les trois ont obéi, et j'ai soulevé ma jupe et l'ai nouée autour de ma taille. Pony m'est monté sur le dos, et nous sommes entrés dans l'eau. J'ai secoué la boîte de bonbons.

« Venez les chercher ! »

Job et Henry se sont enfoncés aussi profond qu'ils l'ont osé.

« Allez, je vais vous raconter une histoire », ai-je dit, prenant Job dans mes bras. De l'eau ruisselait sur les rochers, au loin. « Violet's Run, c'est la gorge près du sommet de la montagne. Ce carré de pré herbeux, encore plus au nord que notre cabane. Vous connaissez ? »

Henry a hoché la tête tandis qu'un corbeau filait dans le ciel.

« Elle porte le nom d'une jeune femme qui a vécu il y a cent ans. » J'ai pris la flasque et versé de l'eau sur la tête de Job. « C'était une casse-cou, comme votre maman. » J'ai marqué une pause.

Job a fermé les yeux, et j'ai versé une nouvelle tournée d'eau. Ses cheveux bruns sont devenus soyeux, et son corps s'est détendu contre le mien.

« Violet voulait sauter de la gorge dans les chutes en dessous. Tout le monde jurait que c'était trop dangereux pour une femme. Beaucoup d'hommes avaient tenté le même saut, et aucun n'avait survécu. Mais Violet savait que le secret, c'était d'avoir le pied léger. »

Job a ouvert un œil. « Elle est morte ?

— Rallonge-toi. » J'ai remis doucement son corps à l'horizontale. « Une femme en détresse, les hommes adorent ça. À l'instant où Violet a sauté, une brochette de cinq jeunes amoureux transis l'ont imitée, chacun convaincu qu'il serait celui qui la sauverait. »

Henry a essuyé une larme.

« Les gens se désespéraient, pensant avoir perdu six jeunes dans les chutes. Quand ils sont descendus en bas du ravin pour repêcher les cadavres, vous savez ce qu'ils ont trouvé ? » J'ai pris les bras de Job et les ai tendus le long de ses flancs, laissant ma main sous ses omoplates.

« Ils ont trouvé Violet qui les sortait de l'eau dans ses bras, un par un, comme des bébés.

— Elle devait être forte, a dit Pony.

— Comme notre maman, a murmuré Job.

— Comme votre maman, j'ai approuvé. Regarde-moi ça, Job. Je crois bien que je t'ai jamais vu si près de flotter, dis-moi. »

Aussitôt que j'ai dit ça, un bruissement dans les pins blancs m'a fait dresser l'oreille. Ma mère m'avait appris à être à l'affût du danger. L'herbe était haute autour de notre maison, et nous devions faire attention aux serpents. Dix ans plus tôt, mon père avait perdu son précieux crotale dans nos champs : il l'avait lancé en l'air, et l'animal lui avait échappé. Un serpent pouvait vivre quinze à vingt ans et, ma mère et moi, on se préparait pour le jour où ce serpent à sonnette allait revenir.

J'ai scruté les arbres et n'ai rien vu. Mais la sensation m'est restée. Nous étions observés. Je ne m'étais jamais sentie observée si avant dans les bois, jusque-là. Ivy était la seule personne à jamais nous rendre visite. J'ai défait le nœud à ma taille, et ma jupe s'est déployée telle une fleur dans l'eau.

« Allons-y, les garçons. » J'ai jeté un coup d'œil futile à la forêt. « C'est l'heure de rentrer. »

Les fils d'Ivy ne voulaient pas retourner à leur mobile home, pour la même raison que je ne voulais pas les y ramener. Leur chez-soi n'en était pas un sans Ivy pour y veiller.

« Si j'ai encore un garçon, aimait-elle dire depuis la moustiquaire de traviole de son mobile home quand ma mère et moi lui rendions visite, j'ouvrirai une maison de correction. »

Je savais que ma mère n'allait pas demander à Ivy où elle était allée la veille. Elle n'aimait pas attirer l'attention sur leurs différences. La vie entière d'Ivy se doublait de preuves officielles de son existence. Elle possédait des actes de naissance pour ses bébés, un acte de propriété pour sa maison, et un permis de conduire – toutes choses auxquelles avait renoncé ma mère en épousant mon père. Munie d'une voiture et d'un mari docile, Ivy pouvait quitter la montagne quand ça lui chantait. Ma mère, non.

Je suis arrivée à son mobile home avec les garçons qui suçaient chacun un caramel. L'Impala inutilisée de

Ricky était garée sur le gravier, couverte de poussière. La pelouse était le cimetière de l'enfance des garçons. Un tricycle rouillé gisait sur le flanc, à côté d'un ballon crevé par une flèche, et un nid de pistolets à eau fuyait goutte à goutte dans la poussière. Ivy appelait ça la pauvreté, moi j'appelais ça la richesse. Ma cabane demeurait suffisamment dépouillée pour que je puisse voir les quatre coins gris de chaque pièce. Des fissures couraient le long de tous les murs. Les bocaux et les bibles étaient nos seules décorations. Je ne possédais pas de bracelet, pas de journal intime, pas de lettres, pas de miroir au mur de ma chambre. Tout ce que j'avais, c'étaient des livres, la plupart cachés sous mon lit pour éviter que mon père les voie.

Ricky aurait dû être seul dans le mobile home, car il aimait se sentir seul quand il buvait, mais lorsque nous avons coupé le virage étroit de la route, une Tacoma couleur argent sortait de leur allée de gravier.

L'homme au volant a coincé une mèche de cheveux noirs derrière son oreille. Son visage était long et solennel, avec une mâchoire anguleuse. Il a freiné et nous a fixés un bon moment, avec la même expression que les ouailles de mon père lorsqu'elles regardaient un serpent en se demandant si elles avaient le courage de le toucher. Ses yeux marron se sont arrêtés sur moi, et j'aurais juré qu'inexplicablement, il était au courant pour Ivy. Il m'a examinée un petit peu trop longtemps, comme s'il comprenait que je ne me serais jamais aventurée sur cette route de montagne sans ma mère s'il ne s'était produit quelque chose de terrible.

À l'arrière du pick-up, un gamin torse nu avec un épi blond s'est accroupi pour entourer de ses bras les bonbonnes de whisky à ses pieds. Le fermoir défait de sa salopette a cogné contre les récipients lorsqu'il s'est penché, et le corniaud gris à côté de lui a glapi dans l'air immobile.

J'avais déjà vu ce garçon à la bibliothèque de Trap, laquelle aurait tenu dans un mouchoir de poche, lors de nos expéditions de courses. Pendant que ma mère payait sa note, je me glissais dans l'établissement pour emprunter autant de livres que je le pouvais avec la carte que je dissimulais à mon père. C'était le seul papier à mon nom que j'avais. Le garçon – treize ans à tout casser – était souvent installé devant un ordinateur, sa main toute frémissante sur la souris. Ses doigts volaient sur les touches. Je l'observais, dans l'espoir d'apprendre. Plus jeune que moi, il maîtrisait une machine que je parvenais à peine à utiliser pour une simple recherche sur Internet. Il ne m'avait jamais regardée jusque-là. Il nous observait, bouche bée.

« Ferme la bouche », ai-je lancé lorsque nous avons atteint le gravier.

Le gamin s'est exécuté d'un coup, et l'homme à l'avant a émis un petit rire amer avant d'appuyer sur l'accélérateur. Le pick-up a fait une embardée, et les bonbonnes se sont entrechoquées bruyamment lorsqu'il est parti.

« C'était qui, Henry ? » ai-je demandé.

Il a haussé les épaules.

Lorsque je suis entrée dans la maison, une puissante odeur de réglisse chaude m'a fouetté le visage, et j'ai ouvert la fenêtre de la cuisine.

« C'est quoi, cette odeur ?

— Les tuyaux sont complètement rouillés, et Papa les a pas encore réparés. » Henry s'est éventé d'une main.

« Vous buvez pas l'eau du robinet, si ? »

Il a secoué la tête. « On va chercher notre eau à un robinet en ville. » Il a désigné un tas de jarres alignées sur le linoléum.

« Ça serait pas mal d'aérer, aussi. » J'ai regardé la pénombre derrière lui.

Sur la table basse, Ricky avait regroupé deux piles de pièces de vingt-cinq et dix cents pour son prochain paquet de Marlboro. Les ombres des pièces tombaient sur les flacons de cachets vides éparpillés sur la plaque de verre.

« Ça le dérange, le soleil, votre père, ou quoi ?

— C'est pas le soleil, a répondu Job. Il a pas envie de voir le boulot qu'il a pas fini dans le jardin. »

J'ai regardé Ricky depuis le bout de carrelage près de la porte. Une tondeuse à gazon cassée était posée au centre du tapis, avec le jean de Ricky suspendu aux poignées. Il était vautré, en sueur, dans son caleçon, dans la pièce à côté, devant la télé à l'image vacillante.

Lui et moi, nous parlions rarement quand je venais, mais nous avions tous deux un faible pour sa télévision câblée. N'importe quel autre jour, j'aurais été affamée des signes de vie qu'elle promettait. Les infos lançaient une série de sujets sur le monde extérieur : encore un pic de chômage après la fermeture d'une mine, un cadavre découvert dans une rivière quelque part, loin, une fuite de produits chimiques à l'usine de traitement du charbon, à côté. Leur télé m'avait appris qu'on pouvait acheter n'importe quoi en ce monde avec un bout de plastique plat appelé carte de crédit, et qu'il y avait des gens qui se faisaient payer pour le genre de guérisons que mon père affirmait effectuer gratuitement.

Une pub pour du dentifrice a interrompu la suite de dépêches d'au-delà de notre montagne, et je me suis retournée vers Ricky.

« Ricky. Il y a eu un accident. »

Silence.

« Ricky », ai-je répété, et il a incliné la tête.

Il n'a pas répondu, alors j'ai essayé une troisième fois.

« C'était qui, ce type ? »

Son visage a lâché une vague de sueur. « Un compatriote », a-t-il dit. Ricky a jeté un coup d'œil aux bouteilles. Il voulait dire que l'homme était un *moonshiner* – ou un *shiner*, comme disait mon père.

Au pied de son fauteuil inclinable était dispersé un ensemble de bonbonnes de verre comme celles à l'arrière de la Tacoma du *shiner*. Elles avaient toutes été peintes en écru jusqu'à mi-hauteur. À la lueur torve de la télé, l'alcool brillait comme du diamant. J'en voulais un flacon pour moi toute seule.

J'avais déjà vu ce genre de bouteilles. Ma mère en avait garni les étagères du haut des placards de sa cuisine. Sauf que les siennes étaient vides, parce que mon père estimait que le whisky était un péché.

« Tu veux la télécommande ? »

Ricky avait pitié de moi, et n'importe quel autre jour je me serais laissée amadouer. Il savait que j'aimais les volutes de glaçage au chocolat de la chaîne cuisine et le tic-tac du disque tournant de *La Roue de la fortune*, les envolées d'orchestre lorsque le héros d'un de ses westerns embrassait une fille. Nous n'avions pas la télé parce que mon père craignait qu'elle nous inocule la sagesse du monde. *La télévision vous donne des idées, au lieu de vous laisser vous faire les vôtres*, me disait-il.

Je suis allée à la fenêtre la plus proche et j'ai tiré le rideau.

« Ivy est blessée », ai-je annoncé. Dans le jardin, un bus scolaire cassé nez à nez avec un réfrigérateur. Une vieille Ford renversée dans la poussière, et les outils de Ricky qui moisissaient dedans. « Elle s'est brûlée à notre brasero. »

Les garçons étaient blottis les uns contre les autres, espérant que leur père miraculeusement reprenne vie.

Ricky s'est redressé, comme s'il finissait enfin par m'entendre : « Elle va bien ?

— Je sais pas. » Nous nous sommes dévisagés. C'était la première fois que je devais annoncer une mauvaise nouvelle, encore un acte pour lequel Ivy jurait que les femmes étaient plus douées que les hommes. Les gens, dans le coin, avaient l'habitude, il faut dire. Un éboulis dans une mine, une overdose, une chute de neige sans pitié qui nous bloquait dans la montagne pour un mois.

« Ça avait l'air d'aller quand je suis partie », ai-je menti. Ricky n'avait pas l'air suffisamment sobre pour encaisser la vérité. « Ma mère s'occupe d'elle. »

Il est resté assis, raide et plié en deux. Il était beau, avant, aimait se rappeler Ivy. Désormais, il était bouffi et il avait des pattes-d'oie. Il a allumé une cigarette.

« D'abord le bébé, a-t-il dit tandis que la fumée s'échappait de son nez. Et maintenant ça. Vivre sur cette montagne, ça nous porte la poisse, et rien d'autre. »

Ricky avait laissé derrière lui sa famille, près d'Elkins, pour suivre Ivy dans ce piège à rats dans lequel elle et ma mère étaient nées. Depuis le début, il n'avait cessé de vouloir s'en aller.

Il a éteint la télé. « Tu le savais, qu'on avait eu un bébé mort ? Juste après Bobby ? » Sa voix s'est brisée. « J'ai même pas eu le droit de le voir. »

Pony s'est hissé sur ses genoux, et Ricky l'a serré contre lui.

Je me suis assise sur le fauteuil en osier en face de lui. « Je suis vraiment désolée, Ricky. Laisse-moi te préparer un truc à manger.

— Y a rien à préparer. »

Ses yeux sont passés sur la fenêtre découverte puis il a rallumé la télévision, et j'ai fouillé dans les tiroirs de la cuisine jusqu'à ce que je trouve un pot de beurre de cacahuètes sous une liasse de bulletins pleins de mots d'absence de Bobby, et une liste de lectures pour les cours de l'automne suivant au lycée du comté. J'ai glissé le morceau de papier sous la ceinture de ma jupe. Pendant l'année scolaire, Bobby n'accordait jamais la moindre attention ni à moi ni à ses devoirs. Chaque fois que j'avais l'occasion de rendre visite à Ivy, je prenais ses livres et faisais les exercices pour apprendre moi-même. Mon père s'en tenait à un strict curriculum d'études bibliques, mais ma mère soumettait au comté un apprentissage beaucoup plus vaste, en s'appuyant sur les cours de Bobby, afin que je puisse bénéficier de véritables équivalences. Ce que mon père ignorait.

Tandis que je distribuais des cuillères en plastique aux garçons pour le beurre de cacahuètes, j'ai entendu le craquement d'une allumette. Le bout de la deuxième Marlboro de Ricky rougeoyait, et Job a toussé.

« Tu peux pas fumer dans la maison, ai-je protesté. Job est malade. »

Il a fermé les yeux pour la bouffée suivante. Si Ivy avait été là, elle m'aurait ordonné de batailler.

Ricky protégera pas nos fils, aurait-elle dit. *Alors faut que ce soit toi.*

Je me suis glissée derrière Ricky et j'ai attrapé les cigarettes sur le bras de son fauteuil. Puis j'ai pris Henry à part, près de la porte, et lui ai tendu le paquet.

« Va planquer ça dehors. Près du moteur du vieux car scolaire. Tu lui diras que s'il veut fumer, faut qu'il soulève le capot. »

Henry a hoché la tête, mais il pensait à autre chose. « Tu te rappelles le bébé mort ? Celui dont Papa parle tout le temps ? »

J'ai secoué la tête. « J'étais trop jeune. Pourquoi ? »

Henry a glissé les cigarettes dans sa poche arrière. « S'il avait vécu, ce bébé, tu crois que je serais né, moi ?

— Chut… Vas-y maintenant. »

Une fois les garçons sortis, j'ai pris une bonbonne derrière le fauteuil de Ricky pendant qu'il somnolait. Je suis retournée dans la cuisine à pas de loup avec l'intention de la vider dans l'évier, mais j'ai rempli la flasque à mon cou à la place. *Ivy pourrait en avoir besoin*, ai-je raisonné. *Pour la douleur*. Seulement, je me mentais à moi-même. Je la voulais parce que si ma mère avait ces bonbonnes vides dans sa cuisine, ça voulait bien dire que quelqu'un les avait bues, un beau jour.

Lorsque je suis arrivée au sentier du ruisseau, le soleil était gros et rebondi dans le ciel. Une fois au bord de l'eau de la rivière, j'ai enfoui la flasque dans sa cachette et oublié l'impression d'être observée. L'eau m'appelait. Au bord, j'ai pensé à Ivy en flammes. Ma mère m'avait recommandé de ne pas rentrer de sitôt, et ça tombait bien. Dans ma vie, les occasions de s'échapper étaient rares.

J'ai ôté ma robe et me suis laissée tomber dans l'eau. En flottant sur le dos, j'ai prié pour Ivy. Je ne me sentais jamais plus près de Dieu que lorsque le choc d'un courant froid m'atteignait, et ça n'arrivait jamais le dimanche. J'ai plongé et prié pour que chacun de mes frissons retire les brûlures du corps d'Ivy. Et pour être brûlée à ma façon. Quand j'ai refait surface et ouvert les yeux, j'ai remarqué quelqu'un assis sur le rocher au-dessus de moi, au-bord du surplomb.

Je ne voyais que le diamant de son dos, et il tenait la flasque que j'avais enterrée. Il avait l'air d'avoir un an ou deux de plus que moi, et fredonnait une mélodie que je ne connaissais pas. Sa voix rocailleuse a provoqué des remous dans le puits de ma poitrine.

Le garçon s'est étiré, et ses muscles ont chanté. Ses épaules étaient larges comme un crucifix, sa chemise blanche comme une âme purifiée. Il a bu au goulot et poussé un soupir lorsque le whisky a griffé sa gorge.

« Hé ! » j'ai appelé, et il s'est tourné vers moi.

Sa peau était noire, ses yeux comme du cuivre. Jusque-là, je n'avais jamais vu un inconnu jeter sur moi un regard qui n'exprimait pas la pitié. J'ai attendu qu'il se moque de moi comme le faisaient les gens de Trap, mais il ne l'a pas fait. Je m'étais dépouillée de mon costume de fille de la montagne : ma robe cousue maison était sur la rive et ma tresse épaisse défaite. J'étais nue, avec l'eau de la rivière qui affluait sur moi à toute vitesse, et j'avais peur.

J'ai montré la bouteille. « C'est… » Ma voix s'est dérobée. « C'est pas à toi.

— C'est pas à toi non plus, si ? » Il a penché la tête vers moi, et j'ai eu le souffle coupé. J'aurais voulu répondre ; j'aurais voulu me cacher.

« T'es qui ? » ai-je demandé.

De la musique s'est élevée du téléphone portable posé à côté de ses baskets. Propre et blanc, l'appareil vibrait. J'ai eu envie de le tenir contre mon oreille, juste pour voir ce que ça faisait. On n'avait même pas de ligne fixe à la cabane.

Ricky était la seule personne que je connaissais à avoir un portable, et il fonctionnait rarement. Le signal des tours de Trap faiblissait dans la montagne, comme un agonisant. Ce garçon, avec sa chemise blanche et son jean délavé, devait venir d'une ville – peut-être Morganton, ou Pittsburgh. Des lieux plus éloignés de moi que le paradis même.

« Ce truc… » J'ai montré son téléphone. « Il prend des photos ? »

Il a fait oui de la tête.

« Prends pas de photo de moi.

— OK. » Il a hésité. « T'as peur de te faire prendre en photo ?

— Non, ai-je menti. Mais j'aime pas qu'on se fiche de moi. »

Il a hésité encore. « Je comprends. »

J'ai fait du surplace dans l'eau tandis qu'il regardait passer les nuages.

« D'où tu viens ? j'ai demandé.

— Faisons un échange. Une gorgée pour une question. » Il a tourné le dos et regardé vers la forêt. « J'attendrai que t'aies remis ta robe. »

J'ai nagé jusqu'à la rive, enfilé ma robe, et l'ai retrouvé sur le surplomb. Il m'a passé la bouteille, et je l'ai portée à mes lèvres. Le goût était chaud et brûlant.

« Je m'appelle Caleb. Je dors chez tante Bette, à Trap.

— Le foyer. »

Tante Bette ne fréquentait l'église de mon père que lorsqu'un des jeunes en placement chez elle pouvait conduire son van à quinze places en haut de la montagne. Il leur fallait attendre que le train passe pour traverser les voies, à condition que la neige ne les ait pas bloquées, puis remonter la route en lacets pendant une bonne demi-heure, davantage par temps de pluie. Puis il fallait faire les huit cents derniers mètres à pied, laissant le van près des arbres abattus. Tout le monde l'appelait tante Bette, et tout le monde appelait sa maison « le foyer ». Elle accueillait des jeunes depuis que son mari était mort dans un accident de mine quinze ans plus tôt. Mon père m'interdisait de parler aux protégés de tante Bette, même si je me retrouvais assise à côté d'eux à la messe. Sa parole faisait loi : aucun étranger n'adressait jamais la parole à sa femme ou à sa fille.

« Alors c'est comme ça que vous appelez ça ? Le foyer ? a demandé Caleb.

— Oui. » Ça me faisait honte de l'avouer. Même moi je savais que ce n'était un véritable foyer pour personne. « Qu'est-ce que tu fais dans les hauteurs ? »

Il m'a passé la flasque. « J'avais envie de disparaître.

— Personne te trouvera ici. »

Ses doigts ont effleuré les miens lorsqu'il a repris la bouteille. Il a avalé le liquide chatoyant, et le ciel s'est mis à tournoyer au-dessus de moi. Mon corps se balançait.

« Je m'appelle Wren. J'habite en haut de la colline.

— J'ai bien aimé l'histoire que tu as racontée à ces garçons tout à l'heure. » Caleb a posé la flasque à côté du carnet et du fusain près de lui.

« Tu m'as observée.

— Oui. » Il s'est tu un instant. « Je savais pas si je risquais quelque chose à me montrer.

— Pourquoi ?

— À ton avis ? »

Mon père prêchait que tout le monde était bienvenu dans son église, mais son église était blanche. C'était facile de penser que les serpents faisaient peur à quiconque n'était pas né dans ces collines. Et encore plus facile de penser que c'était la volonté de Dieu.

« T'as pas besoin d'avoir peur de moi, ai-je dit. Je te ferai pas de mal.

— Mais ta famille, peut-être.

— Pourquoi t'as changé d'avis ?

— Tu diras à personne que tu m'as vu. Une fille qui cache du whisky a déjà suffisamment de secrets comme ça. »

Des secrets. Je n'en avais jamais eu un seul avant qu'Ivy prenne feu. Maintenant, j'avais Caleb et le whisky, rien que ça. Un moqueur chat a lancé un trille en fondant dans les arbres.

« Qu'est-ce que tu dessines ? » J'ai montré son carnet, et il me l'a passé.

Chaque page était occupée par un portrait ou un paysage. Sur la première, il avait dessiné une image symétrique de deux garçons.

« Mes frères. »

Ils étaient assis dos à dos en haut d'une montagne, jetant tous les deux une canne à pêche vers les étoiles. J'ai touché les branches délicates de leurs bras. Le papier était rêche sous mes doigts.

« J'ai jamais vu un truc pareil. Comment t'as fait le fond gris avec des étoiles si brillantes ?

— Comme ça. »

Il a sorti de sa poche un morceau de fusain tendre et un tissu blanc. Il a tourné les pages jusqu'à en trouver une vierge et a dessiné trois lignes en travers. Puis il a passé son tissu sur les lignes jusqu'à ce qu'elles s'entremêlent, puis, à l'aide d'une gomme blanche pointue, il a gravé les étoiles dans le ciel nocturne.

« C'est beau. »

Le dessin suivant était une réplique de la passerelle en bois suspendue entre les deux crêtes, celles-là mêmes que je voyais chaque matin quand je regardais en direction du sommet le plus élevé de Virginie-Occidentale, de l'autre côté du ravin. Nous habitions dans les contreforts de ces crêtes, coincés entre elles et la seule route qui menait en ville. Dans la brume, elles ressemblaient à deux poignards géants. Caleb avait capturé leurs profils éclatés dans un labyrinthe charbonneux d'angles et de courbes. Au bas de la page, il avait dessiné une main tendue du pont vers l'à-pic.

« Tu es allé aux crêtes ? »

Quiconque n'était pas né sur nos collines avait besoin d'un guide pour trouver son chemin jusqu'au pied de ces montagnes. Les crêtes étaient aussi belles qu'elles étaient fatales. Des gens étaient morts en tentant de traverser la grotte.

Caleb a secoué la tête. « Une photo que j'ai trouvée chez tante Bette. »

J'ai montré le dernier portrait de son carnet.

« Et celui-là ? »

C'était un croquis rapide d'une jeune femme tenant un petit garçon dans un trou d'eau. L'angle de son épaule était découpé comme le rebord d'une falaise, son visage protégé par ses longs cheveux qui se renversaient dans des vagues faites de larmes.

« C'est toi. »

J'ai imaginé le bout de ses doigts estompant les courbes charbonneuses de la jeune femme. Mes courbes. Je me suis étranglée et j'ai cramponné les bords de son carnet.

« T'as dit que tu prendrais pas de photo de moi.

— Je l'ai pas fait.

— Tu peux pas garder ça. »

J'ai arraché la page et me suis levée.

« La flasque. J'en ai besoin. »

Caleb me l'a cédée, et j'ai couru en haut de la colline sans me retourner. J'ai pensé à Ivy et à ma mère par terre à côté du feu, si proches qu'il n'y avait pas l'espace d'un souffle entre elles. J'ai repensé à la peau d'Ivy. Aux flammes. Aux bras de ma mère. À l'œil indocile de mon père se posant sur le creux des omoplates d'Ivy tandis qu'il passait les mains sur ses plaies. Bientôt, il allait se rendre compte de la durée de mon absence.

Je me suis faufilée à travers les massettes en rentrant, juste à l'endroit où j'avais aperçu le renard depuis ma chambre le matin. J'étais une autre fille à ce moment-là, cachée et intouchée. Désormais j'étais entrée en collision avec le monde que redoutait mon père – la morsure du whisky froid, l'inconnu avec lequel je l'avais partagé. Tout ça parce que Ivy s'était méchamment brûlée.

Je me suis glissée jusqu'à la fenêtre et j'ai regardé à l'intérieur. Ivy était assise toute droite sur mon lit. On aurait dit que le feu ne l'avait pas touchée, mais il y avait un hic : on aurait aussi dit que rien d'autre ne l'avait touchée. Sa peau rayonnait. Ses cheveux avaient été effacés de sa tête.

Elle dormait, la tête penchée sur le côté. À l'arrière de son crâne courait une fine ligne rouge, comme une irritation. Elle commençait au sommet de sa tête et descendait le long de sa colonne.

J'ai reculé. Ivy allait mieux, Ivy était toute neuve. Je n'avais jamais vu mon père mettre en œuvre une magie si puissante. Jusque-là, j'avais seulement entendu les gens de la montagne parler des pouvoirs que lui avait donnés Dieu, mais ce jour-là, j'en étais témoin. Le miracle m'a collé une sainte frousse. Mon père avait guéri Ivy sans même la toucher. Il s'était introduit dans le temple sacré de l'amitié de ma mère et Ivy, et je savais que ce temple ne pouvait les contenir tous les trois. Après avoir caché la flasque dans les roseaux, je me suis arrêtée un instant au coin de la cabane quand j'ai entendu mes parents échanger des murmures sur les marches de derrière. Ils jetaient des regards vers les ombres.

Ma mère ne s'était pas encore changée, et sa robe pendouillait en lambeaux à ses genoux. Elle a laissé tomber son menton entre ses mains, puis fait la grimace. Sa peau était enflée et marbrée de rouge à cause des flammes, tandis que celle d'Ivy était vierge de toute meurtrissure. Elle portait des bandages qui montaient jusqu'aux coudes, et regardait vers nos terres. Le seul signe de vie au-delà de nous était un mince filet de fumée venu d'une mine, qui tranchait l'horizon. Le feu se consumait encore à leurs pieds et le savon formait un monticule dans l'herbe en durcissant.

Lentement, elle s'est penchée en arrière et a étendu les jambes. Mon père, assis à côté d'elle, passait son index contre sa mâchoire.

« Comment t'as fait, Briar ? » a-t-elle demandé. Sa voix était lasse. « Je t'ai vu accomplir un tas de signes et de miracles, mais jamais un truc pareil. »

Il s'est appuyé contre elle, et ma mère était trop fatiguée pour s'écarter. Je ne pouvais me rappeler la dernière fois que je les avais vus assis côte à côte. La marche ployait sous leur poids.

« On me l'a fait un jour, y a longtemps, a-t-il dit.

— Après l'orage ? »

Il a hoché doucement la tête.

« Je croyais que tu t'en souvenais pas. »

Les yeux de mon père ont fouillé ceux de ma mère, voulant donner de l'amour, voulant en ôter. « Je m'en souviens pas. »

Et là, mon père s'est enfoncé dans ses propres mystères ainsi qu'il l'avait fait depuis le jour où la foudre était venue le traquer.

SIGNES ET MIRACLES

Les gens de la montagne qui vivaient sur notre route solitaire avaient toujours appelé mon père par son vrai nom, mais quiconque, au-delà des limites de Trap, avait eu vent des histoires du jeune homme et des serpents qu'il envoûtait l'appelait Œil-Blanc. Je le savais parce que mon père se rendait à Jolo plusieurs fois par an pour rejoindre son cercle de manipulateurs de serpents, constitué d'hommes qui avaient le double de son âge et savaient garder ses secrets. Aussitôt qu'il était parti pour la journée, on filait en ville en douce. Ivy et ma mère allaient au cinéma voir des vieux films à un dollar la séance et j'allais à la bibliothèque. J'avais deux heures à moi – une bénédiction à cette époque, avant qu'Ivy ait pris feu – et j'avais résolu de les passer à apprendre à me servir d'un ordinateur. Ma mère ne pouvait pas m'aider, et je voulais apprendre. Je lançais un navigateur Internet, et le curseur clignotait telle la pupille vitreuse d'un mocassin à tête cuivrée.

Chaque fois je tapais les mêmes mots avec les deux index :

P-R-Ê-C-H-E-U-R

O-E-I-L-B-L-A-N-C

S-E-R-P-E-N-T-S

Je passais lentement les résultats en revue, d'abord sans trop savoir comment convaincre la souris d'aller cliquer sur les liens. Les journaux locaux avaient écrit sur un homme frappé par la foudre, qui avait un œil blanc, un montagnard qui servait de la strychnine au petit déjeuner et dormait avec ses serpents. Les sites consacrés au folklore local énuméraient ses adresses des quinze derniers années n'importe où, de la piste des Appalaches aux Smoky Montains, et aucune de ces informations n'était vraie. De toute sa vie, mon père n'était jamais allé plus loin que Jolo, à quatre heures de route. Je n'ai trouvé aucune photo, aucune mention d'une femme ou d'un enfant, même si, à Trap, des rumeurs circulaient comme quoi il nous maintenait enchaînées avec les serpents. Mon père ne portait ni prénom ni nom de famille, juste un titre. *Œil-Blanc.* Même sa propre mère, insistait la légende, l'appelait comme ça avant de mourir.

Un nom bien choisi génère à soi tout seul une puissance intrinsèque, de même qu'un poing serré fait affluer le sang dans une veine. Mon père avait été baptisé sous le nom de Briar W. Bird, mais du jour où il avait été frappé par la foudre, sa mère s'était mise à l'appeler Œil-Blanc.

La nuit de l'orage, mon père dormait sur la mezzanine au-dessus de la cuisine dans la cabane qu'il partageait avec sa mère. Son père : un bûcheron consciencieux et un mari absent. Ils ne l'avaient pas vu depuis plus d'un an. Un éclair a traversé la fenêtre, pulvérisé la vitre et brûlé une planche de cèdre sur le sol. Une poutre est tombée du plafond et l'a assommé. Son dix-huitième anniversaire n'était pas encore arrivé.

Lorsqu'il a rouvert les yeux, une nuée de mouches s'était infiltrée par la fenêtre ouverte et tout le verre avait été balayé. Ma grand-mère, qui est morte dans son sommeil moins d'un an plus tard, n'avait pas pris la peine d'envoyer chercher le médecin. Dans nos collines, les gens buvaient du poison au nom de Dieu et manipulaient des serpents sous la conduite de l'Esprit saint. Pour nous, la maladie ne logeait jamais dans le corps. Elle logeait dans l'esprit. Si la maladie s'en prenait à l'un des fidèles, on priait et on attendait l'intervention divine. La preuve de la faveur de Dieu reposait sur le nombre de fois où l'on trompait la mort après l'avoir frôlée.

Le premier miracle de la vie de mon père : il allait bien. Son corps ne trahissait aucun signe de l'électricité qui l'avait traversé – jusqu'au moment où il a ouvert les yeux. L'un des deux avait conservé sa couleur bleue, et l'autre tirait désormais sur le blanc, argenté. Depuis que je le connaissais, les yeux de mon père se trouvaient à califourchon sur ses deux vies, celle qui avait précédé la foudre, et celle qui était venue ensuite.

Même s'il m'avait raconté cette histoire d'innombrables fois, le souvenir en lui-même n'avait jamais appartenu à mon père. Il ne se rappelait rien. Mais sa mère racontait la chose à qui voulait l'entendre, et ce récit avait acquis une vie indépendante. Bien vite, tout le monde, de crête en aiguille rocheuse, avait des droits sur l'histoire du jour où Œil-Blanc s'était battu avec la foudre et l'avait emporté. Près de vingt ans plus tard, bien après la mort de ma grand-mère, le souvenir collectif s'était ramassé jusqu'à devenir vérité indiscutable.

« Ton père, là, me disaient les gens le dimanche. Il va sauver la montagne. »

J'avais appris depuis longtemps à sourire et à attendre.

« Je me rappelle encore le jour où que la foudre l'a frappé. » Les histoires commençaient toujours comme ça. « C'était comme si que la foudre lui courait après. Ta mamy, elle s'est enfuie quand elle a entendu des bruits de verre. Elle s'est salement coupé les pieds. »

Il n'y avait pas d'éclair dans la version de mon père, mais je ne me lassais jamais de l'entendre. Pendant qu'il dormait, malgré l'orage, un ange était venu le voir en rêve et avait touché ses lèvres avec un charbon ardent. Il n'avait pu voir son visage. Seulement sentir la brûlure. Et aussi, il avait senti qu'il s'ouvrait, comme s'il respirait pour la première fois. Puis était tombé un froid glacial qui avait provoqué un frisson violent dans son corps. Peu après, il avait ouvert les yeux. Ça, c'est la première histoire qu'il m'ait jamais racontée.

Si mon père m'a confié ces secrets avant que je sois assez grande pour agiter un tambourin au service du dimanche, c'est pour une raison simple. J'étais facile à impressionner, tandis que ma mère ne l'était plus.

« Cela ne demande aucun courage, de faire un miracle, disait-elle en déterrant des patates du sol friable de son jardin. Là où il en faut, du courage, c'est quand il n'y a pas de miracle du tout. »

Mon père ne pouvait pas imaginer une vie sans miracles, pas quand il voyait la preuve de leur existence chaque jour dans le miroir. Il m'a dit que Dieu voulait qu'il voie le monde en deux royaumes distincts. L'œil sombre, comme il l'appelait, voyait la terre déchue telle qu'elle était, et l'œil blessé voyait le monde de l'esprit.

J'avais déjà compris qu'il ne valait mieux pas poser de question sur le monde de l'esprit. C'était un trésor vers lequel j'aurais dû être capable de suivre son plan, étant sa fille. Le même plan qu'avait autrefois suivi ma mère, sauf qu'elle avait fait demi-tour. Mon père s'enfonçait tellement en lui-même lorsqu'il parlait des choses sacrées qu'il nous était impossible, à l'une et l'autre, de le suivre. Plus j'essayais de le comprendre et de comprendre sa religion, plus il dérivait loin de moi.

Le jour où Briar Bird a été frappé par la foudre s'est révélé être le premier jour du reste de sa vie. Il lorgnait sur les serpents depuis longtemps déjà, mais c'est le jour où, de garçon des collines comme les autres, il s'est transformé en homme. Être appelé un homme, à son âge, revenait à recevoir un sceptre et une épée imaginaires. Son jeune cœur en a conçu de la force de caractère, mais point de bienveillance. C'est ce jour-là qu'il est devenu manipulateur de serpents.

Manipulateur de serpents. Mon père verrait rouge s'il m'entendait l'appeler comme ça. Il méprisait ce terme. *Saisir des serpents*, disait-il toujours. Saisir des serpents, c'était biblique. Les manipuler, c'était un numéro de foire. La plupart des églises qui pratiquent l'art de saisir des serpents n'autorisent pas les moins de dix-huit ans à y prendre part. Mon père le faisait il y a plus de vingt ans quand il avait douze ans. Voici une autre histoire qu'il aimait raconter.

Pendant un service du dimanche à la station-service abandonnée, les enfants du coin jouaient sur le parking gravillonné à côté des trous que Texaco avait laissés dans la terre. Avant ce jour-là, le bâtiment délabré avait fermé lorsqu'une foule de feuillus étaient tombés après un blizzard, bloquant la route principale qui menait à la station. Les fidèles s'étaient mis à squatter là tous les dimanches matin, jusqu'à s'y sentir chez eux. Ils cherchaient un endroit où se réunir, et Dieu le leur avait fourni. La seule façon de l'atteindre, c'était de faire demi-tour sur un sentier muletier et de contourner l'arrière du bâtiment en suivant le ruisseau. L'isolement provoquait l'excitation. Chaque fois qu'un étranger à Trap demandait comment se rendre à l'église où on manipulait des serpents, on lui donnait la même réponse : *On peut pas y aller d'ici.* Mon père avait formé une congrégation de gardiens de secrets, et le seul chemin qu'ils étaient prêts à indiquer, c'était celui pour quitter la montagne.

Mon père affirmait se rappeler le jour où il avait saisi un serpent pour la première fois sans faire d'erreur : l'automne, un soleil surprenant pour la saison, les feuilles rouge sang qui se découpaient sur le ciel pervenche. Un groupe de jeunes garçons s'étaient blottis autour du pick-up de l'ancien prêcheur, où l'on avait laissé quelques caisses à serpents. Ils s'étaient mutuellement défiés de lever le couvercle qui les protégeait des mocassins à tête cuivrée, mocassins d'eau et crotales. Des garçons plus vieux que mon père de cinq ans s'étaient dégonflés.

« Briar ? avait finalement demandé l'un d'entre eux. T'es cap ? »

Il était cap, oui. Mon père a sauté sur la plate-forme du pick-up et soulevé le couvercle d'une des caisses. À l'intérieur, un serpent, roulé comme un fouet. Il avait la couleur d'un champ brûlé. Le serpent a dressé la tête et l'a avancée vers lui, à en croire mon père. Pas pour l'attaquer, mais pour lui faire un câlin. La troupe de garçons l'observait sans piper mot.

Mon père a pris le serpent à deux mains, l'une près de la tête, l'autre près de la queue. Le serpent a ondulé. Les garçons ont poussé des cris aigus. Le jeune Briar est tombé sous le charme du serpent en plongeant son regard dans ses yeux elliptiques.

Les hurlements avaient attiré du monde. Derrière lui, un homme a parlé d'une voix posée.

« Briar, tu sais ce que c'est ?

— C'est un serpent, m'sieur.

— C'est un crotale des bois.

— La licorne du Sud », a murmuré mon père, ensorcelé par le serpent.

L'homme a hoché la tête. « C'est ça. Aussi rare que venimeux. Si ton père était là, il te dirait qu'une morsure de ce serpent t'enverra droit à ta tombe. Tu comprends ?

— Oui, m'sieur.

— T'as peur ?

— Non, m'sieur.

— Tu devrais. Repose-le dans sa caisse, fiston. »

Mon père a obéi, mais le crotale des bois l'avait charmé. Ce qui le démangeait, seul un serpent venimeux avait le pouvoir de l'en soulager, et aucune église dans nos collines ne l'aurait laissé faire. S'il voulait soulever des serpents, il allait d'abord devoir les capturer. Il a fabriqué sa propre épuisette avec un vieux manche à balai et un cintre en fil de fer. À l'âge de douze ans, il est parti dans la montagne, armé seulement de son outil et d'une taie d'oreiller. Il n'y avait pas un compagnon qui eût osé venir avec lui.

Dans tous ses récits, mon père jouait le rôle du héros solitaire. Il n'avait pas d'ami fidèle, une caractéristique qui l'a suivi à l'âge adulte, pour autant que je sache. Tandis que le jeune garçon devenait un homme, il a attrapé un mocassin d'eau, une couleuvre royale, et enfin un mocassin à tête cuivrée et un crotale diamantin. Il les a gardés à l'intérieur d'une caisse dans la cheminée jusqu'à ce qu'il épouse ma mère, qui a exigé qu'il les remise dans le cabanon.

Le fait d'avoir survécu à la foudre a donné à Briar Bird le genre de pouvoir auquel les gens rêvaient de se soumettre. À l'âge de vingt ans, mon père dirigeait l'église qui lui avait d'abord refusé ses serpents. J'avais à peine un an. Dans une communauté qui redoutait de voir périr son mode de vie, la réputation du jeune manipulateur de serpents aurait dû se répandre comme une traînée de poudre. Briar était la preuve de la grâce accordée par Dieu à nos collines. Les gens auraient dû venir de partout pour voir mon père et ses serpents, mais Œil-Blanc ne voulait pas de ça.

Trap était une sortie d'une sortie de la grande route, un patelin coincé dans les montagnes, entre les autoroutes 79 et 81. Il était difficile de s'y rendre, et plus difficile encore d'en partir. Nous étions à un jet de pierre de Judy Gap et des hauteurs vertigineuses des gorges et des pitons rocheux à la verticale qui font la renommée de la Virginie-Occidentale. Trap n'était même pas une ville, même si on l'appelait comme ça. « Non-incorporés », disaient les étrangers, comme si, de l'intérieur, on nous avait séparés du reste. Il n'y avait tout bonnement pas assez d'habitants à Trap, avec l'industrie minière qui battait de l'aile, l'usine de traitement du charbon qui licenciait, et les locaux qui sautaient sur la première échappatoire venue. Ma mère, plus que quiconque, en était médusée, elle qui pensait autrefois que notre montagne n'avait besoin de personne tant que nous avions Briar Bird.

Mon père jurait qu'il l'avait d'abord remarquée avec son œil blanc, même si je savais qu'il n'y voyait pratiquement rien avec. *Ruby était la plus jolie fille de la montagne, elle brillait comme les étoiles*, me disait-il. Ils avaient grandi à quelques centaines de mètres l'un de l'autre, le long du ruisseau, mais il avait fallu la foudre pour allumer leur attirance mutuelle. Mes parents sont tombés amoureux quand ils avaient dix-sept ans, et pour mon père, c'était simple. Il l'a vue, il l'a voulue. Mais connaître le cœur de ma mère, c'était un peu comme chercher le soleil par un jour de grisaille.

« Il y a déjà eu quelqu'un d'autre ? » lui avais-je demandé, aussi avide de ses récits que je l'étais de ceux de mon père. « À part Papa ? »

Sa réponse était sans appel. « Non. »

Mon père n'a eu qu'à poser un piège, et attendre. Il a fallu du temps à ma mère pour tomber amoureuse de l'homme derrière les serpents. L'homme qui sifflotait dans le jardin de sa mère. L'homme qui pleurait quand il riait. L'homme qui savait capturer un serpent et faire frire un œuf, mais n'aurait pas été fichu d'accrocher une balancelle sous un porche même si sa vie en dépendait. L'homme qui ne cesserait jamais de l'aimer. Son amour pour ma mère était profond, sans retenue, et il se moquait de qui pouvait le voir. Mais il ne se moquait pas du fait que ça le rendait faible.

Mon père estimait que les gens devraient être aussi faciles à manœuvrer que ses serpents. Malgré tous ses dons, il n'a jamais pu maîtriser le cœur de ma mère. Du coup, il l'aimait égoïstement. C'est la leçon la plus vraie que mon père m'ait donnée : l'amour qui espère conquérir ne peut que se muer en haine.

Quand j'étais petite, j'ai appris par cœur tous les mythes des serpents de la montagne, car mes parents me les racontaient lorsqu'ils ne parvenaient plus à trouver le moyen de se parler. Mon préféré, c'était l'histoire du serpent noir qui se lovait dans les branches d'un orme et chantait une aria. Lorsque mon père la racontait, le serpent avait la voix d'un dieu en colère. Lorsque ma mère la racontait, le serpent était une sirène solitaire de la montagne. Les histoires de mon père plastronnaient de bravoure, celles de ma mère sanglotaient de chagrin.

J'ai écouté ces histoires longtemps après être devenue trop grande, car elles m'évitaient d'avoir à raconter les miennes. J'avais des choses dont je ne pouvais parler, moi aussi.

Je faisais confiance au Dieu de mon père, mais pas à sa religion.

Je croyais à l'évolution telle qu'elle était expliquée dans les livres d'école de Bobby.

Je pensais au sexe.

« Le sexe, c'est meilleur quand c'est défendu », m'avait un jour chuchoté Ivy à l'oreille tandis que nous nous baignions dans le ruisseau.

Sous les rires d'Ivy, ma mère avait agité une main réprobatrice mais je ne lui avais jamais vu l'air si triste. Elle et mon père n'avaient jamais eu d'autre enfant, et je me demandais si c'était parce que ma mère avait un mouvement de recul chaque fois qu'il la touchait.

« Le sexe, c'est pas si bien que ça, avait chuchoté ma mère, et c'était la chose la plus cruelle qu'elle m'ait jamais dite. Tu verras. »

Ces mots étaient les seuls que j'aie entendus sur le sexe, car ma mère était la seule enseignante que j'aie jamais eue. Il y avait une petite école pour les enfants de nos collines, en prenant la route qui longeait le ruisseau jusqu'au sud de Trap, mais je n'y avais jamais mis les pieds. Mes journées d'école se déroulaient à la table de la cuisine, à lire des livres indiqués par ma mère et à faire mes propres recherches sur le rythme de croissance du gingembre sauvage dans les champs entourant notre cabane. Le matin, je récitais à mon père de longs passages de l'Ancien Testament. L'après-midi, je recopiais des planches reproduisant la photosynthèse sur un petit tableau noir. Je glanais ce que je pouvais des mathématiques dans un manuel, armée d'une vieille calculatrice. Ma mère m'apprenait la géométrie à l'aide du rapporteur en plastique qu'elle avait utilisé dans les salles du lycée de Trap vingt ans plus tôt. Chaque printemps, ma mère emmenait mon père en balade pour une journée afin d'aller fleurir la tombe de sa mère, au fin fond de Logger's Nook, sur l'autre versant de la montagne, tandis qu'Ivy me conduisait au chef-lieu passer mon test. Grâce aux devoirs abandonnés de Bobby, ou à la chance, je réussissais toujours.

Dans ses livres, on appelait ça le darwinisme, mais l'évolution, je l'ai apprise en observant son contraire dans le mariage de mes parents. J'ai dessiné sa destruction dans mon cahier d'école, à côté des cris des chouettes rayées en hiver et des violettes timides au printemps. *Viola rotundifolia. Viola canadensis. Viola pedata.* Quelquefois l'amour ne meurt pas. Il repart à rebours telle une montre dont les aiguilles se mettraient à tourner en sens inverse.

Il n'y a pas plus esseulé que la femme d'un prêcheur. Ma mère aimait son mari, mais n'avait pas confiance en lui. Elle me disait souvent qu'elle était tombée amoureuse de lui le jour où il avait été frappé par la foudre.

« Briar a vécu une chose réelle, disait ma mère, d'une voix assez douce pour que j'aie l'impression que nous partagions enfin des secrets. Une chose qui existe de l'autre côté de cette vie. Une chose qui venait de notre terre. C'est ce que Briar a amené ici. Et je voulais en faire partie. »

Je comprenais. Petite, j'adorais mon mystique de père. Même lorsque l'adoration de ma mère a commencé à se faner, je ne pouvais m'empêcher de me laisser charmer quand il tenait un serpent. Il avait l'air royal, intrépide. Les serpents venimeux se changeaient en soie entre ses mains, et il les traitait comme j'aurais voulu qu'il me traite – avec tendresse et émerveillement. Les gens disaient qu'il était né pour soulever des serpents, et je n'en ai jamais douté. J'ai un jour demandé à ma mère si elle pensait que mon père manipulerait des serpents au paradis.

Elle a ri. « S'il le fait, je le regarderai pas. »

Elle voulait plaisanter, mais ses mots m'ont hantée : « Je le regarderai pas. » Je savais qu'elle venait de trahir son désir le plus ardent.

Jusqu'à mes quinze ans, j'ai eu des aperçus de sa liberté perdue avec ces longs après-midi que mon père passait régulièrement à Jolo : ma mère et Ivy riaient comme des adolescentes au fond du cinéma. C'est là que je me sentais le plus seule, et la boule dans mon estomac me poussait vers les ordinateurs de la bibliothèque afin d'y découvrir ce que nous représentions pour le reste du monde.

J'ai eu ma réponse une semaine avant qu'Ivy ne prenne feu. En poussant la porte du fond de la bibliothèque, j'ai laissé échapper ma pile de livres. La liste de lectures de Bobby pour le printemps comprenait *À l'est d'Eden* et les tragédies de Shakespeare, et j'avais glissé *Œil de tigre* entre deux volumes afin que ma mère ne le remarque pas. Les livres me sont tombés des mains lorsque j'ai buté dans une bande de jeunes qui se partageaient une Virginia Slim après la sortie du lycée. J'ai retenu ma respiration et regardé le ciment. J'attendais leurs rires. Lorsque je me suis penchée pour ramasser les bouquins, un garçon a écarté *Œil de tigre* d'un coup de pied. Je me suis retrouvée à quatre pattes.

« Laisse pas ta maman voir les cochonneries que tu lis », a-t-il dit.

Les autres ont ricané, et une chaleur cuisante m'est remontée le long de la nuque. Je me suis mordu la joue et j'ai appuyé mes paumes par terre jusqu'à ce qu'une fille aux cheveux blond filasse les fasse taire.

La cigarette aux lèvres, elle s'est mise à genoux et m'a tendu le livre. Ses ongles rose vif scintillaient, assortis aux bouts terreux de ses santiags à paillettes. Je me suis relevée et j'ai lissé ma jupe avant de regarder le garçon.

« Tu crois pas que j'ai envie de vivre, moi aussi ? » ai-je demandé, trop bas.

Il a détourné les yeux, et j'ai su que personne ne m'avait entendue, comme quand je me tenais face au ravin derrière le cabanon à serpents de mon père et hurlais vers l'abîme. La fille a écrasé sa cigarette du bout de sa botte et je suis partie.

PARLER EN LANGUES

Le service du dimanche suivant le miracle sur Ivy a commencé on ne peut plus normalement. Un groupe de deux douzaines de fidèles était venu des poches les plus éloignées de la montagne. La salle se remplissait de têtes qui se balançaient tels des rocking-chairs dans le vent et Hawley Boggess, un fermier à la barbe aussi longue que ses bretelles, cognait paresseusement sur sa caisse claire. Ma mère, assise dans le coin, agitait son tambourin. La lumière peinait à s'infiltrer par les fenêtres blanchies à la chaux, mais j'ai tout de même remarqué une nouveauté. Tante Bette avait amené son clan à l'église, avec Caleb au volant.

Je me suis assise au même niveau que lui, de l'autre côté de l'allée, avec les fils d'Ivy qui ne tenaient pas plus en place que d'habitude. J'ai senti Caleb qui m'observait tandis que je glissais des caramels dans les mains des garçons. Pendant le sermon, ses yeux dérivaient vers moi. Une chaleur animale m'est remontée du ventre à la poitrine.

C'était un jeu dangereux. Mon père ne souffrait pas les inconnus. Chaque dimanche, il attendait que la station-service soit vide avant de fermer à clé et d'escalader les crêtes de derrière par la vallée avec ses serpents à la traîne. Il y avait huit kilomètres jusqu'à notre cabane, et Ivy nous ramenait toujours en voiture, ma mère et moi. Il fallait le plus clair de l'après-midi à mon père pour se frayer un chemin à travers les sentiers envahis par la végétation en s'assurant qu'il n'était pas suivi. Il aimait sa solitude, et il aurait sacrifié n'importe quoi pour la protéger. Si mon père remarquait les coups d'œil de Caleb, il dirait à tante Bette de ne pas revenir, et je ne le verrais plus jamais.

Je n'étais pas la seule à observer Caleb. La vieille Mrs Frye, assise devant moi, le surveillait d'un air méfiant en caressant sa tresse grise. Elle n'aimait pas les étrangers.

À côté de lui était installée la fille aux cheveux filasse et aux ongles pailletés qui m'avait rendu mon livre devant la bibliothèque. Lorsqu'elle a remarqué la grimace méprisante de Frye, elle a touché l'épaule de Caleb. Ensemble, ils l'ont fixée pour lui faire baisser les yeux, mais elle n'a pas cédé.

Les fils d'Ivy piquaient du nez à côté de moi. À la chaire, mon père a brandi son serpent préféré – un crotale des bois jaune – vers le ciel. Son cœur a été submergé, sa respiration s'est réduite à un halètement. Devant nous, il a continué de prêcher. Il a parlé de la parole de Dieu, qui se manifestait dans nos cœurs. Puis il s'est rendu à sa caisse de sapin, en a sorti un mocassin à tête cuivrée, et l'a soulevé à côté du crotale. Il a plissé ses yeux, comme s'il guettait un orage à l'approche. Bientôt, il s'est mis à parler en langues, et ses cils à battre irrégulièrement. Il a balbutié : *Na – shadada – dannah.* C'était un son que j'avais entendu toute mon enfance, un son que j'étais incapable de répéter. Seul Dieu pouvait l'accorder.

Mon père ne ressemblait jamais autant à ses serpents que lorsqu'il parlait en langues. On aurait dit une berceuse. Tout dans la cérémonie faisait écho à l'anatomie délicate des reptiles. Le claquement du tambourin, les langues frémissantes, les mains tendues qui glissaient vers le ciel.

Pour la première fois de sa vie, Ivy s'est jointe à lui. Sa bouche s'est mise à trembler de mots que personne ne pouvait comprendre.

Mon père a reposé le crotale dans sa tanière en bois et a regardé l'assemblée. « J'ai assisté à un miracle cette semaine », a-t-il dit.

La salle s'est immobilisée. C'étaient les mots que les fidèles attendaient depuis le jour où mon père avait été frappé par la foudre. Enfin, la légende d'Œil-Blanc se poursuivait. Il a montré d'un geste Ivy, qui s'est levée de son siège tel un brouillard. Ma mère a levé les yeux sur son amie. Le bonnet qu'elle avait cousu pour la tête chauve d'Ivy était posé à plat sur ses genoux. Ivy semblait venue d'un autre monde. Ses yeux ont fouillé l'assemblée en attente. J'ai fermé les miens et je l'ai vue brûler.

Tandis qu'Ivy racontait le feu, j'ai commencé à avoir l'impression que je ne pouvais pas respirer. Je me suis levée et je suis sortie, tête baissée.

Une fois que j'ai eu quitté le bâtiment, je me suis enfuie vers l'arrière de l'église, où j'avais trouvé la flasque vide en avril dernier. Les arbres frissonnaient. J'ai fermé de nouveau les yeux, avachie contre le mur. Je n'ai pas entendu ses pas, seulement une voix.

« Wren. »

J'ai ouvert les yeux.

« Je t'ai fait peur, a dit Caleb.

— Non. » Je me suis redressée. « C'est pas facile de me faire peur. »

Il n'a pas bougé. « Retrouve-moi plus tard, au coucher du soleil, a-t-il dit. Au trou d'eau.

— Pourquoi ? »

Il a fixé les yeux au sol. J'ai attendu.

« Je voudrais que tu m'apprennes à nager.

— À nager ? »

Il a fait oui de la tête.

« Dans le noir ? »

Il a haussé les sourcils, et ses cils épais sont retombés sur ses yeux. « Tu crois que c'est mieux en plein jour ? »

J'ai réfléchi ; il avait raison. « Pourquoi moi ? ai-je demandé.

— Parce que je connais personne ici, et toi non plus.

— C'est pas vrai. » J'ai failli éclater de rire. « Je connais tout le monde ici.

— Mais tu leur fais pas confiance. » Il m'a regardée un long moment. « Et c'est pareil que d'être tout seul. »

Il a attendu. Je sentais les fantômes d'Ivy et de ma mère plus jeunes, à mon âge, me pousser en avant et me supplier de rester en arrière.

« Quel intérêt à tomber amoureuse, avait demandé Ivy un après-midi, me croyant assoupie, si ça donne l'impression de sauter d'une falaise ?

— L'amour, ça fait pas toujours ça, avait répliqué ma mère en défaisant les ourlets d'une vieille robe. Seulement quand c'est vraiment bien. »

Ivy avait ri, et j'avais deviné qu'il y avait des histoires qu'elles ne me raconteraient jamais. Le genre d'histoires dont le souvenir fait souffrir. Le genre que je voulais vivre.

« Viens, a dit Caleb. Et apporte le whisky. »

Il est rentré discrètement dans l'église, et j'ai laissé passer quelques minutes avant de lui emboîter le pas afin que personne ne sache qu'on s'était parlé. À l'intérieur, mon père était en train de déclarer que le temps était venu de prier pour Ivy, de remercier Dieu de l'avoir guérie. Tel un véritable aimant, elle avait attiré la plus grande partie de l'assemblée en petit tas à l'avant. Elle se tenait au milieu d'eux, elle avait l'air d'être née une seconde fois. Les mains des fidèles ont couvert sa tête chauve, et un frisson m'a parcouru le dos. C'était ce que les gens attendaient depuis longtemps. Un signe que Dieu ne nous avait pas oubliés, même si c'était le cas du reste du monde.

Ma mère se tenait à l'écart de la foule, les yeux grands ouverts. Elle fixait mon père qui priait pour Ivy avec des formules étranges, sa meilleure amie tombant au sol tandis qu'un léger soupir s'échappait de la bouche du prêcheur. Après une vie de magie prévisible, mon père avait enfin surpris sa femme.

Je lui ai demandé un jour pourquoi elle n'avait jamais soulevé un serpent, et elle a réfléchi un long moment avant de répondre. « Je t'avais, toi. Je ne voyais pas l'intérêt de prendre le risque. »

La ruche de prières s'est tue lorsque Ivy a ouvert la bouche.

« Quand Œil-Blanc m'a imposé les mains, a-t-elle dit, j'ai ressenti un froid que je n'avais jamais connu. »

Tous les regards étaient braqués sur Ivy, mais j'observais ma mère du fond de la salle. J'ai vu son scepticisme se dissoudre puis redoubler lorsque les mots d'Ivy se sont échappés de ses lèvres. D'un instant à l'autre, Ivy avait cessé d'être Ivy. Elle n'avait jamais appelé mon père Œil-Blanc auparavant, et elle n'avait jamais levé les mains au ciel en gémissant et en tremblant de tout son corps. Ma mère a regardé sa meilleure amie disparaître et a jeté un regard noir à mon père, qui l'avait confisquée.

Ivy avait été guérie. Personne ne pouvait le réfuter. Mon père avait accompli un miracle, et pourtant quelque chose n'allait pas.

BAIGNADE NOCTURNE

Notre cabane est demeurée silencieuse après le témoignage d'Ivy. Le soleil a disparu à l'horizon, les sapins de Fraser étaient devenus autant de coups de pinceaux noirs contre sa chaleur. Ma mère est allée se cacher dans sa chambre et mon père ne l'a pas suivie. J'ai préparé des haricots en boîte et des blettes du jardin pour le dîner, et mon père et moi, nous avons mangé sous le porche comme des prisonniers en cavale – dans la pénombre, et en vitesse.

Nous étions assis côte à côte, exactement comme je les avais trouvés, lui et ma mère, sur les marches, après qu'Ivy avait brûlé deux jours auparavant. C'était plus sûr ainsi. Je pouvais monter la garde avec mon père sans avoir à le regarder dans les yeux. Si son œil blanc croisait le mien, il saurait pour Caleb et le whisky.

« Qu'est-ce que tu penses du miracle d'Ivy ? » a-t-il demandé finalement.

Mon père ne posait jamais de question dont il attendait la réponse. Il s'en fichait, de ce que je pensais. Tout ce qui l'intéressait, c'était ma mère.

« Personne ne peut expliquer ce qui est arrivé à Ivy », ai-je dit.

Sa tête s'est renversée sur le côté. « Je vois. Et ta maman ? » Ses cheveux blonds paraissaient gris dans la nuit. « Qu'est-ce qu'elle en pense ? »

Devant nous le cabanon à serpents couronnait le ravin. Les ombres doublaient sa taille.

« Elle pense qu'Ivy n'est pas elle-même. Comme si elle s'était échappée en laissant son corps derrière elle. »

Du coin de l'œil je l'ai vu se cabrer. « Tu crois qu'Ivy avait besoin de s'échapper ? »

Tout en moi me criait de ne pas lui répondre.

« C'est juste... » J'ai cherché mes mots. « Qu'elle est neuve, maintenant, par le corps et par l'esprit.

— Il n'y a pas de maladie dans la chair. Seulement dans l'esprit.

— Je sais, Papa. » Je l'avais entendu prononcer ces mots si souvent que je me les récitais dans mon sommeil. « Mais Ivy n'est plus pareille. Tu as vu comment elle était à l'église.

— Et c'est moi le responsable ? Pas elle ?

— C'est ce qu'on dirait.

— Et ça ne plaît pas à ta mère.

— Je crois que l'ancienne Ivy lui plaisait telle qu'elle était. »

Ivy n'avait jamais eu peur de dire à mon père qu'elle pensait qu'il n'était pas grand-chose sans ses mocassins cuivrés et ses crotales. *C'est pas parce que les serpents te mordent pas que ça fait de toi un dieu*, lançait-elle, le mettant dans une telle colère qu'il devenait tout rouge. Et à présent que le miracle de mon père avait transformé le corps d'Ivy, il semblait qu'il avait également réussi à lui faire changer d'avis.

Il s'est penché vers la terre, les sourcils froncés, a cueilli un brin d'herbe, et se l'est collé dans la bouche. « J'aurais dû la laisser brûler, alors.

— Attention, Briar. Ton mauvais esprit te perdra. »

La voix de ma mère nous a recouverts. Je me suis retournée et j'ai vu son visage baigné de lumière à travers la porte grillagée. Elle avait l'air épuisée, ses cheveux épais retombant sur sa taille, ses paumes rabattues sur les côtés de sa jupe rapiécée. J'ai attendu que mon père bredouille des excuses, mais c'est ma mère qui l'a fait.

« Je regrette d'avoir douté de toi quand Ivy a pris feu, a-t-elle dit en le regardant de ses yeux sombres. Mais Wren a raison. Ivy n'est pas elle-même. Elle n'a jamais aimé les grandes démonstrations religieuses. Tu n'aurais pas dû l'appeler à la chaire aujourd'hui. Tu sais que ce n'est pas sa voie. »

Mon père a esquissé un sourire cruel, comme il le faisait toujours quand il estimait l'avoir coincée. « Les voies du Seigneur ne nous appartiennent pas », a-t-il dit.

Ma mère a soupiré et remonté ses cheveux bruns en chignon. « Je t'ai présenté mes excuses, Briar. C'est à prendre ou à laisser. »

Elle s'est effacée dans la pénombre et s'est dirigée vers leur chambre. Mon père s'est levé, a déposé nos assiettes dans l'évier et l'a suivie. Je l'ai entendu refermer doucement la porte derrière lui. Il lui a murmuré quelque chose et la voix de ma mère lui a répondu. Je me suis levée à mon tour et me suis étirée. Ces murmures auraient fait croire à n'importe qui qu'ils étaient toujours amoureux.

Il avait fallu toute la journée à ma mère pour s'excuser d'avoir douté des dons de mon père. Peut-être que tout ce temps, elle avait espéré un miracle pour elle, et c'était Ivy qui l'avait reçu.

Ce genre d'envie, mon père ne le comprendrait jamais. Il pouvait laisser tomber les bénédictions telles des piécettes dans une fontaine, sans jamais se sentir démuni. Ivy avait connu quelque chose de réel, de sacré, qui n'était pas de ce monde, et il voulait faire de cette étincelle un brasier. Après des années passées à s'opposer à la meilleure amie de sa femme, il avait enfin trouvé chez Ivy quelque chose qui lui plaisait – un éclat de lui-même.

J'ai marché jusqu'au ruisseau dans un rêve, dans un brouillard. Je n'ai pas pu m'empêcher de courir jusqu'à l'eau. J'avais peur de ce qu'il était en train d'arriver à Ivy – de ce qu'il était en train de m'arriver. Son accident avait ouvert en grand mon monde désert. Il m'avait rendue téméraire. Vivante.

Le ruisseau m'appelait, me faisait avancer. Même la nuit, l'eau ne s'arrêtait jamais. Elle était toujours froide, comme l'aimaient les vieux *moonshiners*. Ma mère m'a appris la chose suivante sur les eaux sauvages de notre montagne : si je voulais les dompter, il me fallait d'abord m'abandonner à elles.

Caleb était assis en tailleur sur la berge, vêtu d'un sweat à capuche. Il avait emprunté le van de tante Bette et s'était garé sur un carré de terre à environ trente mètres, en haut du sentier qui descendait au ruisseau. Le moteur faisait tic-tac quand je suis passée devant. Au bord de l'eau, il avait posé son carnet et son crayon à côté de ses chaussures. Il faisait frais. J'étais venue pieds nus, flasque autour du cou. Je m'y accrochais bien pour que Caleb ne voie pas mes mains trembler. Puis je l'ai dépassé et j'ai plongé les pieds dans l'eau.

« T'es prêt ? » j'ai demandé, regardant par-dessus mon épaule.

Il s'est levé et a retiré son sweat par la tête. J'ai vu de nouveau ses épaules, nues, musclées et tendues. Je n'avais jamais eu envie de toucher personne comme j'avais envie de toucher Caleb en cet instant. Ma robe a glissé de mon corps. En dessous je portais un maillot de bain bleu marine délavé qui avait appartenu à ma mère. La plupart de mes affaires étaient d'anciens habits à elle.

J'ai regardé Caleb. *Touche-moi*, suppliait mon corps. *S'il te plaît.*

Je me suis avancée dans l'eau jusqu'au cou et j'ai bu une gorgée de whisky. Caleb attendait encore sur la berge.

« T'as peur ? ai-je demandé.

— J'ai jamais peur, sauf si j'ai une bonne raison.

— Moi pareil.

— Elle est toujours aussi froide la nuit ? »

Il a trempé ses doigts dans l'eau et les a portés à ses lèvres. J'ai attendu que sa bouche se recourbe, que ses doigts descendent en chercher davantage. En juin, l'eau du ruisseau avait un goût plus sucré.

J'ai souri. « Tu t'y feras.

— J'ai pas envie. » Il a fait un pas dans le ruisseau, et ses yeux ont étincelé, deux lunes douces d'été. « Venir ici, c'était comme tomber de la carte. »

Au-dessus de nous, au sommet du pic le plus haut de la forêt, quelqu'un avait planté trois croix blanches : une pour le Christ et deux pour les larrons crucifiés avec lui. Leur silhouette drapait le ruisseau telle une robe tombée du ciel.

« C'est facile de se perdre sur cette montagne », ai-je dit en levant les yeux vers lui.

Je lui ai tendu le *moonshine* que j'avais volé à Ricky. Il a reculé, l'a pris et a bu. J'allais apprendre la chose suivante sur Caleb : il était aussi courageux que prudent, et jamais négligent. Je me suis avancée davantage dans le courant rapide, et Caleb m'a suivie, les bras levés.

« D'abord, quand tu respires sous l'eau, tu expires, seulement. Prêt ? »

Je n'ai pas attendu sa réponse. Je l'ai pris par la main et l'ai entraîné vers le fond, et il s'est laissé faire. Je l'ai maintenu sous l'eau, sentant le poids de sa paume sur la mienne. J'ai ouvert les yeux dans le noir. Mes cheveux bruns flottaient dans les flots. La main de Caleb s'est serrée autour de la mienne et il m'a attirée vers la surface. Nos corps soupiraient l'un contre l'autre. Je ne l'aurais jamais avoué, mais j'étais glacée.

« Alors c'est tout ? » a-t-il demandé. Des gouttes d'eau luisaient sur ses lèvres.

« Il faut que tu apprennes à flotter. » Je suis allée me placer derrière lui et j'ai posé une main entre ses omoplates. « Laisse-toi aller en arrière.

— Tu peux pas me porter.

— C'est pas moi qui te porte. C'est l'eau. » Ma voix s'est adoucie. « Laisse-toi aller. »

Il s'est projeté en arrière d'une poussée, et son corps s'est plié en deux. Il a cherché mon bras en battant des mains, et je l'ai rattrapé. Autour de nous l'eau léchait les rochers.

« Flotter, ça donne l'impression de couler, au début. Écarte bien les bras et reste bien droit. »

De nouveau mes mains ont trouvé son dos, et de nouveau il s'est plié en deux. Il claquait des dents.

« Essaie encore. Et bloque tes genoux. »

Son corps s'est étiré contre ma paume, et j'ai glissé mon autre main sous la pliure de ses genoux. Je n'avais jamais guidé le corps d'un homme avec le mien. C'était puissant, et fugitif, et terrifiant. C'était volcanique, nos cœurs qui étaient si proches. J'ai pensé à mon père et à ses mains magiques, les doigts qui calmaient les serpents et apaisaient les flammes. Ça devait être ça qu'il ressentait quand la puissance quittait son corps, une sensation tellement intime qu'il ne pouvait s'empêcher de la rechercher coûte que coûte.

Caleb m'a raccompagnée à la maison à pied, dans le noir. On frissonnait tous les deux dans la nuit déserte et il m'a parlé de la grande roue sur laquelle il montait tous les étés à Richmond, où il avait habité jadis. C'était le premier dessin qu'il avait fait de sa vie, un croquis des immeubles qui se reflétaient dans l'eau devant lui lorsque l'alternateur du manège était tombé en panne et qu'il était resté coincé au sommet avec ses frères.

« Tes frères. C'est les deux garçons dans ton carnet de croquis ?

— Oui. Des jumeaux.

— Ils sont où maintenant ? »

Il a poussé un soupir. « Pas loin. À quelques villes de Trap. Ma mère a été transférée dans la région pour le boulot, et c'est là que les ennuis ont commencé.

— Les ennuis ?

— Oui, ici, il y a que ça, des ennuis. »

Je ne voyais pas du tout ce que voulait dire Caleb. Les seuls ennuis dont j'avais entendu parler, c'étaient ceux qui m'attendaient si je quittais la montagne – si je quittais un jour mon père et ses serpents.

Nous sommes arrivés au bas de ma colline et avons traversé le mur de sapins baumiers. En face des conifères, une boîte aux lettres vide était fichée dans le sol, tordue. Mon père l'avait camouflée avec des branchages. Notre cabane n'avait même pas d'adresse. Le seul courrier que nous recevions était au sujet de ma scolarité, et il arrivait chez Ivy. Au-dessus de nous, des paulownias bordaient le ciel. Caleb a remonté sa capuche.

« Mon père a un cabanon derrière, ai-je dit. C'est là qu'il garde ses serpents.

— Ça, il sait comment se cacher du reste du monde. Il n'y a pas une seule maison avant des kilomètres.

— Il a peur qu'on se moque de lui. » Je me suis revue à genoux devant la bibliothèque, sous les ricanements des garçons. « Et moi aussi. »

Le coude de Caleb a touché le mien. « Je me moque pas. »

La douceur de la soirée s'installait autour de nous, les grillons chantaient et le murmure du ruisseau s'estompait.

« Les gens te posent des questions sur les serpents, pas vrai ? » Caleb s'est adossé à un tronc d'arbre. « Moi, ils veulent savoir pourquoi je suis séparé de ma famille. Tu veux savoir ?

— Oui.

— Les jumeaux. Ils ont seulement douze ans. »

J'ai hoché la tête. Les branchages scindaient le clair de lune en fuseaux.

« Je les ai emmenés faire un tour dans le 4 × 4 de mon voisin, en mars dernier. C'était risqué, et c'est pour ça que je l'ai fait. J'en pouvais plus de rester coincé dans ce bled où il n'y avait rien à la radio, que de la bouillie. Je me suis dit que le risque allait me maintenir en vie dans cette ville morte.

« J'ai appris à conduire en ville, et je savais que les routes de campagne étaient plus dangereuses. J'avais entendu parler de gens qui perdaient le contrôle de leur véhicule dans les bois, et j'avais envie de ressentir ça. Je pensais que j'étais assez fort pour redresser le volant dans les dérapages. » Il s'est tu. « Mais en fait non.

— Qu'est-ce qui s'est passé ?

— Je suis rentré dans un rocher que j'avais pas vu. Le 4 × 4 a plié, et mon frère Derrick a fait un vol plané et s'est blessé à la colonne vertébrale. » Il s'est agrippé la nuque. « Il est alité depuis, et on sait pas s'il pourra un jour remarcher. Et Surley – l'autre jumeau – a dit qu'il ne me reprochait rien, mais qu'il ne pouvait plus m'adresser la parole. Même ma mère, elle ne peut pas.

— Tu dois te sentir très seul. »

Il a hoché la tête. « La séparation est temporaire, le temps que ma mère s'habitue à s'occuper de Derrick. Mais ce qu'il leur faut, à tous, c'est oublier que c'est moi qui tenais le volant. Ça me ferait pas de mal d'oublier, moi aussi. »

Ses épaules se sont affaissées et son visage a disparu derrière le tissu de la capuche de son sweat. J'ai mis la main sur son dos. Ses muscles se sont tendus, puis il a enfoncé les poings dans ses poches.

« Les familles me prennent pendant quelques semaines, puis on m'envoie ailleurs. Plus je m'éloigne des villes, moins on veut d'un mec comme moi dans les parages, et tu sais quoi ? » Ses yeux ont lancé des éclairs comme une voiture qui arrive pleins phares.

« C'est comme si j'étais puni à nouveau, chaque fois. »

Il a poussé un soupir, et son haleine m'a chatouillé le cou.

« Quand je t'ai vue avec ces garçons dans le ruisseau, ça m'a fait penser à mes frères. »

J'ai pris la main de Caleb et sa chaleur est devenue mienne. Nos paumes réunies, pressantes, douces, dangereuses.

« Dis. » J'arrivais à peine à sortir un mot. « Tu veux voir les serpents ? »

Caleb a fait un grand sourire, et ensemble nous avons traversé le marécage et grimpé la côte raide. Nos ombres se mêlaient dans le clair de lune. La maison était plongée dans le noir lorsque nous sommes passés devant.

Nous avons marché à travers les quenouilles jusqu'au cabanon. J'ai levé le loquet de cuir. Nous sommes entrés, et la porte a claqué derrière nous.

« Y a pas de lumière, ai-je dit, le torse de Caleb contre mon dos. Je ne m'en étais jamais aperçue. »

La seule lueur ténue venait d'une minuscule fenêtre sur le mur du fond, et l'espace était si petit que Caleb ne pouvait pas se tenir droit. Lorsque j'avais trouvé mon père en train de sommeiller là quelques jours auparavant, on l'aurait cru au paradis. Mais dans l'air nocturne, j'ai compris qu'il s'était bâti un cercueil. Il régnait un silence de mort. Pas un sifflement ne s'élevait des cinq caisses.

Caleb et moi, nous nous sommes assis épaule contre épaule face à elles.

« Et tu y crois, toi ? » a-t-il demandé.

C'était une question d'étranger. Je n'avais pas de réponse.

« Les serpents existent, ça c'est sûr.

— Moi, je trouve qu'on dirait que c'est défier Dieu.

— "Voici les miracles qui accompagneront ceux qui auront cru : en mon nom, ils chasseront les démons ; ils parleront de nouvelles langues ; ils saisiront des serpents ; s'ils boivent quelque breuvage mortel, il ne leur fera point de mal…

— … Ils imposeront les mains aux malades, et les malades seront guéris." »

Caleb a terminé le verset du chapitre XVI de saint Marc. « Je l'ai lu. »

Sa voix, un glas dans le silence. Il m'a fait rougir. Mes mots avaient beau rendre hommage à mon père et à sa religion, mes actions s'élevaient contre lui. Je n'avais jamais été une fille plus dévouée, en train de réciter son passage préféré des Écritures assise dans le cabanon de Papa, mais j'avais violé sa règle la plus fondamentale. J'avais fait entrer un étranger – pas seulement dans le sanctuaire de mon père, mais dans le mien.

Un rai de lumière entrant par la petite fenêtre jetait un faisceau sur nos jambes allongées. J'ai regardé Caleb.

« Tu me trouves bizarre.

— Non. » Il parlait avec précaution. « Mais ton père, oui.

— Et si je soulevais un serpent ? ai-je demandé. Tu me trouverais bizarre, dans ce cas ? »

Nos corps étaient proches et pas encore assez proches. Il s'est penché vers les caisses où attendaient les reptiles.

« Vas-y », a-t-il dit.

Mes mains ont glissé l'une contre l'autre. « C'est pas censé être un spectacle.

— Ah non ?
— Dis-moi ce que tu penses.
— Seulement que tu peux le faire, ou tu peux en parler. À toi de voir. »

J'ai commencé à regretter de l'avoir amené là. Il n'avait jamais été séduit par la beauté malade d'un serpent – le soulever par-dessous la mâchoire d'une main, coincer la queue sous son pouce de l'autre. Le laisser vous émouvoir, se laisser aller main dans la main avec sa propre mort, et le vaincre. En tant que fille de mon père, j'attendais depuis longtemps le jour où je brandirais un crotale des bois, mes doigts cherchant le pouls de son cœur à trois valves, ses vertèbres ondulant comme des vagues sur la rive. Mais je n'en avais jamais trouvé le courage.

« Mon père, il est peut-être bizarre, mais c'est pas un imbécile.
— J'ai jamais dit que c'était un imbécile. Je... »

J'ai plaqué ma main sur sa bouche quand j'ai entendu un mouvement derrière la porte.

« Cache-toi.
— Non.
— *S'il te plaît* », j'ai supplié. Le son s'est approché, des pas fendillant la terre desséchée par le feu.

« Me force pas à me cacher, a dit Caleb. Me fais pas ça. »

J'ai vu à ce moment-là que je n'avais aucun droit de l'inviter là. « Je suis désolée », ai-je murmuré. J'ai bondi sur mes pieds et empoigné le loquet en entendant la voix de mon père.

« Qui est là ? » a-t-il demandé. Il savait bien qu'il ne fallait pas ouvrir la porte d'une pièce pleine de serpents.

« C'est moi, Papa.

— Wren. » Il ne prononçait presque jamais mon nom. « Qu'est-ce que tu fabriques ? »

Je me suis mordu les lèvres en regardant Caleb. La flasque était pendue à mon cou. « Je prie. » Ma voix a perdu sa force.

Il s'est tu un moment. « Les serpents, a-t-il repris. Ils sont bien enfermés ?

— Oui, oui. »

Je l'imaginais en train de plisser les lèvres, se demandant si c'était ou non le jour de faire confiance à sa fille.

« Bon, d'accord. À demain matin, alors. »

J'ai attendu d'entendre la porte moustiquaire du porche claquer derrière lui, puis je me suis tournée vers Caleb. Je ne m'étais jamais sentie aussi sale.

« Je dois y aller, a-t-il dit.

— Je suis désolée. » Je n'arrivais pas à le regarder en face.

Caleb s'est levé et a refermé la porte en silence derrière lui. Je suis restée seule dans le cabanon à serpents pour la première fois de ma vie. À genoux, je me suis avancée vers le crotale des bois jaune que mon père gardait au milieu. J'ai posé mes mains à plat contre le verre, qui s'est embué sous l'effet de ma sueur. Je me suis sentie en sécurité, les serpents et moi confinés. C'était fragile, et solitaire, et tout ce que je voulais changer de moi.

Plus tard, je devais me rappeler les semaines suivantes selon trois unités de mesure : à quel point je pensais à Caleb, la rapidité avec laquelle Ivy est tombée malade, et combien cette soudaine maladie a énervé mon père.

Avant la fin juillet, Ivy était grippée, congestionnée, et ses fils étaient toujours aussi accaparants. La maladie s'était déclarée plus vite que le feu dans ses cheveux. Une éruption de boutons rouges s'était répandue comme une traînée de poudre sur sa peau, et elle vomissait toutes les heures. Le blanc de ses yeux est devenu rose, et ses lèvres bleues. Toute la journée, elle frissonnait, toussait et crachait. Toutes les heures, elle s'enduisait d'une pommade de suif et de cire d'abeille, un vieux remède de la montagne. Même le Dr Ed, de la clinique gratuite de Trap, ne pouvait l'aider, et ce n'était pas faute d'essayer. Ma mère, qui parvenait toujours à faire faire ce qu'elle voulait à n'importe qui, l'avait convaincu de lui rendre visite trois fois. Mais elle n'avait pu convaincre Ivy d'écouter ses conseils.

« C'est sans doute une bronchite », avait-il estimé, sur le pas de la porte du mobile home. Ivy ne l'avait pas laissé entrer, car elle était convaincue que sa maladie était spirituelle, bien que ses veines soient devenues grises. « Ou une pneumonie. Je ne peux pas en être certain sans vous examiner. »

Lorsque ma mère avait trouvé un prospectus de la clinique que venait d'ouvrir le Dr Ed huit ans auparavant, elle m'avait serrée si fort contre elle qu'elle m'avait coupé le souffle. Le Dr Ed avait une Ford pleine de médicaments qu'il ne demandait qu'à livrer en haut de la montagne : vaccins, pénicilline, vitamines. Depuis lors, chaque fois que je tombais malade, le Dr Ed venait nous rendre visite chez Ivy. Mon père ne voyait pas l'utilité de la médecine moderne, puisque la guérison divine était à sa disposition. Pas une fois il n'avait tenté de m'imposer les mains en priant, même pas quand je m'étais tordue de fièvre à cause de la varicelle. Ma mère ne le laissait pas faire.

Ivy n'avait jamais aimé les médicaments, car Ricky les aimait trop. Elle pensait qu'ils aggravaient les maladies des malades de notre montagne, les rendant dépendants d'un mensonge.

« Tu crois que c'est le charbon qui a tué cette montagne ? m'avait-elle demandé un jour. Plutôt l'industrie pharmaceutique, oui. »

Les remèdes n'étaient pas pour elle, disait-elle. Elle ne croyait qu'en l'échange d'une douleur contre une autre. Mais depuis ses brûlures, elle s'était convertie à la guérison providentielle, et elle n'acceptait de conseils que de mon père. Il disait qu'il lui fallait prier, et jeûner. Mon père allait la voir et l'aidait à se tenir debout quand elle était trop faible pour se lever. Il lui faisait boire du bouillon de poule en disant des prières, et c'était le seul aliment qu'elle parvenait à digérer. Il lui rendait visite tous les jours, et il se disputait avec ma mère à ce sujet tous les soirs.

« Envoie-la à l'hôpital, Briar », insistait ma mère devant notre dîner de lentilles et de tomates, soir après soir. Je ne l'avais jamais entendue aussi suppliante. « Elle t'écoutera, toi.

— C'est pas moi qu'elle écoute, Ruby. » Mon père avançait les mains vers elle. « C'est Dieu. »

Il faisait mine d'être agacé, mais je le connaissais mieux que ça. Il n'aimait jamais tant ma mère que lorsqu'elle s'opposait à lui. Ils se déchaînaient tellement, tous les deux, que je faisais bon usage de leur distraction. J'ai pris l'habitude de descendre la route déserte menant au ruisseau, espérant rencontrer Caleb, et me retrouvant seule.

Je le voyais tous les dimanches matin. Je l'observais exactement comme il m'avait observée le premier dimanche, mais il ne me rendait pas mes regards. Il devait avoir été blessé que je l'aie invité sur nos terres pour le cacher aussitôt à mon père, dans un cabanon – et je ne lui en voulais pas. Je n'avais partagé avec Caleb qu'un seul bain de minuit et une poignée d'œillades, et je sentais tout de même une part infime de moi se défaire complètement. J'avais envie de voir sa grande roue, d'écouter sa musique, de toucher les doigts de sa main droite tandis qu'il dessinait les pointes rocheuses qui piquaient les nuages. Ça me faisait mal, car je savais qu'il n'allait pas rester. Je ne voulais pas du cœur que j'avais, fragile, et décousu, rien à voir avec celui de ma mère, qui n'avait besoin de personne pour battre sincèrement.

Ivy n'avait pas la force d'escalader notre colline, donc nous lui rendions visite, ma mère et moi. Nous partions tôt le matin, à l'heure où même un tremblement de terre n'aurait pas réveillé mon père. Chaque jour, c'était pareil. Ivy était recroquevillée dans son lit, grelottant comme une folle dans la chaleur. Ricky était pâle. Les garçons plus pâles encore. L'odeur de réglisse de leur mobile home se mêlait aux relents de sueur et de crasse. Quoi qu'on apporte, ça ne changeait rien, même si ma mère avait essayé les oignons, la menthe sauvage et le gingembre. Aucun cataplasme ne pouvait guérir ce qui couvait. Toute la famille avait attrapé la maladie d'Ivy, mais elle était la plus atteinte.

Ma mère restait fidèle à sa seule amie. Et comme Ivy et elle ne pouvaient tomber d'accord sur le présent, elles parlaient du bon vieux temps.

« Tout le monde à l'église voulait épouser ta maman », m'a confié Ivy un de ses meilleurs jours.

Elle tirait son édredon en patchwork jusqu'à son cou, le corps rapetissé par les diamants entremêlés qu'elle et ma mère avaient cousus ensemble, la tête toujours luisante de sueur.

« Arrête, a dit ma mère.

— Tu devrais parler à Wren du whisky qu'on a bu. »

Ma mère a ri avec soulagement – ça, c'était la vraie Ivy, sa vieille amie. Elle n'avait pas encore disparu. « C'était il y a longtemps.

— T'aurais dû nous voir, le jour de notre mariage, l'une comme l'autre. » Ivy s'est tournée vers moi. Elle avait les lèvres sèches, et sa bouche dégageait une odeur rance. « On a failli se pisser dessus, tellement on avait peur.

— Peur de quoi ?

— Du reste de nos vies. » Les yeux d'Ivy sont devenus vides.

Ma mère a replié les bords de l'édredon et lissé le drap. « C'est pas si mal que ça, a-t-elle dit. On va quand même vieillir ensemble.

— Tu crois ? » a demandé Ivy.

Plus Ivy devenait malade, moins je dormais. Même les renards sentaient la tournure sinistre que prenaient les événements. Je les entendais hurler lorsque je me rendais au ruisseau. J'avais renoncé à y trouver Caleb. Je savais qu'il avait entendu les rumeurs désormais. Quelqu'un lui avait sûrement raconté que les jeunes femmes de ces collines devenaient bizarres en grandissant. La chaleur d'août s'était atténuée, et l'eau du ruisseau glissait comme une chemise de nuit autour de moi. Certaines nuits, je marchais contre le courant, juste pour voir jusqu'où je pouvais aller. Je continuais longtemps après que mes pieds s'étaient engourdis.

Une nuit je suis restée dehors plus tard que je ne l'aurais dû. Les oiseaux moqueurs avaient déjà commencé leur babil. Le soleil n'était pas encore levé, mais mon père m'attendait lorsque je me suis glissée par la porte de derrière. Il trônait à la table de la cuisine, dans le noir.

« T'étais où ? » a-t-il demandé, et son œil spirituel m'a piquée comme une épingle.

Je n'avais pas de raison de mentir. « Je suis allée au ruisseau. »

Il avait tant jeûné qu'il rayonnait d'une aura pénétrante. Si le miracle d'Ivy l'avait réduite à néant, il avait rechargé mon père d'une énergie particulière. Il ne dormait ni ne mangeait, et son corps entier vibrait.

« Tu es retournée dans mon cabanon ? »

Je marchais sur des œufs. J'avais vu cette tactique lors des sermons du dimanche, sa façon de poser des questions dont il connaissait la réponse.

« Non.

— Bien. » Il s'est levé et nous nous sommes retrouvés plus près que jamais, pratiquement les yeux dans les yeux. « T'es pas prête. »

Mon père ne m'avait jamais parlé comme à une étrangère auparavant. Il ne m'avait jamais vue en colère, non plus. J'avais toujours accouru vers lui et ses serpents – simplement, je ne m'en étais jamais rendu compte jusque-là. Jusqu'à Caleb, jusqu'à Ivy.

Il a sorti un épais morceau de papier de sa poche et l'a déplié. La lenteur et l'aisance de ses gestes m'ont serré la poitrine. Il tenait le dessin que Caleb avait fait de moi. Mon père avait dû le trouver dans le tiroir de ma commode pendant que j'étais chez Ivy avec ma mère. Ce n'était pas bien compliqué. Mes tiroirs étaient presque vides. Il m'a lancé un coup d'œil, puis a jeté le dessin dans les braises du feu que nous avions allumé pour le dîner. Je n'ai pas osé respirer avant qu'il se retire dans sa chambre et ferme la porte.

RESPIRER SOUS L'EAU

Le matin des baptêmes, début août, j'ai quitté la maison à l'aube et me suis cachée sous les paulownias. Ce jour-là, mon père allait baptiser tous ceux qui désiraient professer leur foi en Dieu, et il comptait commencer par Ivy. Il ne comprenait toujours pas qu'il ne reste que très peu de gens dans notre montagne – et encore moins qui souhaitaient une renaissance baptismale. Personne ne s'était fait baptiser dans le ruisseau depuis mon enfance. Même moi, je n'avais pas voulu, jusque-là. Si mon père pensait que je n'étais pas à la hauteur de ses miracles, j'allais lui prouver que ce n'était pas à lui d'en décider.

Dans l'ombre, j'ai passé les doigts sur les brins d'herbe haute. L'été avait atteint son point culminant, et la maladie d'Ivy également. Elle était souffrante depuis deux mois. Malgré ça, elle avait prévu de se rendre au ruisseau. Ma mère avait beau protester que l'eau froide serait fatale pour ses poumons, rien à faire. Ivy voulait être purifiée coûte que coûte.

« Je serai la première dans la queue pour être lavée, avait-elle dit pendant que ma mère essuyait sa bouche pleine de vomi. Et je me débarrasserai de ces regrets. »

Elle a fixé ma mère des yeux jusqu'à ce que celle-ci détourne son regard. J'ai décidé d'attendre que nous soyons seules pour demander à ma mère ce qu'Ivy avait voulu dire.

Le miracle d'Ivy l'avait rendue faible. Même si mon père se sentait fort, son miracle l'avait affaibli, lui aussi. Dans les semaines qui ont suivi l'accident, il s'est mis à choyer ses serpents et à téter de la strychnine, et il flottait dans ses habits. Il était devenu si maigre que ma mère avait dû percer un trou supplémentaire dans sa ceinture. J'ai vu son corps s'étioler.

Mon père avait brûlé le portrait que Caleb avait fait de moi parce qu'il avait peur. J'ai fait le vœu de découvrir ce qu'il faudrait pour qu'il cède.

J'ai entendu ma mère m'appeler par mon prénom, sa voix comme celle des oiseaux à poitrine rose qui picoraient ses tournesols. J'ai couru vers elle. Dans la cuisine, elle préparait un cataplasme à l'oignon et à la lavande pour la poitrine d'Ivy une fois que le froid s'y serait installé, au ruisseau. Si elle ne pouvait empêcher mon père d'exercer sa magie sur Ivy, elle allait devoir la combattre par la sienne.

« Remue jusqu'à ce que ça refroidisse », m'a-t-elle dit.

J'ai pris la cuillère.

« Où est Papa ? »

Elle a indiqué le chemin derrière la cabane d'un coup de menton. « À ton avis ? »

Mon père passait le plus clair de son temps dans le cabanon depuis qu'Ivy et lui s'étaient mis à jeûner pour pousser Dieu à se montrer, entamant un véritable bras de fer. S'il avait guéri Ivy une fois, il estimait pouvoir la guérir de nouveau. Il n'avait faim de rien, si ce n'était de sa dispute quotidienne avec sa femme.

« Tu crois qu'il leur parle, à ces serpents, quand y a personne ? » m'a-t-elle demandé.

Elle souriait, mais elle était triste. Cet été de miracles l'avait vidée. J'ai tourné la cuillère dans le cataplasme et regardé la courbe de son dos. La vigilance de ma mère à mon égard avait décliné à mesure que l'état d'Ivy empirait. Sa façon de m'entraîner dans les activités qu'elle aimait – nager, coudre, faire du savon – me manquait. Elle ne savait pas que je sortais marcher la nuit.

« Maman. C'est quoi qu'elle regrette tellement, Ivy ? »

Ses sourcils ont tressailli. « Le bébé qu'elle a perdu il y a longtemps lui manque, c'est tout.

— Henry m'a posé des questions sur lui. Qu'est-ce qui s'est passé ?

— C'était pas la faute d'Ivy.

— Alors pourquoi elle veut être pardonnée ? »

Elle m'a regardée, les yeux rougis par les oignons.

« Qu'est-ce qu'il en pense, Papa ? »

Elle n'a pas réagi, et ce n'était pas nécessaire. La réponse était très claire. Mon père ne savait pas.

« Va me chercher des chardons dans le jardin, a-t-elle dit. Tu en trouveras le long de la clôture. »

Je suis sortie, un pied sur le bord de l'abîme creusé par l'aveu de ma mère. Un orage se préparait. Je le voyais à la façon dont les oiseaux se picoraient la queue dans les frênes blancs. Il était encore loin, cependant. J'ai tourné la tête vers le porche, un frisson dans le dos. Les carillons accrochés à l'avant-toit tintaient, et la cabane avait l'air vide, comme si ça faisait longtemps que personne n'y vivait plus.

Au bord du ruisseau, l'eau étincelait au soleil de midi, et Ivy semblait prête à se faner. Ma mère avait apporté le dessus-de-lit de son trousseau pour y envelopper Ivy une fois le baptême terminé, et elle a tenté de la convaincre de se coucher dessus pour se reposer un peu, mais Ivy était inflexible. C'était un patchwork de morceaux de tissu fournis par tous les gens qui avaient assisté au mariage de ma mère, parmi lesquels un bout de velours noir donné par Ivy elle-même. Elle l'avait découpé dans un pantalon de son défunt père. J'aimais bien placer ce dessus-de-lit autour de mes épaules comme une cape jusqu'à ce qu'Ivy me le retire.

« Les mariages, c'est des enterrements, disait-elle en le rangeant sous le lit de ma mère. Ne va surtout pas en rêver. »

L'atmosphère est devenue chargée : l'orage approchait, et les garçons d'Ivy pesaient si lourd dans les bras de mon père que le col de sa chemise blanche était déjà trempé de sueur. Comme mon père, ses ouailles s'habillaient en blanc le jour des baptêmes. C'était comme ça qu'on savait qui avait décidé de remettre sa vie au Seigneur – les futurs baptisés étaient les seuls à porter des couleurs sombres.

Vingt membres de la congrégation attendaient près de l'eau pour assister à la cérémonie. Tous connaissaient Briar Bird depuis qu'il était petit. Ivy ressemblait à une rose plissée, debout dans le ruisseau dans sa robe écarlate. Ma mère était allongée à l'ombre. Mon père se tenait à côté d'Ivy, et ils étaient plus près l'un de l'autre que je ne les avais jamais vus.

Un moteur grondait au sommet de la colline. Le van de tante Bette s'est hissé jusqu'en haut et s'est arrêté avec un grincement, et cinq de ses pupilles ont descendu le flanc de la colline d'un pas traînant. La fille aux ongles nacrés ouvrait la marche, la sangle de sa guitare écrasant ses cheveux blonds. Caleb venait derrière.

Je ne pouvais cacher la violence avec laquelle tout m'attirait en lui : son sourire, son regard intense. Il a détourné le visage de l'endroit où je me tenais, au bord de l'eau. Ça m'a piquée, mais pas assez pour me donner envie d'oublier ce que ça me faisait lorsque nos corps se rencontraient.

« Salut », ai-je dit, et ça a été le début de la fin.

Les yeux de mon père ont ricoché de Caleb à moi et il m'a saisie par le coude et entraînée de force vers la terre molle du surplomb.

« Tu me fais mal, ai-je chuchoté.

— Tout ce que tu as fait, c'est amener du danger ici. »

J'ai senti vingt paires d'yeux fixées sur mon dos tandis que l'haleine de mon père se faisait sifflante.

« C'est toi, qui amènes du danger ici. Tu le fais chaque fois que tu soulèves un serpent. »

Je ne lui avais jamais parlé comme ça. Son œil blanc s'est plissé, et il semblait prêt à me frapper lorsque ma mère l'a interpellé.

« Briar. » Sa voix, dans l'ombre, était calme, déterminée. « Tu ferais mieux de lâcher ma fille. »

La foule s'est étranglée, et mon père a libéré mon bras. Je lui ai tourné le dos et suis allée me placer derrière Ivy, dans la queue. Il s'est aspergé le visage d'eau fraîche, puis s'est avancé dans le courant. La fille aux ongles scintillants, debout sur le surplomb, s'est mise à gratter sa guitare. Mon père a fait une grimace mauvaise en entendant la musique.

« Arledge, a-t-il ordonné au plus âgé de l'assemblée. Guide-nous avec "Washed by the Blood". »

Les cordes de la guitare ont fait un bruit discordant lorsque la fille a cessé de jouer. Elle a levé une main dans ma direction, me saluant à moitié, comme pour me souffler que c'était plus sûr de faire un pas vers elle et de m'éloigner de l'eau.

Je l'ai saluée à mon tour tandis que frère Arledge se levait et commençait à taper lentement dans ses mains. Le son semblait orphelin jusqu'au moment où il s'est mis à chanter. La congrégation s'est jointe à lui, et le chœur a enflé.

Le rythme s'est accéléré lorsque mon père a fait signe à Ivy de le rejoindre. Je frissonnais dans la chaleur. Ivy a flotté jusqu'à lui, subjuguée par le crescendo du ruisseau. Mon père arborait la mine euphorique que je lui avais vue trop souvent. Ivy s'est couvert le nez et la bouche d'une main et il a passé un bras autour de sa taille. Il l'a renversée en arrière et l'a plongée dans l'eau du ruisseau. Elle est remontée brusquement à la surface, l'eau ruisselant en cascade de sa peau délicate. Mon père savourait son éclat. Elle a levé les mains et il a refermé sa paume sur son épaule. Elle est tombée à genoux, est revenue à la berge à quatre pattes, et s'est étendue sur le sol pour sécher au soleil. Le sourire aux lèvres de mon père a pris une largeur immortelle.

C'était mon tour.

Les claquements de mains ont atteint un rythme étourdissant. La voix d'Arledge est devenue sifflante et inintelligible. J'ai avancé dans l'eau et suivi l'onde jusqu'à mon père. Son œil bleu scintillait comme un diamant. Je voulais qu'il me considère, et j'attendais le feu de son toucher. Il s'est immobilisé un instant et a fermé les yeux. J'ai baissé mes paupières et senti le poids de sa main sous mon menton.

Je te baptise au nom du Père, du Fils et du Saint...

Le dernier mot s'est évanoui tandis qu'il me plongeait dans l'eau, en arrière. Tous les sons se sont tus. Je m'enfonçais. J'avais mis la tête sous l'eau dans ce ruisseau cent fois, mais jamais sous la main de mon père. Il me touchait rarement, et ça ne me manquait jamais. Le gargouillis entêtant des bulles vibrait contre mes lèvres, et j'ai ouvert les yeux. Les sédiments flottaient tels des grains d'or. Le soleil se brouillait au-dessus de moi, et j'ai senti mon centre de gravité se déplacer. Une fois que ma tête a atteint le fond du ruisseau et que mes pieds ont quitté le sol, je me suis rendu compte que mon père ne me laissait pas remonter.

Ma première pensée : *Sois patiente. Il te teste.*

Il voulait savoir si ma foi était capable de remuer des montagnes. Je me suis détendue et laissée flotter dans ses mains.

Ma deuxième pensée : *Il sait. Il sait que tu as fait entrer un étranger dans son cabanon à serpents.*

Il savait pour Caleb, pour la flasque. Le dessin nous avait trahis. J'avais commis mon péché en privé, et il voulait me punir en public.

Ma troisième pensée : *Il est en train de te noyer.*

Tout l'oxygène a quitté mon corps lorsque mon visage s'est cogné contre le fond. Dans un réflexe, ma bouche s'est remplie d'eau. J'ai griffé les jambes de son pantalon. J'ai battu des pieds et l'ai atteint à la joue. J'avais beau lutter, il me maîtrisait.

Puis mon père est tombé en arrière. Il a abandonné sa prise, et j'ai jailli à la surface. J'ai toussé, et du sang a dégouliné de mon nez tout le long de ma robe.

La petite assemblée qui bordait le ruisseau avait fait silence.

Ils fixaient tous leur prêcheur, à pas plus de deux mètres de moi : Caleb le tenait par le col. Il avait desserré les doigts de mon père de mon cou et le tenait à bout de bras telle une marionnette. Mon père postillonnait et donnait des coups de pied, mais la main de Caleb restait ferme.

Il n'est pas resté longtemps au-dessus de l'eau. Ma mère s'est ruée dans le ruisseau, cognant les vaguelettes de ses poings. Lorsqu'elle est arrivée devant son mari, elle a tiré sur le devant de sa chemise et l'a entraîné sous l'eau de force. Ma mère n'était pas assez forte pour le maîtriser, mais il l'a laissée faire, et elle l'a maintenu sous l'eau. Personne ne s'est précipité pour l'en empêcher.

« Maman, ai-je dit. Arrête. »

Elle ne m'a pas écoutée. L'une des mains de mon père cherchait sa jupe. Mais elle le maintenait.

« Maman. » Ma voix se faisait rauque. « S'il te plaît. »

Elle ne m'a pas regardée, mais elle m'a entendue. Elle a cédé, et mon père a refait surface, flageolant. Ma mère n'avait jamais eu l'air plus féroce.

« La prochaine fois que tu as envie de noyer quelqu'un au nom de Dieu, noie-toi toi-même », a-t-elle craché.

L'assemblée est restée sidérée. Cela m'a rappelé la seule fois où j'avais vu quelqu'un mourir d'une morsure de serpent. C'était un ancien, que son mocassin à tête cuivrée préféré avait mordu à la cuisse. Les bouches des fidèles s'étaient asséchées ce jour-là, et aussi lorsque mon père avait traîné le cadavre le long de l'allée centrale.

Ma mère m'a prise par le coude et nous sommes sorties de l'eau en titubant. Mon père l'a rappelée.

« Je suis désolé, Ruby. Je sais pas ce qui m'a pris. » Elle ne s'est pas retournée.

La foule s'est dispersée en un rien de temps. Mon père et Caleb étaient dans l'eau jusqu'à la poitrine, tous deux raides et étourdis. Je n'arrivais à les regarder ni l'un ni l'autre.

« On rentre à la maison, Wren. » Ma mère a placé sa bouche à mon oreille. « T'inquiète pas pour tes habits. »

J'ai baissé les yeux sur le sang qui avait taché ma robe préférée.

« On la récupérera, a-t-elle chuchoté, cherchant l'horizon d'un œil fou. Tu verras. »

Ivy nous a suivies jusqu'à la cabane, bien qu'elle manquât de force pour monter la dernière côte. Elle avait l'air d'un spectre lorsque le crépuscule est descendu sur la montagne. Ma mère lui a passé un bras autour de la taille, et l'autre autour de la mienne, et toutes trois, nous nous sommes dirigées vers la maison en boitillant. Ivy, les lèvres bleues et les yeux vitreux, s'est assise avec moi sur le dessus-de-lit de ma mère au milieu de la cuisine et m'a frotté les pieds pour les réchauffer. Sa respiration était sifflante. Ma mère m'a peignée et m'a fait un chignon couronne, exactement comme j'aimais quand j'étais petite. Mon père ne s'est pas montré.

Ivy fredonnait une vieille chanson folk dont j'avais oublié les paroles. J'ai tenté de boire un peu de bouillon que ma mère avait réchauffé sur le feu. Ça cognait dans ma tête. J'ai pensé aux excuses vagues de mon père – *Je ne sais pas ce qui m'a pris* –, des excuses qu'il avait présentées à sa femme, pas à moi. Je n'aurais su dire à quoi elle pensait en me tressant les cheveux. Nous étions piégées. Elle l'avait toujours su, mais elle n'avait jamais voulu ça pour moi. Personne n'avait rien dit depuis un long moment lorsque Ivy a brusquement interrompu son fredonnement éraillé.

« Parle », a-t-elle dit à son amie. Un roulement de tonnerre s'est fait entendre au loin.

Parle. Voilà le mot qu'elles s'offraient l'une à l'autre.

« Il y a une chose qui me perturbe encore plus que toutes les autres. » Ma mère a repris son souffle. « Je n'arrive pas à savoir si c'est un homme que je ne connais pas ou si c'est l'homme que je connais depuis le début. »

Ses mains tremblaient le long de son corps, et j'ai remarqué que mon sang avait aussi taché sa robe blanche. Ses bras portaient les cicatrices du jour du feu. Ivy n'avait toujours pas de brûlures et personne encore ne pouvait l'expliquer. Elle s'est remise à fredonner, puis s'est arrêtée au milieu d'un vers.

« Peut-être que Briar Bird est enfin en train de devenir tout ce que tu rêvais qu'il devienne quand tu avais dix-sept ans », a-t-elle dit.

La brosse que ma mère avait à la main est tombée bruyamment.

« Tu te rappelles la fille que tu étais, intrépide et courageuse ? a-t-elle répliqué sèchement. Où est-elle ? Elle ne se serait jamais laissé dicter sa conduite par Briar Bird. »

Ivy a regardé par la fenêtre et s'est remise à fredonner. Ma mère s'est levée et a ouvert la porte de la cuisine. La foudre a fendu le ciel lointain.

« Où tu es allée, Ivy ? a demandé ma mère. La veille du jour où tu as pris feu ? »

Ivy a gardé les yeux sur le ciel d'acier. Ma mère lui a reposé la question, mais elle n'a rien répondu.

« Va-t'en », a dit ma mère, des mots que jamais de la vie elle n'aurait adressés à son amie avant le feu.

Ivy est restée imperturbable, malgré l'orage imminent. Elle a remis de l'ordre dans sa jupe et elle a quitté la maison sans se retourner. Ma mère a refermé la porte derrière elle.

Cette nuit-là, j'ai dormi avec la fenêtre ouverte, mettant mon père au défi de venir me trouver. Je ne savais pas du tout où il était parti, ni s'il aurait le courage de revenir affronter la colère de ma mère. Incapable de dormir, j'ai pensé à Abraham et Isaac le jour où Dieu avait ordonné à Abraham de sacrifier son fils unique. C'était une histoire de l'Ancien Testament qui me dérangeait chaque fois que je la récitais à mon père. Le récit était à la gloire d'Abraham et de sa foi, mais aux petites heures de la nuit, je n'ai pensé qu'à Isaac. Que s'était-il dit lorsque son père avait porté un couteau à sa gorge ? Les fidèles pensaient qu'il était prêt à mourir pour la dévotion de son père envers le Seigneur. Mais un Dieu si prompt à se défaire de lui, ne lui avait-il pas demandé : *Et moi, Seigneur ? Et moi ?*

À ce moment-là était apparu un mouton, continuait l'histoire, et – comme ma mère, toujours ma mère – il avait tout arrangé. Abraham avait trouvé son digne sacrifice, et lui et son fils avaient poursuivi leur existence, fait de grandes choses, dirigé des foules. Cependant, je me demandais ce qu'avait dit Sarah, la femme d'Abraham, quand il était rentré à la maison avec son fils terrifié. Quoi qu'elle ait bien pu faire, la férocité de ma mère le surpassait.

Mon père n'a pas franchi ma fenêtre ouverte cette nuit-là, mais Caleb si. Ses doigts, calleux et couverts de fusain, se sont cramponnés au rebord. C'était un inconnu le jour de notre rencontre, à peine deux mois auparavant, mais désormais il était le seul véritable témoin de la vie que je menais.

Caleb était inquiet. Il a cherché des yeux mes joues, mon cou, et les marques laissées par les doigts de mon père. Il a poussé un soupir, et son haleine est entrée par la fenêtre avec la brise nocturne fraîche. Son visage était tendre, le calme avant la tempête. La tempête elle-même.

Ma chemise de nuit a bruissé dans le vent lorsque je suis venue à la fenêtre, les jambes tremblantes.

Je ne lui ai pas proposé d'entrer. Nous nous sommes regardés de chaque côté de la fenêtre, et je ne trouvais pas les mots pour parler.

« Ça va ? a-t-il demandé.

— Oui.

— Tu es sûre ? » Il a de nouveau scruté mes poignets et mon cou, les points où mon corps palpitait de vie. Il a tendu la main, et j'ai senti son odeur – fraîche comme du savon et de la cannelle.

« Oui.

— Tu sais que ce n'est pas comme ça que les pères traitent leurs filles. » Il m'a pris la main et l'a serrée contre sa poitrine. « On est d'accord ? »

Son cœur tambourinait sous le bout de mes doigts.

« Tu es intelligente, tu es gentille, et tu es *quelqu'un de bien*, Wren. » Ses lèvres tremblaient. « Tu n'as rien à faire ici. »

Wren. Quand il a dit mon prénom, c'était comme le courant d'air d'un train pour la grande ville filant juste assez vite devant moi pour que je puisse sauter à bord et le laisser m'emmener. Je n'avais jamais pensé que je pourrais avoir à faire ailleurs que dans la cabane solitaire dans laquelle j'étais née.

« Ça te plairait, la ville, a-t-il dit, comme s'il lisait dans mes pensées. Il existe des programmes et des logements pour les femmes comme toi et ta mère. »

J'ai souri. « Et pas de Briar Bird. »

Ça semblait impossible.

« Tu sais pourquoi j'aime dessiner au fusain ? a demandé Caleb. Parce que c'est brut. Que du noir et blanc, crayon sur papier. Ça m'aide à être honnête avec ce que je vois. J'ai observé le visage de ton père quand tu l'as retrouvé dans l'eau. Tu sais ce que j'ai vu ? »

J'ai attendu.

« Le malheur. Il est coincé ici, Wren. Comme toi. »

C'était une vérité si simple que je n'en suis pas revenue de n'y avoir jamais pensé. Même Briar Bird ne pouvait échapper aux montagnes qui l'adoraient.

Il s'est penché vers l'intérieur. « Tu aurais dû voir sa tête pendant qu'il te maintenait sous l'eau. »

Je connaissais déjà la réponse, mais j'ai quand même posé la question. « Il avait l'air de quoi ?

— Il avait l'air dévasté. » Le blanc des yeux de Caleb ressortait vivement dans le noir.

J'avais vu ce visage bien souvent auparavant. C'était l'omniscience de mon père, son caprice, sa fierté. Partout où j'irais, il me retrouverait.

« Il sait, Caleb. Il sait que je t'ai emmené dans son cabanon. »

Il a secoué la tête.

« Pas possible. Il faisait noir complet. Et même s'il sait, Wren, on n'a rien fait de mal. »

J'ai pensé à inviter Caleb dans ma chambre, à ce qu'on pourrait faire sous les couvertures, ou mon dos contre la commode. J'avais envie de sentir ses lèvres sur mon cou, son cœur à quelques centimètres du mien, ses mots à mon oreille. J'avais envie qu'il me touche. Ses mains étaient posées à plat sur le bois de ma maison familiale. J'ai avancé une main, puis l'ai reculée. Quelque part, dans le noir, au-delà de nous, rôdait mon père.

« Tu n'es pas en sécurité ici », a dit Caleb.

Mes mains ont glissé de la fenêtre. C'était ça qu'il était venu me dire.

« J'ai ma mère. Elle a besoin de moi.

— Elle n'est pas en sécurité non plus.

— On a été en sécurité jusque-là. »

Il a laissé échapper un rire bref. J'avais menti, et Caleb le savait. On n'avait pas été en sécurité. On avait été mal, et on s'était terrées plus profond dans notre monde dévasté pour lui survivre. J'ai compris alors le pouvoir que possédait Caleb. Celui de mettre fin au règne de mon père et à nos vies misérables rien qu'en énonçant cette vérité à haute voix : on ne pouvait pas faire confiance à mon père. Si les gens de Trap apprenaient un jour ce que le manipulateur de serpents avait fait à sa fille, celui-ci serait relégué au statut de simple mortel qu'il méritait. Autant j'en avais rêvé, autant je ne savais pas si ma mère et moi survivrions à sa chute.

« N'en parle à personne, ai-je dit. S'il te plaît.

— Il va vous faire du mal. Ou en faire à quelqu'un d'autre.

— T'as pas intérêt », ai-je chuchoté.

Ma main a trouvé la sienne. Il m'a attirée vers lui et sa bouche s'est posée sur la peau lisse de mon épaule. J'ai ressenti le choc électrique que j'avais recherché tout l'été tandis que la foudre balayait les collines. Caleb a ouvert la bouche, et j'ai attendu qu'il m'embrasse. Au lieu de ça il a dit : « Emmène-moi à Violet's Run. »

J'ai regardé par-dessus son épaule. Le vent s'était levé et asticotait les arbres.

« Il va pleuvoir. On n'arrivera jamais au sommet en pleine tempête.

— Emmène-moi au pied, alors. À l'endroit où Violet a repêché ses prétendants dans les rapides.

— Allons-y franchement alors. Allons jusqu'aux crêtes.

— C'est pas dangereux, pendant un orage ? »

Une décharge électrique a couru entre nous comme à travers un fil conducteur. « Mortel. »

Il a souri et m'a attirée vers la fenêtre. Toujours en chemise de nuit, je n'ai pas pris la peine de me changer. Il m'a pris la main, j'ai escaladé le rebord et suis sortie dans l'obscurité.

Je ne me suis pas rendu compte, jusqu'au moment où nous sommes parvenus aux crêtes, jusqu'au moment où il nous a fallu crier pour nous entendre, où le vent et la pluie nous ont coupé le souffle, qu'il y avait sur ma montagne des zones où mon père n'allait pas me suivre. Quand nous avons traversé la passerelle, les lattes de bois tremblaient si violemment que nous sommes tombés à genoux. En dessous et au-dessus de nous, il n'y avait que du noir, seules nos deux paires d'yeux brillant telles des perles dans la nuit. Ensemble, nous avons tendu les mains vers l'abîme, ses yeux de cuivre fixés sur les miens. Ils me rappelaient ceux de ma mère – pleins de chaleur, pleins de mises en garde. Caleb et moi étions tous deux des étrangers – moi dans son monde et lui dans le mien.

Chaque fois qu'il y aurait de l'orage au cours des années à venir, je reviendrais au souvenir de nous deux courant comme des fous dans les bois en allant vers le pont, main dans la main, trébuchant sur des rochers et butant l'un contre l'autre. Je reviendrais au temps où je croyais que tomber amoureuse était la meilleure et la pire chose qui puisse m'arriver. Nous hurlions sous la pluie battante.

En rentrant à la maison, j'ai été surprise de trouver ma mère à la table de la cuisine, une bougie allumée. Ses cheveux s'étaient échappés de sa tresse, et elle a posé les yeux sur mes omoplates quand je me suis glissée par la porte. Elle m'a regardée, mais elle n'a rien vu.

« Maman. Qu'est-ce qui se passe ?

— C'est Ivy, a-t-elle dit, comme si elle avait toujours su qu'elle devrait un jour prononcer les mots qu'elle redoutait le plus au monde. Elle est morte. »

RENDU MANIFESTE

Henry avait trouvé Ivy prostrée dans son lit – les yeux grands ouverts, la bouche tordue. Ricky cuvait dans son fauteuil, une bouteille de whisky à la main. N'arrivant pas à le réveiller, Henry avait monté notre colline pour annoncer à ma mère que sa meilleure amie était morte. Ensuite il était rentré chez lui en courant dans le noir, frigorifié et malade lui aussi. Il n'avait pas d'autre moyen de nous joindre. Nous n'avions pas de téléphone, pas d'ordinateur, pas d'adresse. Nous n'avions rien. La maison tanguait si puissamment dans l'orage qu'elle menaçait de s'écrouler sur nous.

La main de ma mère était ferme lorsqu'elle s'est dirigée vers le placard à vaisselle et a ouvert la bible King James qu'elle cachait derrière le service à thé qu'elle avait reçu le jour de son mariage. Du milieu du livre, elle a retiré un morceau de papier où étaient griffonnés une série de chiffres. Puis, sur la table de la cuisine, ma mère a ramassé le portable de Ricky. Henry l'avait laissé pour qu'on puisse téléphoner.

Elle a dû composer trois fois le numéro avant d'avoir assez de réseau. Puis quelqu'un a décroché.

« Flynn, a dit ma mère. C'est Ruby. » Son visage tressaillait. « Ivy est morte. »

Elle a attendu, enveloppée dans les murmures à l'autre bout de la ligne. Puis elle a refermé le téléphone.

« C'est qui, Flynn ? »

Elle n'a pas répondu. Sa chaise a raclé le plancher quand elle s'est levée. « Je dois aller veiller le corps. »

Un corps. Déjà, c'était ce qu'était devenue Ivy.

« Je viens avec toi », ai-je dit, franchissant la distance entre nous. De l'eau de pluie dégoulinait du bord de ma chemise de nuit. « Je m'occuperai des garçons. »

Elle m'a bloquée avec tant de force que son cran d'arrêt à manche nacré est tombé de sa ceinture.

« Reste là, a-t-elle dit en se penchant pour le ramasser.

— Non.

— Je ne veux pas que tu attrapes la saloperie qui vit toujours dans cette maison.

— Et si tu l'attrapes, toi ? »

Son visage m'a répondu qu'elle ne demandait qu'à attraper la maladie d'Ivy. Je me suis rassurée en voyant sa peau d'un rose profond. Elle avait le feu aux joues, elle était bien vivante.

« Papa va rentrer. Il te cherchera. »

Une colère noire est passée dans ses yeux. « Eh bien, informe-le des résultats de son soi-disant miracle. » Elle a mis un châle autour de ses épaules et fourré le téléphone dans sa poche.

« Tu peux pas me laisser ici avec lui, ai-je protesté.

— Fais pas de manières, Wren. » Elle a refermé brusquement sa bible sur la table. « Il aura pas le culot de revenir ici. »

Ma mère n'était pas encore en deuil. Elle était en colère. Elle est allée à la porte d'un pas décidé et l'a ouverte violemment, puis est sortie sans la refermer, la laissant battre derrière elle.

Une fois que ma mère eut disparu derrière les paulownias, j'ai remarqué une feuille de papier sous la table de la cuisine. Avant d'apprendre la nouvelle, elle était en train d'écrire une lettre. Elle l'avait laissée en bout de table, et un coup de vent l'avait soulevée. Je l'ai ramassée par terre et j'ai trouvé mon nom en haut.

Chère Wren, disait-elle. *Il faut que je te dise...*

Toute ma vie, j'avais espéré d'elle une lettre comme celle-là, si seulement elle l'avait terminée. Ce qu'elle avait l'intention de dire, semblait-il, n'avait plus d'importance à présent.

J'ai monté la garde dans la maison vide jusqu'au petit matin. Les prédictions de ma mère se sont révélées exactes – mon père ne s'est pas montré. J'ai aussi surveillé le cabanon. Les serpents reposaient à l'intérieur, rampant sur eux-mêmes. Je craignais autrefois qu'ils arrivent à monter jusque chez nous, mais mon inquiétude était vaine. Ils étaient aussi prisonniers que moi.

Au moment où ma mère est rentrée, je m'étais endormie à la table, sa lettre à la main. Elle s'est installée dans le rocking-chair près de la fenêtre de devant, et le grincement du fauteuil m'a réveillée. Elle avait les yeux grands ouverts dans la lumière du matin.

« Maman ? Est-ce que ça va ? »

Elle n'a rien répondu.

J'ai réessayé. « Dis-moi comment Ivy est morte.

— Dans son sommeil. » Ma mère s'est mise à cogner du poing sur la courbe de l'accoudoir. « Je lui avais dit que l'eau était trop froide.

— Une mort paisible, alors. »

Elle a cessé de marteler le fauteuil. « Tu l'as vue hier, Wren. Tu trouves qu'elle avait l'air paisible ? »

Ma mère ne me parlait jamais avec morgue.

« Comment vont les garçons ? ai-je hasardé.

— Ils sont déjà partis chez des parents à Elkins, et Ricky aussi. Ils ont tous besoin de soins pour recouvrer la santé. » Elle a touché le couteau à sa ceinture avant de laisser retomber sa main sur ses genoux. « Ils sont tellement malades qu'ils tiennent même pas assis. Vomissements, éruptions, yeux injectés de sang. J'ai jamais vu une pneumonie se comporter comme ça. Leur mobile home est maudit, et je le raserai moi-même.

— Ils vont avoir besoin d'un endroit où crécher quand ils vont revenir. » J'avais envie de rester naïve, ne serait-ce qu'une minute.

« Ils ne reviennent pas.

— Comment ça ?

— Ricky n'est pas capable de s'occuper d'eux tout seul. » Elle m'a enfin regardée. « Tu le sais très bien. »

Je suis allée vers elle et j'ai immobilisé le rocking-chair. « Tu sais qu'Ivy ne voudrait pas ça. Elle voudrait qu'ils soient avec nous.

— On n'est pas capables de s'occuper d'eux non plus. »

Elle s'est levée et s'est mise à faire les cent pas dans la cuisine. Je l'ai suivie.

« On est plus capables que la famille de Ricky. »

Elle s'est retournée et a collé ses mains sur ses hanches. « La famille s'occupe de la famille. C'est la loi.

— Ivy est des nôtres. » Je parlais d'une voix mordante. « Plus proche que de la famille.

— Plus maintenant. »

Elle a tendu la main vers son tablier au crochet à côté du gaz, et je le lui ai arraché.

« C'est toi qui leur as dit de partir, n'est-ce pas ? »

Il y avait mille fêlures sur le visage de ma mère. « C'est ce qu'aurait fait Ricky tôt ou tard.

— Ça, t'en sais rien. On aurait pu s'occuper d'eux. J'aurais pu, moi.

— Tu peux pas t'occuper de ces enfants, Wren. Tu es toi-même une enfant. »

Je me suis enfoncée sur une des chaises qui bordaient la table et j'ai laissé son tablier s'étaler sur le sol. Je savais qu'ils n'avaient pas besoin de moi. C'était moi qui avais besoin d'eux.

« Cette lettre, ai-je dit en la ramassant sur la table. Qu'est-ce que tu voulais me raconter ? »

Ma mère semblait trop lasse et trop maigre. « Ça n'a plus d'importance.

— Dis-moi. »

Elle a agrippé son cou, comme si un fantôme de vérité tentait de lui déchirer la gorge pour s'échapper. Puis elle s'est penchée sur l'évier et a trempé les mains dans l'eau de vaisselle sale.

« Ivy est morte, Maman. Mais moi non. » Je me suis postée derrière elle et j'ai parlé à sa nuque. « Je vais pas rester coincée ici juste parce que toi tu l'es. »

Je savais que ces mots la blesseraient. Elle a pivoté et m'a donné une gifle. Nous nous sommes regardées, tel un reflet l'une de l'autre, avec nos cheveux bruns et notre peau brûlante. Puis j'ai planté là ma mère, mon grand amour, je l'ai laissée seule assise sur le sol de la cuisine.

Ma mère comptait enterrer Ivy ce matin-là pour empêcher sa maladie de se propager. Je ne m'étais jamais sentie si vide. Ivy et ses garçons étaient ma famille, mes amis, ma forteresse. Ils amenaient de la vie dans notre cabane morbide, même quand Ivy était tombée malade. Notre montagne était plus froide désormais, et plus hostile.

Je n'avais jamais vu ma mère ouvrir et refermer sa bible King James autant qu'elle l'a fait dans les heures qui ont suivi la mort d'Ivy, tandis qu'elle s'ensevelissait elle-même dans l'organisation des funérailles. Le livre était fourré dans un placard plein de belles choses dont nous n'avions pas l'utilité – un service à thé ébréché, une unique fourchette en argent, une paire de bas couleur chair. La bible avait été exhumée et posée sur la table de la cuisine, mais ma mère ne la lisait pas. Au fil des années, elle avait planqué toutes sortes de paperasses entre ses pages – numéros de téléphone, listes, photos, et davantage de billets de vingt dollars que j'en avais vu de ma vie.

Lorsqu'elle s'est enfin endormie, je me suis précipitée sur cette bible. À l'intérieur, j'ai trouvé l'ancien numéro de téléphone de mon père, des négatifs venant d'un appareil photo appartenant à ma mère dont j'ignorais l'existence, et une photo d'elle et Ivy assises sous un saule, l'air pas tellement plus vieilles que moi à présent. Ivy avait cet air de conspiratrice qu'on lui connaissait bien, et ma mère était appuyée contre son épaule, comme si elles avaient toujours été attachées l'une à l'autre. Une cascade de tristesse m'est tombée dessus.

Dans une maison où mon père traquait les signes de la vie intérieure de ma mère, cette bible secrète était devenue son journal intime. Le nom de ma mère – Ruby Elizabeth Day – était écrit au stylo sur la page de garde, et celui de mon père y avait été ajouté au crayon. Le mien suivait, à l'encre rouge. Il restait quelques lignes vierges pour les autres enfants que mes parents n'avaient jamais eus. Et entre les Psaumes et les Proverbes, j'ai trouvé un paquet de vieilles enveloppes, renfermant chacune au moins un billet de vingt froissé. La plus ancienne lettre déposée chez Ivy datait de plus de vingt ans. L'adresse de l'expéditeur n'y figurait pas.

Ma mère connaissait si bien son mari qu'elle avait sans doute deviné où il était parti se cacher. Il ne pouvait être allé bien loin, peut-être à l'église, en attendant que la pluie cesse, ou dans la vieille grange à tabac sur les terres de frère Arledge. Mon père jeûnait depuis plus longtemps qu'il n'était séparé de ma mère. Combien de temps pouvait-il tenir sans la voir ? Au milieu de la matinée, je me suis éclipsée vers le cabanon pour vérifier que les serpents étaient encore là. J'avais une théorie. Si mon père comptait s'en aller, il viendrait d'abord chercher ses serpents.

Je me suis glissée du côté ravin du cabanon pour jeter un coup d'œil par la minuscule fenêtre. Il faisait trop sombre à l'intérieur pour distinguer quoi que ce soit. Lorsque j'ai entrouvert la porte, j'ai trouvé mon père allongé devant ses serpents. Je n'aurais pas su dire depuis combien de temps il se laissait dépérir à l'intérieur. Son corps faisait un X et il se frottait le visage sur le sol en contreplaqué. Il était sale. Les vêtements qu'il portait pour le baptême étaient tachés, ses cheveux hérissés. J'ai essayé de battre en retraite, mais il a levé la tête.

Il avait l'air perdu. J'ai senti la pression fantôme de ses mains sur mon cou. *Je suis désolé, Ruby*, avait-il dit. *Je ne sais pas ce qui m'a pris*. Je me suis demandé s'il faisait suffisamment sombre pour qu'il puisse me confondre avec la Ruby qu'il avait connue dans le temps.

Lorsqu'il a levé les yeux sur moi, il a éclaté en sanglots. Il a effleuré mes pieds d'une main, et je me suis écartée.

« T'es sans doute pas au courant, ai-je annoncé d'une voix ferme. Ivy est morte.

— Morte ? » Il s'est essuyé le nez. « Comment ? »

Selon ma mère, le responsable, c'était mon père. Selon le Dr Ed, c'était Ivy elle-même. Les gens de l'église allaient faire porter le chapeau à Ricky. *Trop de gosses*, diraient-ils. *Y a personne qui peut survivre, avec un type pareil.*

« Elle est morte dans son lit. C'est tout ce que je sais. » Je n'ai pas pu m'empêcher d'ajouter : « Mais c'est pas un mystère. Elle aurait dû écouter le Dr Ed. »

Mon père s'est hissé sur les genoux. « Donc je l'ai assassinée, ou c'est tout comme ? »

Je n'ai rien dit. Il avait déjà oublié que c'était moi qu'il avait essayé de tuer. À la maison, la lumière de la cuisine s'est allumée. Nous nous sommes tous deux tournés dans cette direction, deux lucioles cherchant une issue à cette nuit. La silhouette de ma mère dansait sur les rideaux au-dessus de l'évier. Quand j'ai ouvert la bouche pour l'appeler, mon père s'est levé et enfui.

Ma mère a crié mon prénom dans le ciel lugubre.

Il a plu juste avant l'enterrement, et nous avions laissé nos parapluies à la maison. Ma mère et moi avons fait le trajet d'une demi-heure vers le nord, jusqu'aux prairies herbeuses de Violet's Run, avec chacune un panier de pieds-d'alouette, et ma mère avait pris son tambourin. Les clochettes tintaient chaque fois que son panier lui rentrait dans le flanc. *Ne t'habille pas en noir*, m'avait-elle recommandé plus tôt dans la matinée lorsque j'étais rentrée du cabanon à serpents.

Ivy aurait détesté ça. Nous avions revêtu les couleurs du soleil : orange, rouille et améthyste. À mi-hauteur de la colline, nos jupes étaient déjà trempées jusqu'aux genoux. L'herbe haute n'allait pas tarder à s'aplatir. Mon père jurait que c'était comme ça qu'il savait qu'un défunt avait été bien aimé en cette vie – les parents et amis laissaient une piste épaisse d'herbe piétinée jusqu'au cimetière, dans le coin le plus élevé du Run.

Ce serait le premier *homegoing* que mon père manquerait de toute sa vie d'homme. *Guider un troupeau, c'est une condamnation à la vie ou à la mort*, aimait-il dire. Les enterrements étaient de moins en moins nombreux puisque notre congrégation s'étiolait, et chaque deuil le prenait par les épaules et le secouait.

Nous sommes arrivées les premières sur le carré de verdure où avait été déposée Ivy. Le trou était béant, avec un monticule de terre fraîche boueuse à côté. Au fond, le corps d'Ivy était déjà étendu proprement dans sa cage de bois. Ceux qui avaient monté le cercueil au cimetière avaient pris soin d'éviter l'averse plus tôt dans la journée. Il semblait virginal dans le sol.

Je n'avais pas vu le cadavre de mes yeux. Personne ne l'avait vu, à mon avis, à part ma mère. Il n'y avait pas eu assez de temps pour une présentation du corps.

« De quoi elle avait l'air la dernière fois que tu l'as vue ? » ai-je demandé.

Les autres pierres tombales parsemaient la colline. Ma mère s'est assise au bord de la fosse, les pieds pendants.

« Elle avait l'air terrifiée.

— Par la mort ? »

Ses épaules se sont contractées. « Par la vie, je crois.

— Comment ça ? »

Ma mère a poussé un soupir. « Ivy n'avait jamais voulu vivre dans cette montagne. Elle est restée parce qu'elle savait que j'en partirais jamais. »

Ma mère a jeté une fleur sur le cercueil, promenant les yeux sur les collines mauves. Je me suis assise à côté d'elle et nous avons jeté des regards vers le bas tels des souhaits dans un puits.

Elle a sorti son tambourin et s'est mise à le frapper dans sa main. Puis elle s'est mise à chanter un hymne ancien adapté d'un verset d'Isaïe.

Si vos péchés sont comme le cramoisi, ils deviendront blancs comme la neige ;

S'ils sont rouges comme la pourpre, ils deviendront comme la laine.

Le timbre grave de ma mère s'est élevé dans les collines, et bientôt les parents et amis qui arrivaient ont repris l'hymne. Nous entendions leurs voix clairsemées dans le lointain, des voix peu nombreuses. À 10 h 30, il n'y avait pas autant de monde que ma mère l'avait espéré. Moins d'une douzaine. Ma mère les a comptés des yeux. Les gens avaient fait l'ascension pour voir le miracle d'Ivy, mais à présent ils fuyaient sa débâcle.

Le soleil s'est montré, et l'ombre de l'érable s'est déplacée lentement au-dessus du cercueil. Le tambourin de ma mère s'est assoupi à côté d'elle. Elle a ouvert une des vieilles bibles de mon père et a lu tout haut un passage du Psaume 23. *Tu dresses devant moi une table en face de mes adversaires ; tu oins d'huile ma tête, et ma coupe déborde.*

Au-delà de notre groupe, la colline restait stoïque. Des violettes parsemaient l'autre flanc, et un aigle planait dans le ciel lointain. Personne ne pleurait, même pas ma mère. Sa voix est restée en suspens jusqu'à ce qu'elle referme le livre, prenne une poignée de terre, et la laisse tomber de ses doigts sur la caisse en bois dans la fosse. Ensemble, les gens présents ont récité le Notre-Père, et nous avons ramassé tour à tour un peu de terre pour la disperser sur le corps d'Ivy.

Mon père a été le dernier à s'approcher de la tombe. Personne n'avait vu par où il était arrivé. Il s'est caché parmi les tombes, puis il s'est avancé, son seul mocassin à tête cuivré enroulé autour du bras. Ce n'est pas sur son visage que les yeux de ma mère se sont attardés, mais sur le mien. Par son regard, elle tentait de me communiquer un secret.

Dis-moi, Maman, ai-je répondu par le même langage muet. *Dis-moi ce qu'il y a.*

Mais elle ne l'a pas fait. Au lieu de ça, elle a tourné les pages de la bible jusqu'à un autre passage et s'est remise à lire. *Il y a plusieurs demeures dans la maison de mon Père. Si cela n'était pas, je vous l'aurais dit.*

« Ruby », lui a dit mon père. L'assistance s'est tournée vers lui, et elle a poursuivi sa lecture.

Je vais vous préparer une place. Et, lorsque je m'en serai allé, et que je vous aurai préparé une place...

« Ruby, a-t-il répété. Je suis désolé. »

... je reviendrai, et je vous prendrai avec moi...

« Ruby, je t'en prie. »

... afin que là où je suis, vous y soyez aussi.

La voix de ma mère couvrait ses supplications.

« Je suis désolé qu'elle soit morte, Ruby », a-t-il dit enfin, et ma mère s'est tue.

Le cercle s'est défait, et les gens sont repartis comme ils étaient venus. Personne n'avait envie de voir son berger se faire rabrouer par sa femme.

« C'est pas ma faute, a dit mon père. Si j'avais le sang d'Ivy sur les mains, tu crois pas que Dieu laisserait ce serpent me piquer une fois pour toutes ? Dieu a fait ce qu'Il a fait. »

La bible de ma mère a glissé de ses mains et atterri sur le dessus du cercueil. « Dieu ? Tu crois que c'est Dieu qui a fait ça ? »

Le mocassin se contorsionnait dans l'étreinte de mon père. « C'est pas comme si j'étais allé à son chevet avec un revolver dans les mains. Elle est morte, et je le regrette, mais c'est pas à cause de moi. »

Ma mère a ri. « Elle est morte le jour où tu lui as imposé les mains, Briar. »

Au-dessus de nous, des nuages s'amoncelaient, annonçant la pluie prochaine. L'air était mortellement immobile.

Le mocassin n'avait pas de raison de paniquer. Et pourtant c'est ce qui s'est passé. Pour la première fois de sa vie, mon père n'a pas pu maîtriser son serpent. Le reptile a agité la queue jusqu'à ce que tout son corps se raidisse, et mon père l'a laissé échapper dans l'herbe haute sous l'érable. Ma mère a tressailli et reculé.

Le mocassin a rampé à ses pieds, orange et noir, tel un feu et ses cendres. Il glissait paresseusement le long de la pierre tombale, jouant avec les herbes autour des chevilles nues de ma mère.

« Ruby, a dit doucement mon père. Ne bouge pas. »

Elle lui a obéi. Mon père a levé les mains, puis ma mère a parlé.

« Comment oses-tu ? » Sa voix tremblait. « Comment oses-tu emmener cette saleté ici ? »

Mon père a baissé les bras. « Je vais le rattraper, Ruby. Je te le jure. »

Tandis qu'ils se disputaient, le mocassin m'a attirée vers lui. *Viens plus près*, semblait-il murmurer. Je me suis glissée au bord du lopin, et je me suis mise à genoux. C'était un animal délicat, ce serpent. Ses yeux brillaient, et ses mâchoires se serraient tel un coffre au trésor. J'étais tellement près.

« Wren, a dit ma mère. Lève-toi. »

Je me suis lovée autour de la tombe, me déplaçant plus lentement que les nuages dans le ciel.

« Je vais l'attraper, Maman. Je vais y arriver.

— Recule immédiatement, a ordonné mon père. C'est un mocassin.

— Je sais ce que c'est.

— Laisse tomber, Wren. »

Je suis arrivée tout près, et j'ai hésité. Le serpent se déployait dans l'herbe. Je l'ai vu tirer vivement la langue. Il s'est installé dans l'ombre étroite de la pierre tombale sans faire attention à nous. Je me suis aplatie sur le sol, je me suis mordu la langue et j'ai tendu les bras.

Rien n'aurait pu me préparer à ce que j'ai ressenti lorsque cet animal s'est enroulé autour de mon poignet. Mon père avait toujours juré que soulever des serpents, c'était comme prendre une profonde inspiration, mais j'ai étouffé.

Je ne l'ai tenu qu'un instant avant que mes doigts ne se grippent et que sa tête ne fonde droit sur moi. J'ai hurlé. Mon père n'a pas fait un geste. Avant que je puisse le relâcher, ma mère a bondi vers moi et l'a décroché de mon poignet.

Le serpent l'a chargée, a ouvert grand la bouche, et a planté ses crochets dans la chair juste au-dessus de son omoplate.

« Ruby ! » a crié mon père. Ma mère a basculé en avant. Le serpent était toujours accroché à son cou, le corps contorsionné en point d'interrogation. Mon père s'est précipité sur elle et elle lui a pris le bras. Ensemble, ils sont tombés à genoux. Il a empoigné le serpent par la mâchoire. Une fois que l'animal eut lâché, il l'a jeté sur le cercueil d'Ivy. Il a caressé la couverture de la bible avant de se rouler en boule.

J'étais toujours à quatre pattes. Mon père s'est mis à aspirer le poison de la plaie ouverte. Il le recrachait dans la boue, et le cou de ma mère enflait et se marbrait. Sa respiration devenait difficile, et une pellicule de sueur se répandait sur son front. Je me suis relevée d'un bond.

« Faut qu'on l'emmène chez le médecin, ai-je dit.

— Elle arrivera pas jusque là-bas, a-t-il répondu, passant les mains au-dessus de la morsure.

— Faut que t'ailles le chercher, alors. Tu cours plus vite que moi. »

S'il m'a entendue, il n'a pas réagi. Ses lèvres mimaient des incantations intimes, mais il ne produisait pas un son.

J'ai crié : « Papa ! Va chercher le médecin. *Je t'en prie !*

— Dieu a fait ce qu'Il a fait », a murmuré mon père, la tête de ma mère sur ses genoux. Ses yeux ruisselaient de larmes.

J'ai dévalé la colline boueuse au pas de course, dépassé les rapides où Violet avait sauvé ses amoureux, traversé les bois jusqu'au bas de notre propriété. J'ai dépassé en flèche les gens qui descendaient de l'enterrement, leur criant d'aller chercher de l'aide car ma mère s'était fait mordre. J'ai continué de courir jusqu'à la vieille Pontiac d'Ivy, que Ricky et les garçons avaient abandonnée là. Une fois que j'ai eu démarré le moteur avec la clé cachée sous le tapis de sol, j'ai roulé pied au plancher jusqu'à la clinique du Dr Ed, à l'entrée de Trap. Tant pis si je ne savais pas conduire. Je refusais d'attendre la décision de Dieu.

Mais Dieu avait déjà fait son choix. Lorsque le Dr Ed et moi sommes retournés au sommet de Violet's Run, ma mère était morte. Nous avons trouvé son corps sans vie vautré contre un tronc d'arbre, le serpent toujours niché sur le cercueil d'Ivy. Mon père avait disparu.

Ivy avait l'air terrifiée lors de ses derniers instants, avait dit ma mère, et, par la suite, lorsque je raconterais l'histoire autour d'un feu de camp, je prendrais l'habitude de dire que ma mère avait l'air impatiente. *Allez, on ne perd pas de temps* semblait intimer son visage statique. Elle et Ivy, elles avaient tout fait ensemble, depuis leur jeunesse, et ma mère n'aurait pas laissé sa bien-aimée mourir seule, sans elle. *Je ne peux plus survivre ici.*

PARTI

Depuis toute petite, j'entendais mon père prêcher que la volonté de Dieu était pareille au vent. *On ne la voit pas*, disait-il, *et on ne peut pas l'arrêter*.

Ma mère reposait à mes pieds. La pluie s'annonçait, et je ne pouvais l'en protéger. Je me suis glissée à côté de son corps et j'ai posé ma joue contre son front. L'atmosphère puait la boue et la dépouille d'écureuil. J'ai enfoui mon visage dans les cheveux de ma mère et prié pour que la vérité devienne un mensonge, d'une manière ou d'une autre.

Le Dr Ed n'a pas eu besoin d'examiner le corps pour voir qu'elle était morte. Il n'a pas eu besoin de me l'annoncer non plus.

« La mort, c'est pas la fin, avais-je entendu ma mère dire à Ivy quand elle croyait que je ne les entendais pas. C'est une échappatoire. »

Elle n'avait jamais autant redouté la fin de sa vie qu'elle en redoutait la longueur.

Le médecin a posé la main sur mon épaule avant de repartir vers le bas de la montagne pour envoyer chercher quelqu'un. C'est ce qu'il a dit : *J'envoie chercher quelqu'un*. Il s'occupait des vivants, et j'avais besoin d'un autre genre d'aide désormais.

La bruine s'était mise à tomber lorsqu'une Tacoma métallisée pourrie est arrivée devant la tombe d'Ivy. Je connaissais ce pick-up, le garçon en salopette en jean qui rebondissait à l'arrière. Le véhicule a dérapé dans la boue, et le garçon est descendu d'un bond, les bras chargés de couvertures. Il les a étendues tel un voile sur le cadavre de ma mère. Le conducteur, le *shiner* que j'avais vu chez Ricky le jour où Ivy avait brûlé, est descendu en titubant et a incliné la tête.

« Vous êtes bourré », ai-je observé.

Il n'a pas dit le contraire. Au lieu de ça, il a fixé le monticule de couvertures et a pris appui contre la calandre de sa bagnole.

« Vous pouvez pas labourer la terre comme ça avec vos pneus. Les gens enterrent leurs morts, ici. »

C'était ce qu'aurait dit ma mère si elle avait été en vie. Je me suis levée et j'ai écarté les bras comme si je devais la défendre.

Il a fait un bruit de succion. « Si la terre vous appartient, si.

— Ce terrain vous appartient ? » J'ai pointé l'index vers l'autre bout de la vallée qui se noyait dans les violettes et les pierres tombales.

« À ce qu'il paraît. » Il a regardé le ciel gris.

« Pourquoi vous en avez fait un cimetière ?

— Faut bien les mettre quelque part, les cadavres. » Il s'est frotté les yeux. « Maintenant, mettons Ruby Day à l'abri de la pluie. »

Ses mots m'ont désarçonnée. Ma mère s'appelait Ruby Day avant de rencontrer mon père, avant de devenir mère et épouse. Cela faisait longtemps qu'on ne l'avait pas appelée comme ça.

L'homme a poussé un soupir. La pluie collait ses cheveux noirs sur ses tempes, et ils bouclaient derrière ses oreilles.

« Dis-moi, a-t-il fait. Il est où, ton père ?

— Parti.

— Parti ? » Il a plissé les yeux.

« Parti. »

La pluie s'intensifiait. Le garçon en salopette a enveloppé ma mère dans la couverture et le *shiner* s'est agenouillé pour la soulever. Il était plus grand que mon père, et plus fort. Je me suis rappelé le coup de téléphone qu'avait passé ma mère trois jours plus tôt.

« Vous êtes Flynn, ai-je dit.

— Lui-même. »

Il a pris dans ses bras le corps de ma mère et l'a porté à la Tacoma. Les couvertures ont glissé d'elle comme si elle perdait une peau.

« On va la mettre entre nous, a-t-il dit, la glissant par la portière côté passager. Monte. »

J'ai grimpé à côté de ma mère et glissé mon bras sous le sien. Son corps s'est affalé sur moi.

« Attends ici », a dit Flynn.

Je l'ai observé dans le rétro. Il a pris une hache à l'arrière du pick-up, et le garçon a placé un long bâton à serpent en équilibre au-dessus de sa tête. Arrivé à la fosse, Flynn a soulevé le bâton et ordonné au garçon de reculer. Il s'est accroupi, a cueilli le serpent juste sous la mâchoire, et l'a plaqué au sol sous l'érable. Puis il a abattu sa hache, lui tranchant proprement la tête.

À part mon père, je n'avais jamais vu quelqu'un manipuler un serpent avec tant de grâce. Il a laissé le reptile à ses dernières contorsions, sous l'arbre, lancé le bâton et la hache dans son véhicule, et s'est installé au volant. Il y a eu un coup de tonnerre et une vague de pluie a lavé le pare-brise.

« Et votre fils ?

— C'est pas grave, a dit Flynn en tournant la clé de contact. Sonny, ça le dérange pas, la pluie. »

Sonny a pris place sur le passage de roue et cogné sur la vitre arrière. Flynn a levé une main pour faire signe qu'il avait entendu. Son bras a effleuré celui de ma mère lorsqu'il a passé une vitesse. Nous avons commencé à descendre la colline, les pneus traçant des rayures agressives dans l'herbe sous la pluie désormais battante.

Flynn et le garçon habitaient une maison sombre, dans les bois, au pied de Violet's Run, à peu près huit kilomètres plus haut dans la montagne que le bas de notre colline. Je n'aurais jamais cru qu'il y avait des gens qui vivaient plus au nord que nous. Leur cabane était tapie derrière un bosquet de sapins baumiers, aussi longue que haute, avec une cheminée en pierre et un poste de guet en hauteur. Des bûches fraîchement coupées étaient empilées de chaque côté de la porte en bois, et un marteau était posé sur les marches.

En descendant de la Tacoma, je me suis pris les pieds dans une guirlande de boîtes de soupe reliées par un fil de fer.

« Attention où tu mets les pieds, a dit Flynn en prenant ma mère dans ses bras.

— C'est pour faire fuir les ratons laveurs ? ai-je demandé.

— Quelque chose comme ça. »

Il a ouvert la porte du bout de sa botte. À voir la maison, on aurait cru qu'ils m'attendaient. Le sol était balayé de frais, et un bocal de violettes ornait la table, à côté d'une mince rangée de bonbonnes en verre.

Sonny a soulevé le tapis, puis la large latte de bois en dessous. Il stockait les bouteilles dans un trou creusé dans la terre, avec des pinceaux en crin de cheval et quelques pots de peinture blanche. Flynn a déposé délicatement le corps de ma mère sur le lit. Puis il a pris une serviette et s'est épongé le visage.

« Laissez, ai-je dit. Je m'en occupe. »

Il a gratté sa barbe naissante et m'a tendu la serviette.

« Vous avez du café ? ai-je demandé. Ça vous ferait pas de mal. »

Flynn s'est traîné à la cuisine et je me suis assise sur le lit à côté de ma mère. Ses cils dégoulinaient. Le cran d'arrêt à sa hanche miroitait, opalescent dans le demi-jour. Je l'ai retiré de son anneau, et l'ai mis dans ma poche.

Flynn est revenu avec deux tasses de café identiques.

« J'en bois jamais, ai-je protesté.

— Y a un début à tout. »

Je me suis redressée et j'ai pris une gorgée.

« Le garçon, c'est votre fils ? »

Flynn a fait oui de la tête.

« Où est sa mère ?

— Partie.

— Partie ?

— Partie », a répété Sonny, dans la porte.

Le garçon m'a regardée en clignant des yeux, sans expression, son épi blond se redressant en séchant. Flynn m'a demandé ce que je comptais faire du corps. Le *corps*.

« Une parcelle juste à côté de celle d'Ivy. Pour qu'elles soient seules ni l'une ni l'autre. » J'ai hésité. « Si vous pouviez me récupérer le tambourin de ma mère – et retirer cette carcasse de serpent – je vous serais reconnaissante. »

Flynn s'est adossé contre le cadre de la porte. Il m'a regardée d'un air tendu qui m'a fait soupçonner qu'il pensait à une compensation.

« Je trouverai le moyen de régler vos honoraires », ai-je dit.

Il a eu l'air surpris. « T'as pas d'argent.

— Je dois payer. C'est ce qu'elle voudrait. »

Il a pris une longue gorgée de café et s'est essuyé la lèvre supérieure. Je m'attendais à ce qu'il m'interroge sur mon père, mais il ne l'a pas fait.

« Tu sais où dormir, ce soir ? a-t-il demandé.

— À la maison. » Les larmes ont dégouliné sur mes joues quand j'ai prononcé ces mots.

Il a froncé les sourcils. « T'as quel âge ?

— Quinze ans. »

Il a poussé un soupir. « Eh ben. Merde. »

J'ai senti un élan de culpabilité. Ma mère aurait détesté devoir quelque chose à cet homme. Je me suis rappelé l'argent qu'elle avait planqué dans sa bible King James et me suis demandé combien il restait.

« Ramenez-nous à la maison, ai-je dit. Je vous paierai pour le dérangement.

— Attends. »

Il est sorti d'un pas nonchalant, sa tasse de café vide se balançant dans sa main, pour passer un coup de fil dans l'autre pièce. J'ai regardé ma mère, qui arborait toujours cette expression impatiente.

« Je suis désolée, Maman, ai-je chuchoté. Je suis désolée, je suis désolée, je suis désolée. »

Je n'avais jamais parlé à ce point-là comme mon père. Flynn est réapparu juste au moment où je m'essuyais la figure avec le rebord de ma jupe. Il s'est assis à côté de moi sur le lit et a frotté les trous dans son jean.

« Je veux que tu viennes avec moi, a-t-il dit, d'une voix pleine de douceur.

— Où ça ? »

Ses yeux se sont plantés dans les miens. « Chez tante Bette. On s'occupera de toi, là-bas. »

Il a soufflé, et tout à coup, j'ai compris. Les gens avaient recours à tante Bette quand il ne restait personne, aucun membre de la famille qui ne voulait de vous. J'ai jeté un coup d'œil vers ma mère.

« Je ne peux pas l'abandonner.

— T'as plus à t'en faire pour elle. Elle sera pas seule. »

Sonny s'est glissé dans la pièce, a tiré un volumineux rocking-chair près du lit, et s'est mis à se balancer dedans.

« Vous pouvez pas la laisser là.

— Seulement jusqu'à mon retour. Sonny lui tiendra très bien compagnie. »

Un roulement de tonnerre a retenti dehors, et j'ai serré le poing.

« Ramenez-moi à la maison. Je peux m'occuper de moi-même. »

Il a poussé un soupir. « Non.

— Pourquoi ?

— Parce que ton père est pas là. Et je suis pas sûr qu'il soit capable de s'occuper de toi, de toute façon. »

J'ai baissé les yeux sur la couverture en velours sur son lit, me rappelant comment mon père m'avait maintenue sous l'eau, l'éclat de sa chemise détrempée, le ruisseau menaçant.

« Vous êtes au courant, ai-je dit.

— Tout le monde est au courant, a répondu Sonny sans cesser de se balancer, ne détournant pas les yeux une seconde du visage de ma mère.

— Et tu te sens pas un peu seule, là-haut, en plus ? » a demandé Flynn.

Je ne voulais pas qu'il sache la vérité. « Je vais rester ici jusqu'à ce qu'elle soit enterrée. » J'ai pressé la main de ma mère. « Vous pouvez m'accorder ça.

— Pas possible. » Flynn a poussé un nouveau soupir. « J'ai du boulot.

— Je m'en fous, de votre boulot.

— C'est ton droit le plus strict. » Sa voix oscillait comme s'il chantait une berceuse. « Mais pas moi. »

J'ai regardé ma mère, attendant qu'elle me dise quoi faire.

Wren, avait-elle écrit, *il faut que je te dise*...

Je savais ce qui allait se passer ensuite. C'étaient là les pierres sur lesquelles se bâtissent les mythes dans la montagne. La rumeur allait se répandre et, très vite, dans les collines s'échangeraient des histoires sur le jour où l'ivrogne avait descendu Violet's Run avec une femme morte attachée sur le siège passager. *Elle avait l'air d'une marionnette*, diraient les conteurs, et l'assemblée se délecterait de ses mots, jusqu'à s'approprier son récit et le propager à leur tour. Mais cette histoire serait un mensonge, car Ruby Bird n'avait jamais été une marionnette, pas une fois dans sa vie. J'aurais seulement aimé qu'on puisse en dire autant de moi.

FOYER

La première nuit au foyer, assise sur un lit superposé dans le noir, j'écoutais le groupe de filles en dessous de moi. Je pensais aux histoires de ma mère, quand elle racontait son enfance d'aînée de sept filles, qu'elle et ses sœurs rapprochaient leurs lits superposés pour dormir ensemble en hauteur. Plus près du ciel, disait-elle, mais elle voulait dire plus loin de son père et des souris, et de sa propre mère, perpétuellement enceinte et malade de la grippe. La famille s'était dispersée dans tout l'État depuis le mariage de mes parents, et ma mère n'entendait plus parler des siens, sauf quand son père réclamait de l'argent. Rien d'étonnant à ce qu'elle ait épousé mon père et n'ait jamais regardé en arrière.

Avant de me laisser chez tante Bette, Flynn m'avait emmenée récupérer mes affaires à la cabane. Le soleil était déjà couché. J'ai pris toutes les robes que m'avait cousues ma mère. Chacune représentait une histoire de son passé. J'avais entendu parler des après-midi étouffants qu'elle et Ivy passaient, en robes à fleurs assorties, à se prélasser sur un banc à côté de la cour de l'école. Ivy feuilletait des magazines, ma mère étudiait. Avant que mon père ne l'emmène, elle avait vécu une vie indépendante. Elle aimait les maths, elle aimait mesurer et assembler des pièces de tissu pour en faire de beaux habits. Chaque ourlet était impeccable, cousu et recousu jusqu'à ce qu'il soit parfaitement identique aux autres.

Elle avait fabriqué mes robes à partir de ses anciennes, celle de son seizième anniversaire, celle du mariage d'Ivy et celle du bal de fin de lycée, qu'elles avaient toutes deux manqué.

Debout dans le couloir, je me suis rendu compte que je n'allais pas revenir avant un long moment. J'ai tâté les sillons dans le mur du bout des doigts, les laissant me guider jusqu'à la porte de ma mère. Sur sa coiffeuse, j'ai trouvé le bocal qui lui servait de coffre à bijoux. Il ne contenait que des pinces à cheveux et des boutons. Elle ne chérissait qu'une seule chose terrestre, à part Ivy et moi – le couteau qu'Ivy lui avait offert.

J'ai jeté un coup d'œil à ma silhouette sombre dans le miroir. Derrière moi, un spectre s'est invité dans le reflet. Flynn, venu me dire de me dépêcher.

« Allez, viens, a-t-il dit d'une voix sourde. Il se fait tard. »

Tante Bette m'attendait, une bougie allumée fondant dans une petite vasque sur le manteau de la cheminée. Flynn n'est pas entré. J'ai regardé derrière moi avant de pénétrer dans la maison silencieuse. Les phares de la Tacoma s'éloignaient déjà.

La maison de tante Bette sentait le lait rance et la vieille laine. Un couloir voûté donnait sur un autre. Elle m'a guidée en haut de l'escalier et a ouvert la première porte, qui donnait sur une salle remplie de lits superposés.

La fille aux ongles pailletés est apparue sur un lit en hauteur, à la lueur de la bougie.

« Je m'appelle Emma, a-t-elle dit. Pose ton sac, je vais t'aider à monter. »

J'ai laissé mes affaires et donné la main à Emma. Il y avait six lits, tous occupés sauf un.

« Tu peux prendre celui à côté du mien », a dit Emma en se rallongeant.

Elle a trouvé une lampe torche au fond de son sac de couchage et l'a allumée. Sa peau brillait dans la pénombre.

« Je sais pas ce qui t'est arrivé, mais ça doit être grave. Tante Bette accueille jamais personne en pleine nuit.

— C'est ma mère. Elle est morte. »

Nous sommes restées assises, la lampe entre nous, la respiration rauque des filles grognant en dessous de nous.

« Ma première nuit ici, j'ai fait ça. » Emma m'a montré trois piercings le long du lobe de son oreille droite. « Un pour me rappeler chacun des frères que j'ai laissés derrière moi. Ce soir, tu vas pas l'oublier. Mais bientôt, les jours se succéderont à toute vitesse. Et tu souffriras moins.

— Où est ta famille ?

— Dispersée dans des foyers d'accueil à l'autre bout du pays. Ma mère a trois autres enfants, et notre maison a été condamnée après la fuite de produits chimiques dans l'Elk River il y a quelques années. L'État de Virginie-Occidentale a décrété qu'on devait partir. » Elle a fait la moue. « Pendant longtemps, je savais pas qui j'étais, sans mes frères. »

J'ai pensé aux fils d'Ivy, aux mères que nous avions perdues.

« Emma. Perce-moi les oreilles. »

Ma mère n'avait jamais possédé la moindre paire de boucles d'oreilles. *Un prénom comme Ruby, ça vaut tous les bijoux*, lui avait dit sa mère quand elle avait demandé un collier, à treize ans. *La femme d'un prêcheur n'a pas besoin de fioritures*, lui avait assuré mon père lorsqu'elle avait remonté l'allée centrale sans voile pour son mariage.

« Tu l'as déjà fait ? » ai-je demandé à Emma.

Elle a hoché la tête. « J'ai fait les miens. J'ai une paire parfaite pour toi, en plus. Viens là. »

Nous sommes descendues de nos lits, et elle a sorti une chaussette pleine de boucles d'oreilles du tiroir du haut du bureau, dans le coin.

« Voilà. » Elle a sélectionné deux minuscules oiseaux d'argent et dirigé la torche sur sa paume. « Parfait pour une Wren[1]. »

Leurs ailes avaient de profonds sillons, ouvertes pour voler.

Emma m'a fait asseoir sur une chaise pliante près de la gazinière dans la cuisine pendant qu'elle faisait bouillir deux épingles à nourrice. Quand elles ont été bien chaudes, elle en a plongé une dans mon oreille droite, puis la gauche. J'ai fermé les yeux. Le perçage est allé vite, fort et sans bruit, comme les crochets silencieux d'un mocassin à tête cuivrée. Elle fumait une des Virginia Slim de tante Bette pendant qu'elle opérait. L'odeur douceâtre s'est nichée dans mes narines tandis qu'Emma mettait le fermoir des deux boucles d'oreilles.

« Fini », a-t-elle dit.

1. En anglais, le mot *wren* désigne un oiseau de petite taille, le troglodyte. (*N.d.T.*)

En ouvrant les yeux, j'ai vu Caleb debout en face de moi, un glaçon dans la paume. Il me l'a placé contre une oreille, puis l'autre, tandis qu'Emma tirait sur la cigarette. Une conversation secrète se déroulait entre Caleb et moi sur toutes les choses que nous avions perdues l'un et l'autre. J'étais quelqu'un d'autre à présent. Ma mère était partie, et je n'avais plus ma flamme.

J'ai attendu trois jours que mon père vienne me chercher. Le troisième jour, j'étais dans le jardin, en robe orange, et je ressemblais trait pour trait à ma mère. Je m'étais même fait des tresses, j'avais son cran d'arrêt sur la hanche. Tante Bette avait promis que quelqu'un m'emmènerait sur la tombe de ma mère. Je m'étais habillée comme elle dans l'espoir d'attirer mon père. J'attendais, immobile comme un crucifix, qu'il apparaisse au sommet de la colline. *Viens*, je lui intimais en secret. *Viens, viens, viens*.

C'est Flynn qui est venu. Sonny mangeait des épis de maïs séchés à l'arrière du pick-up.

« Mon père s'est pas montré, si ? » ai-je demandé en montant.

Il s'est gratté la nuque. « Non. »

Flynn m'a observée un long moment. Avant qu'il ne s'engage sur la route, Emma est sortie en courant de la maison, sa guitare à la main. Elle a bondi à l'arrière, et nous nous sommes mis en route pour Violet's Run, où Flynn s'est garé au pied de la colline. Le soleil était bas, l'herbe haute, et je savais que mon père ne viendrait pas. Ce n'était pas le chagrin qui le retenait. C'était la honte. Le manque de foi de sa fille en avait fait un simple mortel, comme en cet instant où Adam avait eu honte pour la première fois de sa propre nudité dans le jardin d'Éden, alors qu'il était nu depuis le début.

« J'attendrai ici que ce soit fini, a dit Flynn tandis qu'Emma et moi descendions.

— Viens, a-t-elle dit. Je t'accompagne. »

Elle a passé un bras dans la sangle de sa guitare et l'autre sous le mien, et nous avons gravi la colline ensemble. La piste d'herbe aplatie était plus large que la longueur du plus gros serpent – mon père en aurait éprouvé une vaine satisfaction. Tant de gens s'étaient rassemblés que je n'ai même pas pu voir la fosse avant d'arriver au niveau des érables. La tombe d'Ivy était recouverte à présent.

Le silence de la foule était mordant, glacial. J'ai fermé les yeux et j'ai revu ma mère le matin, debout dans la rosée, scrutant l'horizon au-delà de nos champs. Le silence était pesant. En rouvrant les yeux, j'ai constaté que toute l'assemblée me regardait, sans prendre la peine de le dissimuler. Il m'a fallu du temps pour comprendre qu'ils ne se taisaient pas par respect pour la morte. Ils attendaient le début du rite funéraire. En l'absence de mon père pour le diriger, les gens comptaient sur moi. Je ne pouvais pas manier les serpents de mon père, je ne pouvais pas accomplir ses miracles, et je ne pouvais pas occire son assemblée.

Emma s'est mise à jouer une mélodie lugubre tandis que les branches au-dessus de nous s'affaissaient dans la chaleur.

« Ma mère était quelqu'un qui cherche, ai-je dit à la foule. Elle voulait la vérité, même si elle faisait mal.

— Amen, a dit quelqu'un. Ta maman est rentrée chez elle, maintenant. »

Ma peau s'est hérissée. Elle ne pouvait pas être chez elle si loin de moi.

« Quand Ivy est morte, ai-je poursuivi, ma mère a su que quelque chose clochait ici. Simplement, elle ne savait pas comment y mettre fin. »

J'ai regardé l'autre bout du champ, cherchant des yeux les violettes. Elles s'étaient refermées après avoir été aplaties par la pluie.

« Alors moi, j'y mets fin, ai-je dit. Rentrez chez vous. Décapitez vos serpents. Enterrez votre strychnine. »

Frère Arledge s'est avancé : « Briar dit que… »

J'ai crié : « Tu vois un Briar, ici ? Pourquoi défendre un homme qui ne prend même pas la peine d'enterrer sa propre femme ? »

Il a reculé.

« Y a pas de mal à être des moutons, ai-je dit. Mais trouvez-vous un meilleur berger. »

Je me suis détournée du corps de ma mère et j'ai regardé le bas de la colline. J'aurais dû rester. J'aurais dû être la dernière à partir. C'est ce qu'aurait fait ma mère. Mais je n'avais jamais été aussi pure qu'elle, aussi noble, aussi forte. J'étais la fille de mon père.

La Tacoma s'est réveillée avec un rugissement lorsque Flynn nous a repérées dans le rétroviseur, Emma et moi.

« Vous êtes retourné à ma cabane, pas vrai ? lui ai-je demandé tandis qu'il roulait vers la route principale. Chercher mon père ? »

Il a hoché la tête.

« Les serpents ? Ils étaient toujours dans le cabanon ? »

Il a réfléchi. « Non.

— Alors il reviendra pas. »

L'une des mains de Flynn a glissé du volant. « Sans doute que non. »

Il l'a dit comme s'il le savait déjà. La silhouette des sapins se brouillait le long de la route à mesure que nous prenions de la vitesse dans la descente.

« Je vous rembourserai la pierre tombale. Le terrain aussi. »

Il a poussé un soupir et tapoté le volant. Aucun d'entre nous n'a rien dit jusqu'à ce qu'il s'engage de nouveau sur le chemin de terre devant chez tante Bette. L'orage avait laissé des flaques de boue. Il s'est garé et a posé un coude sur le volant. Puis il s'est penché devant moi pour ouvrir la boîte à gants, où il avait rangé le tambourin de ma mère.

« Je peux dire quelque chose ? » a-t-il demandé en me le tendant. Le tambourin tremblait dans sa main.

J'ai attendu.

« Laisse les morts ensevelir leurs morts, a dit Flynn, citant Jésus lui-même.

— Je l'ai déjà entendu, ce verset. Très souvent.

— Ça empêche pas que c'est un bon conseil. » Il a frotté sa barbe naissante. « Tu peux laisser tout ça derrière toi, maintenant. Tu t'arraches de cette cabane dans les marais et tu te retournes pas.

— C'est ce qu'a fait mon père. Et je lui en veux à mort. »

Il a fait tourner l'anneau de cuivre à son doigt. « Ton père, c'est un imbécile. »

Comme je n'ai pas répondu, Flynn s'est redressé et s'est mis à tripoter son levier de vitesse.

« Bon, a-t-il dit.

— Vous avez du boulot. »

Il a hoché la tête. « Mais promets-moi une chose : reste chez tante Bette, et évite la montagne. »

Je n'ai pas demandé pourquoi. Toute ma vie, je m'étais cachée, et je n'avais de force pour rien d'autre. Je me suis glissée hors de la voiture et dirigée vers le porche de tante Bette, le dos voûté. Caleb était assis sur la première marche, appuyé contre la balustrade.

« Bienvenue chez toi », a-t-il dit.

Chez moi. C'était le seul lieu auquel j'aspirais – celui qui hantait toutes mes histoires – et ce n'avait jamais été un lieu à proprement parler.

Chère Wren,

Il faut que je te dise…

J'ai commencé cette lettre cent fois, mais elle a fini à la poubelle chaque coup. Je pensais que mon silence assurerait ta sécurité, ton bonheur. Mais je me trompais.

Je me suis trompée sur tant de choses.

DEUXIÈME PARTIE

LE CHANT D'AMOUR DU *MOONSHINER*

PRÉLUDE

S'il y avait un chagrin dans la vie de Flynn Sherrod, c'était le suivant : il était amoureux de Ruby Day bien avant l'instant où il s'était rendu compte qu'elle était en train de tomber sous le charme de son meilleur ami. Toutes les filles de la montagne tombaient un peu amoureuses de Briar Bird à un moment ou un autre – son sourire en coin pris entre deux fossettes, ses yeux couleur bleuet, sa voix suave de ténor qui entonnait des cantiques. Personne n'avait jamais dit que Flynn était beau, à part sa mère, même si son cœur était plus fort que les premiers fruits du whisky qui coulait de l'alambic en cuivre de son père. Avec sa mâchoire carrée, ses yeux marron et ses pieds presque deux fois plus longs que ceux de son père, Flynn était plus grand – et plus anguleux – que tous les autres garçons de dix-sept ans qu'il connaissait. Il avait des mains de montagnard, rugueuses comme l'écorce, qui ramenaient ses cheveux noirs derrière ses oreilles et protégeaient ses yeux du soleil. Tous les soirs, avant de poser la tête sur son oreiller, Flynn lançait sa prière bien à lui vers le ciel : il demandait que Ruby soit une femme prête à voir au-delà des apparences.

Ruby – avant Briar – était optimiste, enthousiaste, déterminée. Flynn l'avait observée pendant tout le lycée, depuis le jour où ils étaient entrés ensemble en troisième – elle s'asseyait toujours au premier rang. Ruby levait le doigt, la bonne réponse toute prête, même en chimie. Mais elle ne ramenait jamais sa science. L'esprit de Ruby était un pistolet à son côté, qu'elle ne brandissait que quand elle avait l'intention de s'en servir. Chaque mot qu'elle prononçait renfermait le rythme de la vie et de la mort, même si l'oreille de Flynn était la seule assez affûtée pour l'entendre.

Il ne pouvait se séparer de ce sentiment, pas plus qu'il ne pouvait se séparer de Briar, si différents qu'aient toujours été les deux garçons. Le whisky du père de Flynn était déjà entre eux un point sensible. Briar jurait qu'on ne pouvait pas servir à la fois Dieu et l'alcool, et Flynn jurait que si. Mais les garçons avaient encore assez confiance dans la force de leur amitié pour croire pouvoir passer au-dessus d'une sempiternelle divergence de points de vue. Flynn rêvait de distiller son propre *moonshine* depuis aussi longtemps que Briar projetait de soulever ses propres serpents. Des années avant que Flynn ne comprenne que ces serpents allaient lui coûter la femme qu'il voulait faire sienne, il se donnait beaucoup de mal pour aider son ami à en attraper un.

Ils avaient quatorze ans, ils étaient sans peur et débordants de culot lorsqu'ils s'embarquèrent tous les deux dans leur première chasse aux serpents, en automne. Ils avaient vu leurs pères chasser des serpents venimeux pour s'amuser des dizaines de fois – du moins ils avaient vu faire le père de Flynn, Sherrod, car le père de Briar profitait de l'essor du bûcheronnage à l'autre bout des Appalaches depuis des lustres. Armés de perches télescopiques pour nettoyer les vitres et de tenailles en fil de fer, les hommes partaient côte à côte tels des fantassins pendant la guerre de Sécession, ratissant les crevasses et les granges abandonnées en quête de reptiles à traquer. La mère de Flynn trouvait cette tradition idiote. *Les hommes de la montagne, ils s'amusent à quitter la maison pour partir en quête de danger*, l'avait-il un jour entendue chuchoter à sa sœur au téléphone. *Mais alors les femmes, par contre, les problèmes viennent toujours les chercher sur le pas de leur porte.* Flynn n'avait pas compris ce qu'elle entendait par là.

Sherrod – qu'on appelait exclusivement par son nom de famille dans toutes les collines – interdisait aux garçons de se joindre à la chasse, mais il n'avait jamais dit qu'ils ne pouvaient pas se lancer de leur côté. Prendre le large tous les deux, c'était encore plus enivrant que boire du whisky à l'église, et c'était un frisson que Flynn chercherait toute sa vie à retrouver. Briar et lui ratissèrent la berge du ruisseau en quête de crotales, munis en tout et pour tout d'une taie d'oreiller élimée et d'une branche de chêne fourchue. Au bout d'une bonne heure à marcher dans les roseaux, ils arrivèrent à une courbe du ruisseau, avec un petit étang. Briar se détourna pour pisser.

« Hé, dit Flynn tandis que Briar remontait sa braguette. Regarde ça. »

Un peu plus haut sur la berge, les garçons repérèrent la carcasse d'un F-86 Sabre, niché contre un tronc d'arbre biscornu. C'était un petit avion, conçu pour accueillir un pilote et guère plus. Le nez était tellement rouillé qu'on voyait les rivets, et il trempait dans l'eau comme un basset hound en train de laper le courant. Ils s'avancèrent dans l'eau pour aller le voir de plus près.

« On dirait un avion de chasse, dit Flynn. Seconde Guerre mondiale, peut-être.

— Nan, dit Briar, posant la main sur l'engin.

— Cette partie du ruisseau longe les terres d'Arledge. Il doit le cacher, faut croire.

— Le cacher de qui ?

— Des ferrailleurs. »

Les pensées de Flynn se cristallisèrent sur Ruby, dont le père aimait fouiller la décharge d'Arledge, sur le flanc ouest de la montagne. Il avait son nom sur le bout de la langue, mais ne put se résoudre à le prononcer. Il n'osait pas diriger l'attention de Briar vers la seule chose qu'il voulait pour lui-même. D'aussi loin que se souvienne Flynn, Ruby avait fait partie du décor de sa vie, jusqu'au jour où il avait été ensorcelé par sa manière de s'agenouiller dans les champs pour ramasser des violettes sauvages. Elle avait levé les yeux vers les nuages, son esprit tel un oiseau en partance pour des cieux lointains où Flynn ne pouvait la suivre. Un serpent dans le ravin semblait une créature bien plus facile à attraper.

« Nan, répéta Briar en observant l'avion. Ça peut pas valoir grand-chose. »

Flynn jeta un coup d'œil à son ami, qui brandissait la branche et la taie d'oreiller au-dessus de sa tête tel un filet à papillon. Briar, ce naïf M. Je-sais-tout, ne comprenait rien à l'argent. « Riche d'esprit, pauvre de corps », aimait dire Sherrod à son sujet, et Flynn l'aimait pour ça. Il fit la courte échelle à Briar pour l'aider à grimper sur le nez de l'avion et se hissa à côté de lui. Ensemble, ils contemplèrent le cockpit délabré.

« La vitre est pétée, dit Briar. Comme tout le reste. »

Flynn passa la main sur l'alignement de boulons qui bordait la fenêtre avant de la plaquer sur sa poitrine. « Oh, merde, Briar. Regarde ça. »

En dessous de lui, un cinglard était roulé en boule dans l'habitacle, à la place du siège du pilote. En principe, cette race de couleuvres ne vivait pas en Virginie-Occidentale, mais en plus de ses antiquités rouillées, Arledge collectionnait les reptiles, et celui-ci avait dû s'échapper. Il dressait la tête, et le reste du corps ondulait, roulé sur lui-même. Briar se pencha par la fenêtre, le visage illuminé tel un bocal de lucioles.

« Regarde ça, dit-il. Sa queue est plus brillante que le reste de son corps. » Il se mit sur la pointe des pieds. « Comment il est entré là-dedans ?

— Tu veux le choper avec le sac, ou tu l'attrapes à la main ? » demanda Flynn.

Briar coinça ses lèvres entre ses dents. Il avait déjà flirté avec un serpent sur le parking de l'église, et il était déterminé à en capturer un par lui-même. « Je vais le choper avec la branche. Tiens le filet ouvert, toi. »

Attraper ce cinglard était tout aussi difficile que ça en avait l'air. Le serpent se projeta en avant. Briar hurla. Il n'était pas venimeux, mais ses crocs laisseraient tout de même une méchante morsure dans sa chair. Flynn suspendit la taie d'oreiller sur la pale d'une hélice et la maintint ouverte avec un bâton. Briar fit la cour au serpent comme s'il s'agissait de la fille d'un prêcheur jusqu'à ce que son mètre quatre-vingts fût entièrement enroulé autour de la branche. Puis il le propulsa dans la taie qu'il ferma avec un Scotch fixé à son poignet. Le serpent piqua une crise une fois emprisonné, et les amis attachèrent le sac au bout de leur perche. Ils le portèrent tour à tour en rentrant chez eux, le bras tendu comme s'ils étaient en train de pêcher ce qu'ils avaient déjà attrapé.

À l'approche de leurs dix-huit ans, les garçons avaient capturé une demi-douzaine de serpents et Briar n'avait pas mentionné une seule fois la lumineuse Ruby, malgré les yeux de merlan frit que lui faisait Flynn à chacune de ses apparitions. L'été, il ne la voyait que le dimanche : le jour où personne ne travaillait et où tout le monde s'endormait à l'église. La poignée de jeunes nés dans la montagne était dispersée entre la limite basse de Trap, les crêtes tout au nord et Logger's Nook à l'ouest, et le dimanche était la meilleure excuse pour se rassembler lorsque juin approchait et que l'école s'arrêtait pour les vacances. Quand le service s'éternisait sur les prières absconses de frère Arledge, les jeunes se glissaient dehors par la porte de derrière et couraient se mettre à l'ombre.

L'église était le refuge de Briar, mais Flynn continuait de se méfier du pouvoir qu'elle exerçait sur les gens de la montagne. Aussi préoccupé que Briar était insouciant, il allait épier sa Ruby, installée avec son Ivy sous un saule pleureur derrière la station-service. La mère de Flynn espérait qu'emmener son fils à l'église compenserait toutes ces heures que son mari passait, l'été, à son alambic. De juin à octobre, Sherrod campait en aval d'un puissant torrent de montagne, armé d'une marmite de cuivre, d'une barrique bouillonnante de moût, et d'un Marlin .35, jusqu'à ce qu'il atteigne son objectif saisonnier de deux mille trois cents litres. Une fois son examen de fin de lycée en poche, Flynn se mettrait à passer ses étés avec son père à l'alambic, lui aussi.

« Attention à *ce garçon*, avertissaient les dames de l'église en chargeant les bras de Briar de pain brioché et de ragoût à rapporter à sa mère. Flynn Sherrod est une âme égarée. »

Avant que Ruby ne vienne se mettre entre eux – car c'est comme ça que la montagne allait considérer leur dispute, attribuant la faute à Ruby, jamais à eux –, les deux garçons aimaient plaisanter sur le salut de Flynn par les dimanches après-midi caniculaires, devant la station-service déserte. Les fidèles craignaient depuis longtemps que l'âme de Flynn soit damnée rien que parce que son père savait faire du whisky, et du bon.

« C'est juste de vieilles bigotes, avait dit un jour Briar. Affamées de ragots.

— Déconne pas. » Flynn avait desserré l'anneau de cuivre autour de son doigt. « Tu sais que le cœur de ces bigotes t'appartient.

— Oui, et le salaire de leurs maris mineurs, il appartient à ton père. » Briar avait retroussé les lèvres avant de cracher par terre.

Sherrod allait vendre son *moonshine* en bateau aux bars reculés et aux alevinières, mais ses meilleurs clients étaient les mineurs de l'usine de traitement du charbon, qui laissaient leurs billets de cent dollars dans un tunnel de drainage et récupéraient un lot de bocaux de gnôle quelques jours plus tard. Ils étaient contents d'acheter leur whisky à un hors-la-loi, sans taxe, car une grande partie de leur salaire partait déjà en impôts locaux. Briar n'avait rien contre l'alcool en lui-même. Il avait dansé le *whisky-stomp* plus d'une fois, par les douces nuits d'été, après avoir goûté la cuvée de Sherrod. Mais ce qui lui déplaisait, c'était que l'amour des habitants de la région pour le *moonshine* vidait le plateau d'offrandes de l'église.

À présent que la remise des diplômes approchait et que ni l'un ni l'autre ne voulait finir assis à un bureau ou échoué dans une mine, Flynn et Briar avaient prévu de pêcher, de se battre, et de trouver le moyen de vivre de l'abondance de la montagne. Leur lien était devenu aussi indiscutable que le coucher du soleil ou la résurrection de Notre Bon Seigneur et Sauveur.

C'est alors que Briar avait été frappé par la foudre.

La veille au soir, un front froid s'était formé juste à temps pour gâcher la cérémonie de remise des diplômes de Flynn. La pluie martelait les visages cireux de ses camarades et les éclairs zébraient le ciel. Flynn s'était dit qu'il trouverait Ruby et Ivy cramponnées l'une à l'autre dans le chai, partageant un fou rire et défiant le cyclone de venir les chercher. Mais elles manquaient à l'appel. Tout à coup, Flynn se rendit compte que les toques et les toges n'étaient qu'enfantillages. La remise des diplômes, pour un garçon, était peut-être le dernier sursaut de la jeunesse avant qu'il n'affronte la réalité d'un salaire minimum au *diner*, d'années de guerre, ou du lugubre dédale des mines. Angoissés par leur propre avenir, ces garçons n'avaient pas su voir que les filles comme Ruby et Ivy avaient grandi bien avant eux. Elles savaient nourrir d'autres bouches avant la leur, mentir pour sortir de la maison la nuit tombée, détourner les yeux quand des hommes les fixaient trop longtemps.

Avides d'un dernier flirt avec le danger, Flynn et Briar avaient prévu encore une chasse aux serpents le lendemain matin. Lorsque Flynn arriva à la cabane de Briar après avoir marché une heure dans la boue, la porte s'ouvrit dans un soupir. Le robinet extérieur crachait de l'eau dans un seau qui débordait. Quelqu'un l'avait laissé ouvert.

Flynn ferma le robinet et porta le seau à l'intérieur. « Briar ? » lança-t-il en passant le seuil.

La maison, humide et désordonnée comme d'habitude, puait la cendre. Les trois serpents de Briar rampaient dans leur cage coincée dans la cheminée. De l'eau coulait des fissures dans le toit. En haut, sur la mezzanine, la mère de Briar se pencha sur Flynn, les mains sur les hanches.

« Viens vite », dit-elle.

Flynn grimpa à l'échelle pour trouver son ami allongé, inconscient, dans son lit, les bras de travers. Une poutre du plafond gisait par terre, en biais. Flynn plaça sa main au-dessus de la tête de Briar. Son corps irradiait de la chaleur, comme le couvercle en cuivre de l'alambic de Sherrod, qui pouvait vous brûler les doigts lorsque le *moonshine* était assez chaud. Flynn eut la nausée.

« Depuis combien de temps il est comme ça ?

— Depuis l'orage hier soir. » Une pellicule de transpiration recouvrait le visage empourpré de la femme. « Un éclair phénoménal est passé par la fenêtre, comme s'il en avait après lui. Puis une poutre est tombée du plafond et l'a assommé.

— Vous avez appelé le médecin ? »

La mère de Briar, les veines du front saillant comme des éclairs, contempla longuement son fils.

« C'est pas d'un médecin qu'il a besoin.

— Vous avez appelé personne ? » Flynn eut envie de la secouer.

Elle baissa la voix. « J'ai prié pour que quelqu'un vienne, et tu es venu. »

Flynn était à deux doigts de cracher. « Vous savez que je peux pas l'aider.

— Tu peux aller chercher quelqu'un qui pourra.

— Si un médecin peut pas l'aider, alors qui ?

— Marcella. »

Flynn se força à respirer doucement. Marcella était la guérisseuse de la montagne, qui habitait tout en haut, à côté de la gorge de Violet's Run, sous les crêtes. Ils n'avaient pas de temps à perdre avec ce genre de fantaisies.

« Je vais chercher le médecin, annonça-t-il, se dirigeant vers l'échelle.

— Je suis pas aussi cinglée que tu crois », dit-elle. Elle se prit les lèvres entre les dents. « La vieille Marcella, elle sait soigner les brûlures mieux que n'importe quel médecin. »

Flynn se frotta la nuque. Il avait entendu parler des guérisseurs par la foi, et il prenait ça pour des fables. Mais il lui faudrait des heures pour parvenir à la clinique de Trap, en ville, et même dans ce cas, il n'était pas sûr de pouvoir convaincre quelqu'un d'escalader la montagne juste après l'orage. Il n'avait guère le choix.

« Je la trouve comment ?

— Elle a un jardin de travers dans le bout de terrain au soleil, pas loin du pont en dos d'âne. Je parie qu'elle s'occupe de ses plantes, là.

— Et sinon ? »

La mère de Briar ne répondit pas. Elle gardait les yeux fixés sur son fils.

« Je reviens », annonça Flynn.

Il sortit de la maison, puis se mit à courir.

Le jardin qu'il trouva sous un agréable rayon de soleil ressemblait à une jungle. Des bouteilles en verre accrochées aux branches étincelaient dans la lumière.

« J'ai besoin d'aide, lança Flynn à la cantonade. Mon ami s'est grièvement brûlé.

— Appelez le médecin. » Un bras noueux écarta les broussailles. « Je suis pas magicienne. »

Flynn lui prit la main avant qu'elle puisse se retirer dans le feuillage. « Je vous en prie, dit-il. Il a été frappé par la foudre. »

Les feuilles s'écartèrent de nouveau, laissant paraître un visage chenu. Les yeux d'onyx de Marcella se plantèrent dans ceux de Flynn.

« La foudre ?

— Oui. Faut que vous veniez. »

Des fossettes se creusèrent sur le visage de Marcella tandis qu'elle examinait le jeune homme devant elle, trempé de boue jusqu'aux genoux. « T'es venu en courant ? »

Il hocha la tête.

« On va prendre mon pick-up, si tu sais le conduire dans la bouillasse. »

Flynn tendit la main pour attraper les clés au vol. Il était fin prêt pour ce genre de tâche. Sherrod lui avait appris à descendre une colline sous la pluie en marche arrière dans sa vieille Chevy au cas où ils seraient un jour forcés d'abandonner leur alambic en vitesse pour échapper aux flics. Lorsque Flynn et Marcella atteignirent la maison de Briar, il l'aida à grimper l'échelle jusqu'à la mezzanine. Elle s'approcha du chevet de Briar d'un pas décidé et plaça ses mains à quelques centimètres de son corps.

Puis elle se tourna vers Mrs Bird. « La foudre, vous dites ?

— Oui. Elle l'a frappé à l'œil, je crois. »

Le regard de Marcella passa du visage de Briar aux marques de brûlures laissées sur le parquet et à la fenêtre ouverte de l'autre côté de la chambre. Elle souffla sur la peau nue de Briar en repoussant l'air de son corps d'une pichenette à trois reprises. Puis elle murmura quelques mots si bas que Flynn dut se pencher en avant pour l'entendre.

Il reconnut un verset du Livre d'Isaïe :

Si tu marches dans le feu, tu ne te brûleras pas.

Après avoir répété trois fois cette formule, Marcella se dirigea vers l'échelle.

« Vous pouvez pas partir déjà. Il est pas guéri, protesta Flynn.

— Oh, que si, je l'ai guéri. Il ira bien au matin. »

Flynn se leva pour la suivre, mais elle lui arracha les clés des mains.

« Reste. Veille sur ton ami », dit-elle.

Lorsque le son du moteur du pick-up de Marcella disparut dans la plaine, Flynn jeta un coup d'œil vers Briar, à l'autre bout de la chambre. Un air doux venu de la fenêtre ouverte s'enroulait autour de lui. Il traversa la mezzanine et saisit le premier barreau de l'échelle.

« Je vais chercher un médecin », lança-t-il, et Mrs Bird lui toucha le dos.

Flynn se retourna et s'aperçut que Briar avait ouvert un œil.

« Salut, Flynn », dit-il.

Flynn s'approcha de lui. « Ça va ?

— Ça va. »

Flynn se pencha sur son ami et tâta son épaule. Elle était fraîche. Puis il examina son visage.

« Briar. Ton œil. »

Briar retira une fine pellicule de ses sourcils. Puis il battit des paupières en attendant que Flynn aille jusqu'au bout de sa pensée.

« Qu'est-ce qu'il y a ? »

Flynn se pencha davantage. « Ton iris est blanc. Tu y vois ?

— C'est flou », répondit seulement Briar.

Sa mère tomba à genoux et s'écria : « C'est un miracle ! »

Et Flynn supposa qu'elle disait vrai.

Le premier dimanche où Flynn rassembla le courage nécessaire pour parler à Ruby fut aussi le premier où Briar ne se montra pas à l'église. L'orage avait frappé un vendredi soir, et seule la foudre pouvait empêcher Briar d'assister à un sermon. Avant la fin du week-end, la rumeur de ses mésaventures s'était répandue. Lorsque Ruby et Ivy s'éclipsèrent pendant la prière commune, Flynn alla se planter à l'ombre du saule après la cour de l'église, priant que les bons mots affluent dans sa bouche. Ruby parla la première.

« Comment va ton ami ? demanda-t-elle.

— Paraît qu'il a été foudroyé un bon coup, dit Ivy.

— Il va mieux, répondit Flynn, depuis qu'il a reçu de l'aide. »

Il ne souffla mot à Ruby du rôle qu'il avait joué dans le sauvetage de son ami. Tout bon *moonshiner* savait qu'il valait mieux dissimuler ses actes, quelle que soit leur portée. Des légendes commençaient déjà à enfler : Briar avait mis le feu à la maison, Briar avait eu des convulsions, Briar avait lutté contre le diable en personne. Toujours, la foudre l'avait traqué, comme l'avait dit sa mère. En moins de deux jours, Flynn avait déjà été évacué du récit.

« Bon, dit Ruby, je suis contente qu'il soit pas blessé.

— Briar devrait se faire porter pâle plus souvent, on dirait, observa Ivy, recourbant ses lèvres. T'es vachement plus animé quand il est pas là, ton copain. »

Flynn écarta une mèche brune de son front. « Je suis indépendant, et lui aussi. »

Ivy sourit. « Mais j'en suis sûre.

— Indépendant, vraiment ? » Ruby lui fit un grand sourire en se mordant l'ongle du pouce. « T'es pas le fils d'un *moonshiner* ? »

Flynn haussa les épaules. « Comme nous tous, non ? »

Sur ce point, son père l'avait bien éduqué. *Quand il dément, un homme pue la culpabilité*, lui avait dit Sherrod. *Charme la vérité comme tu le ferais d'une fille qui te plaît, fais-la tournoyer et fais-la sortir.*

Ce genre de cour avait fait des merveilles sur la mère de Flynn, mais Ruby ne mordit pas à l'hameçon. Elle ramena sa tresse derrière son épaule. « Je fais pas confiance aux hommes qui ont des secrets.

— Je fais pas confiance aux femmes qui en ont pas », répliqua Flynn.

Ruby éclata de rire. « Les femmes valent mieux que les hommes, je crois bien.

— Ah bon ? » Flynn se sentait gagner en assurance. « Alors viens, je vais te montrer un truc.

— Maintenant ? » Elle plissa les lèvres. « Le service va se terminer dans pas longtemps.

— Nan. Frère Arledge a même pas encore chanté l'offertoire. »

Ruby jeta un regard interrogateur à Ivy.

« Allez-y, dit celle-ci, s'adossant au tronc du saule. Je vais monter la garde. Si je vois le père de Ruby sortir, je vous donne l'alerte. »

Flynn savait que c'était l'occasion ou jamais, et il la saisit. Il guida Ruby au bas de la colline, vers un bosquet de feuillus si serrés avec leurs troncs courbes qu'on les aurait crus en pleine partie de poker. Des années plus tôt, quand son père allait encore à l'église, il avait enterré une flasque de whisky sous la racine de l'arbre le plus à l'est. La bouteille était encore planquée sous la racine d'une pruche arquée au-dessus du sol – sale, mais pleine. Flynn en versa une bonne quantité dans sa bouche et l'alcool vint griffonner sa signature rugueuse le long de sa gorge. Il la tendit à Ruby, qui secoua la tête.

« Je bois pas, dit-elle.

— Pourquoi ça ?

— C'est pas bien. » Le rouge lui monta aux joues. « Aussi simple que ça.

— Tu crois que le monde va s'arrêter de tourner ? »

Elle poussa un soupir. « Je suis pas forcée d'aimer ça rien que parce que tu l'as fabriqué. »

Flynn sentait la sueur marquer le dos de sa chemise. « Qu'est-ce qui te fait croire que je l'ai fabriqué ?

— Pourquoi tu m'aurais traînée là, sinon ?

— Peut-être que j'avais juste envie de parler.

— Alors vas-y, parle. »

Mais Flynn ne trouvait rien à dire. C'est à ce moment-là que Briar aurait pris les choses en main, racontant des histoires et gagnant les cœurs, mais Flynn resta planté là, austère comme une souche. Il y avait quelque chose de défiant et d'impuissant dans son mutisme, et Ruby dut trouver ça comique, car elle rit.

« Donc tu vas passer le restant de tes jours à faire du whisky ?

— C'est ce qu'on dirait.

— Alors je devrais goûter, dans ce cas ? »

Flynn ne s'en était pas rendu compte, mais c'était ce qu'il espérait en emmenant Ruby ici. Il voulait que son *moonshine* parle à sa place. Les hommes de la montagne pouvaient se soûler n'importe où – ils n'avaient pas besoin du whisky de son père pour ça. Mais s'ils voulaient un morceau de la montagne, tiré du sol sur lequel ils se tenaient et de l'eau qu'ils buvaient, un alcool de maïs blanc doux de Virgine-Occidentale, égrené et moulu à maturité par les mains d'un père aimant, avant d'être cuit jusqu'à ce qu'il n'en reste que le plus robuste, alors il leur fallait le *moonshine* de Sherrod. C'est pour ça qu'ils le choisissaient : pour y trouver le goût de la vie qu'ils menaient.

Ruby lui prit la flasque et la porta à ses lèvres. But. Lorsqu'elle s'essuya la bouche du dos de la main, le cœur de Flynn fit un bond dans sa poitrine.

« Alors ? »

Ruby fit claquer ses lèvres. « Pas mal. »

Il s'avança d'un pas. « Il est mieux que pas mal. »

Elle le regarda – ses yeux, un nœud d'émotion que Flynn aurait voulu passer le restant de son existence à démêler.

« Tu voudrais pas gagner ta vie honnêtement ? »

Il pinça les lèvres. Les gens s'imaginaient que les *moonshiners*, à l'abri des impôts, se faisaient tant de fric qu'ils en doublaient leurs caleçons, mais ce n'était plus vrai depuis la fin de la Prohibition, soixante ans auparavant. Sherrod avait choisi cette vie parce qu'elle lui permettait de subvenir aux besoins de sa famille par la magie de ses deux mains. Il n'avait besoin de personne, si ce n'était ses fidèles clients, et il en avait des tonnes.

« Y a rien de plus honnête que ça. » Il montra la bouteille. « Ça vient de la terre. *Notre* terre, Ruby. »

Sa bouche était si proche de la sienne qu'il aurait pu l'embrasser. Y sentir le goût de son whisky. Il épia sa langue, la défiant de changer d'avis.

« Même nos ancêtres irlando-écossais vivaient comme ça, Ruby. Ils apportaient leurs alambics depuis l'autre côté de l'océan pour fabriquer leur whisky en paix. T'as déjà entendu parler de Robert Burns ? »

Ruby fit non de la tête.

« C'est le poète préféré de mon père. Burns, les collecteurs d'impôts, il les traitait de "sangsues". Ils ont pas le droit de prendre l'argent qui appartient à cette montagne. »

Ruby fronça les sourcils. « Ton père, il ferait bien de venir à l'église, une fois de temps en temps. On lui lira un peu autre chose. »

Flynn haussa les épaules. « Même Jésus changeait l'eau en vin. »

Elle sourit. « C'est vrai. »

Il ne put s'en empêcher. Flynn se pencha sur elle, et elle se laissa aller en arrière contre la pruche.

« J'ai jamais embrassé personne.

— Ça fait pas mal. »

Ses yeux, écarquillés, francs, en train de succomber. « Ah non ? »

Flynn l'embrassa doucement, puis plus fort. Ruby referma ses mains autour de son cou. Il referma les siennes sur sa taille – une petite circonférence impossible à conquérir. Il enfonça les genoux dans les siens. Il empoigna sa jupe, la souleva, et agrippa ses hanches nues.

Il était allé trop loin. Ruby s'écarta et le gifla. Elle lui jeta un regard dur en essuyant son baiser de ses lèvres exactement comme si c'était du whisky. Puis elle remonta la colline en courant, laissant Flynn avec son cœur et la flasque de son père, tous deux ouverts et à moitié vides.

Toute la semaine le souvenir de cette gifle tortura et exalta Flynn. Il avait eu tort d'insister. Il avait toujours été coupable d'en vouloir trop – trop de whisky, trop de Ruby. Il la voulait tellement qu'il n'en resterait plus rien pour personne. Son image le consumait tandis qu'il remuait une marmite bouillante de maïs et d'eau sucrée que Sherrod saupoudrait de levure. Au bout d'une heure ils versèrent le moût dans une barrique de bois avec un couvercle et le laissèrent bouillir sous un camouflage de jeunes arbustes dans des filets. Flynn aurait voulu pouvoir laisser son cœur torturé de cette manière, et revenir une semaine plus tard et le trouver remis à neuf.

C'est dangereux de se laisser définir par ses désirs, aurait pu dire Briar – Briar, que son propre appétit de miracles faisait revenir à l'église tous les dimanches. C'était le truc avec les dimanches – ils revenaient toujours. Leurs vies étaient rythmées par un arrangement de dimanches telles les mesures sur une partition. Flynn savait qu'il lui fallait s'excuser. Il le souhaitait. Il envisagea de tenter la longue marche jusqu'à la cabane de Ruby sur le flanc sud de la montagne, mais il ne parviendrait jamais à la soustraire à l'œil vigilant de son père sauf quand l'office le retiendrait à l'intérieur de la station-service. Flynn ne pourrait contenir ses excuses lorsqu'il la verrait sous le saule.

Elles déborderaient de lui telle l'eau d'un pichet. *Je suis désolé, Ruby, je suis désolé, désolé, désolé.*

Et c'est ce qui se produisit. Le dimanche suivant, frère Arledge prit son temps pour monter au pupitre. Lorsque ses genoux se mirent à se trémousser et les têtes à dodeliner, Flynn se leva d'un bond et prit la porte.

Une chaleur spéciale : coulant dans l'été, charriant le regret, charriant la honte. Telle une reine, Ruby était assise sous le saule. Flynn se laissa tomber à genoux.

« Je suis désolé, Ruby, dit-il. Je suis vraiment désolé. »

Elle regarda droit devant elle, si impassible qu'on aurait cru qu'elle n'avait même pas entendu.

« Je suis désolé, Ruby, répéta-t-il. Je sais que t'es pas une fille de ce genre. »

La mâchoire de la jeune femme se tordit légèrement. « Ta conduite t'appartient. Ne te sers pas de moi pour l'excuser.

— Tu as raison. » Il était certain que sa gorge s'était remplie de sable. « J'ai mal agi. »

Elle fronça les sourcils et lissa les plis orange et rouge de sa jupe. « Ça ne me plaît pas, de te voir si affable.

— Tu préférerais qu'on se batte ? »

Elle sourit. « Tu aimerais ça, hein ?

— Oui. » Il se tut une seconde. « Alors tu me pardonnes ? »

Son sourire s'effaça tandis qu'elle hochait la tête. « Réponds juste à une question.

— Tout ce que tu voudras.

— Toi et moi, on a grandi là, on vient ici tous les dimanches. » Ruby désigna les pompes à essence délaissées. « On est allés à l'école ensemble, aussi.

Tu m'as jamais adressé la parole – pas une seule fois – jusqu'au jour où Briar est pas venu. »

Flynn se hérissa. « C'est quoi, ta question ?

— J'en ai pas, je crois. » Elle soupira. « T'as pas besoin de te cacher derrière lui, c'est tout. »

Il n'avait jamais considéré qu'il se cachait derrière Briar, mais tous les autres le pensaient. « Alors tu crois qu'il sauve mon âme, toi aussi ? demanda-t-il.

— Ton âme est très bien comme ça. »

Flynn serait mort heureux si elle s'était arrêtée là. Mais elle poursuivit.

« D'ailleurs, Briar peut pas te faire monter au ciel. Ton salut, c'est entre toi et Dieu. »

Flynn s'affaissa et s'adossa contre le saule à côté d'elle. Il n'en pouvait plus de l'histoire d'amour entre les gens de l'église et le ciel. Ils parlaient tous de la vie après la vie, mais en fait, c'était à autre chose qu'ils pensaient : à la douleur, la mort, la damnation, le deuil. Car la vérité résidait là – si vous croyiez au paradis, il fallait qu'il y ait un enfer, tout comme les ténèbres sont la condition de la lumière. Il n'y a pas de guérison pour qui n'est pas malade.

Avant que Flynn ait le temps de répondre, Briar arriva près d'eux et lui donna un petit coup de pied dans les côtes.

« T'étais où ? demanda Flynn.

— Je témoignais devant l'assemblée. À propos de la foudre.

— Contente de te voir sur pied. » Ruby protégea ses yeux du soleil.

Flynn se pencha vers elle. Elle avait l'air pure sous cet arbre, pieds nus et enjouée, comme si elle avait poussé dans l'herbe, telles les violettes au bord du terrain de Sherrod. Flynn se tourna vers Briar : un large sourire se dessinait sur son visage. Il n'avait jamais prêté attention à Ruby, mais le compliment d'une jeune femme peut suffire à capturer le cœur d'un homme. Son œil blanc rayonnait, et sous les yeux de Flynn, Briar remarqua Ruby pour la première fois. Il sentit monter un éternuement.

« C'était comment ? demanda Ruby. De se faire frapper par la foudre ?

— Je me rappelle pas du tout, dit Briar, tirant son mouchoir de sa poche pour le passer à Flynn. Par contre j'ai fait un rêve, pendant que j'étais inconscient. »

Flynn aurait préféré rejoindre le chœur des femmes que se servir d'un mouchoir. Il le fourra dans son pantalon et s'essuya le nez dans sa manche.

« Alors, tu nous racontes ce qui s'est passé, ou tu nous laisses mariner ? » Ivy les rejoignit et s'assit en tailleur à côté de son amie.

« J'ai vu deux mondes, dit Briar, écartant les mains comme s'il venait de casser un œuf. Ce monde, et le monde de l'esprit, qui était bleu. »

Ivy mordit à l'hameçon. « Tu as vu des fantômes ? » demanda-t-elle.

Briar réfléchit. « Je ne sais pas ce qu'ils étaient – mais je les sens encore. Il y en a parmi nous en ce moment même.

— Ils font quoi ? demanda Flynn.

— Ils écoutent », dit Briar.

Ivy frissonna. Puis elle renifla, se rappelant qui elle était. « On dirait des craques. »

Briar fit ce sourire de pasteur que Flynn allait se mettre à honnir. « Tout ce que je sais, c'est qu'il est tombé du givre et que j'ai entendu une voix qui disait un psaume au-dessus de moi. Puis je me suis réveillé. »

Flynn le laissa finir. *Je me suis réveillé et j'ai vu Flynn qui m'attendait, Flynn qui avait couru à mon secours, Flynn qui était allé chercher la guérisseuse.* Mais il ne le fit pas.

« Tu crois que ce rêve était une vision divine ?

— Oui. »

Flynn reporta son attention sur Ruby, et son cœur se recroquevilla dans sa poitrine. Elle était fascinée par Briar comme si elle le voyait pour la première fois, elle aussi. Il n'était plus Briar, le fils du bûcheron disparu, mais Briar, à qui Dieu s'était adressé.

« Qu'est-ce que t'as vu, à part ça ? »

Briar s'agenouilla et détailla la vision nouvelle qu'il avait eue de leur monde – les montagnes ombrées de cobalt, les pistes constellées d'indigo, le ruisseau étincelant de saphirs. Flynn n'avait jamais vu le visage de Ruby illuminé par un tel émerveillement. Chaque fois que Briar faisait une pause dans sa description de son voyage épique de l'autre côté, Ruby se penchait en avant, très légèrement, et prenait l'ourlet de sa jupe entre ses doigts. Avec ses joues roses et ses yeux étranges, Briar était plus attirant que jamais. Ce n'était plus un bûcheron, un mineur ou un *moonshiner*. Briar Bird était une nouveauté, à lui tout seul. Voir le familier avec des yeux neufs, c'était un miracle, en effet.

Flynn remarqua qu'Ivy lui jetait des coups d'œil.

« Viens avec moi, Flynn », dit-elle.

Il se sentit soulagé. Ils descendirent la colline jusqu'au même coin où il avait emmené Ruby une semaine auparavant, sous les feuillus toujours voûtés comme s'ils partageaient un secret. Il aurait tant voulu remonter le temps et retirer cette gifle et tout ce qui l'avait provoquée.

Il déterra la flasque de son père, en but une gorgée, et la tendit à Ivy, qui l'imita.

« Paraît que t'as les mains baladeuses », dit-elle en avalant. Elle leva sa jupe au-dessus de ses genoux et se mit à rire.

« Pas de secret entre vous deux, je vois.

— Aucun. » Elle but une seconde rasade.

« Alors ? demanda Flynn, désignant la bouteille. Qu'est-ce que t'en penses ? »

Ivy remit le bouchon. « J'en ai bu du meilleur.

— N'importe quoi. »

Ivy rit de nouveau. « Alors, dit-elle, s'appuyant contre l'arbre exactement comme l'avait fait Ruby. Tu y crois, à ce qu'il a raconté sur son rêve, Briar ? »

Flynn hésita. « Je crois pas qu'il mentirait.

— Je t'ai pas demandé s'il mentait. Je t'ai demandé si toi tu y croyais. »

Flynn marqua un nouveau temps d'arrêt. « J'sais pas trop. »

Ivy hocha la tête, lentement. « On est pareils, toi et moi.

— Comment ça ?

— Des sceptiques. » Le whisky donnait de la couleur à ses joues blêmes. « Ruby et Briar, c'est des romantiques. Et tout romantique a besoin d'un sceptique.

— T'as tout compris, on dirait. »

Elle passa les doigts sous le col de la chemise de Flynn. « Tu embrasses n'importe quelle fille, ici, ou seulement Ruby ? »

Flynn se raidit à son contact, repéra l'honnêteté dans ses yeux.

« Seulement Ruby », dit-il.

Ivy poussa un soupir et rangea la flasque dans sa cachette. Flynn sourit et lui prit le bras. Ensemble, ils remontèrent la colline pour retrouver leurs amis – qui parlaient encore sous le saule, et qui avaient tout l'air d'être en train de tomber amoureux.

VERSET

Ce fut étrange pour Flynn d'assister à la transformation de son meilleur ami, de l'adolescent à la légende, mais même lui n'aurait pu nier la nouvelle dimension de Briar. Son œil abîmé lui donnait des airs de pèlerin ratatiné, de vieil homme racontant ses faits d'armes. En des circonstances plus légères, Flynn en aurait plaisanté – il l'aurait appelé papy, aurait proposé de lui tricoter un dessus-de-lit – mais ça faisait un moment qu'il n'avait pas eu le cœur à rire.

Le truc, c'était que Briar en était tellement *fier*. Il ne se rendait pas compte que la foudre était cruelle. Elle aurait dû le plonger dans le coma, comme le neveu de frère Arledge, qui avait fait une chute dans les gorges et n'avait jamais rouvert les yeux. Et ça aurait pu être Briar, aurait *dû* être Briar, qui écoutait les gens parler de sa guérison miraculeuse. Sa confiance en Dieu était tellement cavalière, tellement suffisante, que Flynn avait presque envie de lui rappeler que son père leur avait préféré une scie et une tente, à lui et à sa mère. Pas pour le blesser, mais pour lui montrer que son cœur savait encore saigner.

Flynn avait une foule de questions à poser à son ami – comment Briar pouvait-il y voir par cet œil blanc, pour commencer ? – mais celui-ci n'avait pas envie de donner d'explications là-dessus. Ce qu'il avait envie d'expliquer, par contre, et avec un luxe de détails, c'était sa passion pour Ruby. Les chasseurs, les bûcherons et les paysans avaient enseigné à Flynn et Briar qu'une jeune femme était une terre inhabitée jusqu'à ce qu'un homme se l'approprie. Les deux garçons considéraient Ruby comme un territoire à conquérir, et se voyaient l'un et l'autre comme le pionnier légitime.

Flynn avait épousé ces illusions sans malice – les garçons de la famille Sherrod étaient depuis longtemps les rois ruraux de leurs montagnes. Sherrod décidait de ses propres horaires, il usait de son temps et de son argent comme il l'entendait. Il se conformait à ses propres aphorismes : *Ne quitte jamais les bois, ne te coupe jamais les cheveux, ne dis jamais un mensonge. Parle par codes, travaille dehors, paie en liquide.* Sherrod ne désignait jamais l'alambic par ce qu'il était. L'alambic était une femme. *Elle cuisine bien aujourd'hui*, disait-il. L'alambic était sa maîtresse, la mère de Flynn sa poule. C'est comme ça qu'il appelait sa femme : Poulette. La moitié de Trap avait oublié que son vrai prénom était Patricia. Sherrod aimait sa femme mais ne se rappelait jamais son anniversaire. Il portait la même salopette et conduisait la même Chevy depuis tant d'années que les rivets de ses poches arrière avaient laissé une cavalerie de trous de balles miniatures sur le siège conducteur. Sa barbe avait vu davantage de Noëls que Flynn. Sherrod s'était fait une bonne vie en ne quittant jamais les collines qui l'avaient engendré. Il travaillait plus dur que quiconque, à la connaissance de Flynn, et pour la première fois de sa vie, celui-ci se surprit à vouloir investir lui aussi le même effort quelque part.

Mais il avait beau espérer imiter son père, Flynn possédait encore un trait que Sherrod ne comprenait pas : l'espoir face à l'échec annoncé. Il n'était pas encore prêt à renoncer. Si seulement il parvenait à voir Ruby seul à seule encore une fois, se disait-il… Il agirait mieux. Il lui montrerait son cœur, avec ses abîmes. Il avait une âme, et il avait la foi – mais pas la foi clinquante que Ruby admirait chez Briar. L'âme de Flynn ne regardait pas en haut, vers les nuages, elle scrutait les racines profondes de la terre de Virginie-Occidentale. Pour lui, c'était un miracle bouleversant chaque fois que le maïs et l'eau s'enivraient mutuellement.

Le dimanche suivant, Flynn s'avança vers Ruby d'un pas fier à la sortie de l'office. Il savait que ses chances s'évaporaient rapidement, donc il l'intercepta avant le saule, avant Ivy, avant Briar. Il s'approcha suffisamment, derrière elle, pour voir la couture de sa robe serrée contre sa colonne vertébrale. Il lui murmura à l'oreille. Il se fichait de qui le voyait.

« Retrouve-moi ce soir, dit-il. Dès que tu peux te libérer. À la rivière, derrière chez toi. »

Elle s'écarta de lui et passa sa tresse par-dessus son épaule. « Tu sais que je ne peux pas, dit-elle.

— Je sais que tu peux, répliqua-t-il, puis il s'éloigna. Et j'attendrai. »

Juste après le coucher du soleil, Flynn longea la rivière jusqu'à la maison de Ruby. Sa cabane était posée sur des parpaings échelonnés, et une rangée de bottes renforcées appartenant à son père étaient posées devant la porte seulement fermée par un lacet de cuir. Flynn alla se poster dans le terrain herbeux sous la pente raide derrière la cabane et observa les rocking-chairs noueux sous le porche. Il espérait les voir bouger, témoignant qu'il y avait de la vie dans la maison. Mais ils étaient immobiles comme de la pierre. *Patience*, se consola-t-il. Il avait apporté un bocal vide avec lui, des trous percés dans le couvercle. Il se mit à attraper des lucioles. Et il resta là, regardant leurs lueurs clignoter. Il attendrait jusqu'au matin, se dit-il. Il ne dormirait pas.

Ou c'était ce qu'il pensait. Bien vite, il s'avachit sur la berge en pente et s'assoupit. Flynn ne se reposait pas tellement depuis le pic de la saison de fabrication du *moonshine*, car il passait presque toutes ses soirées à l'alambic avec son père. Le bocal lui roula des mains. Il rêva de maïs doux, haut. Il rêva d'une jupe encore plus haute. Lorsqu'il se réveilla, Ruby était debout devant lui, une apparition angélique, le visage illuminé par le bocal en verre plein de lucioles qu'elle tenait dans ses mains.

« Flynn », dit-elle.

Son nom. Dans la bouche de Ruby.

« Flynn, répéta-t-elle. T'es couché dans du sumac vénéneux.

— Merde. » Flynn se releva tant bien que mal. « Il fait noir comme de l'encre. Comment tu le sais ?

— La colline en est couverte. » Elle désigna la berge en pente dans leur dos. « Je suis tombée ici quand j'étais petite. Jamais été aussi malade. »

Flynn sentait déjà la démangeaison gagner ses bras, et il était trop ensommeillé pour contenir sa panique. « Qu'est-ce que je dois faire ? demanda-t-il.

— Saute dans la rivière. » Ruby s'écarta d'un pas. « Et vite. »

Il obéit et se jeta à l'eau. Son corps s'arc-bouta dans le froid saisissant. Lorsqu'il ressortit pour respirer, il vit Ruby assise au bord de la rivière.

« Tu crois que ça va marcher ? » lança-t-il.

D'angélique, son visage se fit malicieux. « Non.

— Ruby, grogna-t-il.

— C'est bien fait pour toi. Qu'est-ce que tu veux, Flynn ? »

Il croyait à la franchise, en toutes circonstances. « Toi. »

Elle avait l'air triste, même dans les ombres bleu marine de la nuit.

« Et Briar ? » demanda-t-elle. Ses yeux vinrent lentement se poser dans les siens.

Flynn se raidit. « J'ai pas envie de parler de lui.

— Je veux pas venir me mettre entre des amis. » Elle remonta ses genoux contre sa poitrine. « C'est pas bien.

— C'est trop tard pour ça. »

Elle lui jeta un regard noir. « Me mets pas ça sur le dos.

— Fais pas comme si tu le sentais pas. Fais pas ça. »

Ruby prit une inspiration et retint son souffle. Puis elle défit sa tresse. Pendant qu'elle gardait le silence, Flynn jeta un caillou dans les vagues.

« Les femmes ont le cœur inconstant », dit-il, surtout pour lui-même.

Il entendit Ruby entrer bruyamment dans l'eau, se dirigeant vers lui, et en se retournant, il vit sa tresse qui flottait dans le courant. Le cran d'arrêt à sa hanche étincelait à la lueur des étoiles.

« C'est parce qu'on est piégées, Flynn. »

Les mots le sidérèrent. « Tu es piégée ? Comment ça ?

— De quoi tu crois qu'on parle, Ivy et moi, le dimanche, sous ce saule ? Je t'ai vu nous observer. »

Flynn rougit. « Des secrets de lycéennes, j'imagine.

— Secrets de lycéennes ? » Ruby poussa un rire amer. « Pas du tout. »

Elle regarda Flynn droit dans les yeux. « On s'organise. Ivy veille sur moi, et je veille sur elle. Ça a toujours été comme ça. »

Flynn contempla les débris emportés par le courant. Il se rappela comment Ivy avait monté la garde lorsqu'il avait emmené Ruby sous les feuillus derrière la station-service pour l'embrasser. Il fallait deux jeunes femmes pour que l'une d'entre elles puisse obtenir le genre de frisson que Flynn se procurait en toute impunité.

« Flynn, dit doucement Ruby. Mon cœur, il est pas inconstant. » Sa jupe gonflait dans l'eau. « Il est timide, mais il est fort aussi. » Elle hésita. « En ce moment, j'arrive pas à savoir s'il est plutôt timide ou plutôt fort. »

Il s'approcha autant qu'il l'osa, et suivit légèrement la courbe des omoplates de Ruby du bout du pouce. « Je t'embrasserai plus, sauf si tu le désires. »

Elle vint encore plus près, posa les doigts sur la bouche de Flynn. « Touche pas ma jupe. »

Flynn sourit. Leurs lèvres se rencontrèrent. Il éprouva une fièvre qu'il n'avait jamais ressentie, ses doigts nageant dans la crinière épaisse de Ruby. Bientôt ses cheveux les entourèrent et Flynn s'y perdit. Il ne voulait jamais retrouver la sortie.

Flynn se réveilla tard le lendemain, pris dans une pénombre brumeuse qui lui fit croire que c'était encore la nuit d'avant. Lorsque le soleil traversa enfin les rideaux écartés de sa chambre, ses yeux s'ouvrirent. Il battit des paupières, remua et bâilla. C'est alors qu'il s'aperçut que sa peau était en feu.

Il tituba jusqu'au porche en quête de sa mère, qui lui jeta un seul regard et lui ordonna de retourner se coucher. Elle s'appliqua à lui préparer un cataplasme à base d'oignons et de sauge bleue du jardin. La maison sentait l'infirmerie. Flynn se languissait dans la chaleur de sa chambre, badigeonné d'herbes bouillies. Sherrod passa une tête par la porte et rit. Sa mère se balançait sous le porche. Flynn ne put avaler son déjeuner. Et Briar ne tarda pas à arriver.

« Je pensais que tu passerais à la cabane ce matin, dit-il, s'appuyant contre le lit de Flynn. Comme il paraît qu'on a aperçu des crotales des bois à Logger's Nook. »

Flynn ne s'intéressait absolument pas aux crotales des bois, ni à aucun serpent venimeux. Il espérait que la compresse sur ses yeux le protégerait, mais Briar s'était quand même aperçu qu'il ne dormait pas. Il eut beau ne rien répondre, son ami continua.

« Comme t'es pas venu, je suis passé chez Ruby à la place. »

Et voilà. Flynn laissa la compresse tomber de ses yeux lorsqu'il les ouvrit. Briar le surplombait, flou, au pied du lit.

« Apparemment, elle est pas en forme », poursuivit Briar.

Même la gorge de Flynn le démangeait. « Désolé d'apprendre ça. »

Briar s'assit sur le tabouret que la mère de Flynn avait placé à son chevet. « Tu devineras jamais ce qu'elle a. »

Flynn fronça les sourcils.

« Mais tu demandes qu'à m'éclairer.

— Sumac vénéneux. » Briar marqua une pause pour examiner les cloques rouge vif qui striaient le torse de Flynn. « Elle dit qu'elle s'est pas rendu compte qu'il en avait poussé jusqu'en bas de la colline de son père. »

Flynn se mit à transpirer, et ce n'était pas à cause des cataplasmes. Les amis se fixèrent – pour autant que Flynn fût en état de soutenir un regard – comme s'ils se préparaient à déterrer la hache de guerre. Aucun des deux ne voulait être le premier à dégainer. Avec un soupir, Briar renonça.

Il se leva et tira les rideaux. « Repose-toi bien, Flynn. »

Briar revint le lendemain, mais Flynn n'était pas suffisamment conscient pour s'en rendre compte. Le sumac vénéneux l'avait durement atteint pendant sa nuit dehors. L'eau du ruisseau lui avait glacé le sang et refilé un mauvais coup de froid, la chose la moins virile qu'il puisse imaginer – du moins quand il était lucide. Il allait de mal en pis. Un médecin itinérant vint et repartit. La mère de Flynn priait pour lui, et son père lui faisait boire du whisky.

« Ça va te décrasser les poumons », disait Sherrod.

Il fallut un mois entier pour que Flynn n'ait plus l'impression de regarder le monde de biais. Il était faible et il avait la bouche pâteuse. Briar lui rendait visite presque tous les jours, même si Flynn n'était pas de très bonne compagnie. Ils ne pouvaient pas se chamailler comme d'habitude. C'est tout juste s'ils parvenaient à terminer une partie de cartes.

« Encore toi ? disait Flynn quand son ami apparaissait à son chevet, un pâle sourire aux lèvres.

— J'ai vu ta tête d'affreux quand j'ai repris connaissance après avoir été foudroyé. T'as failli me renvoyer aussitôt dans le coma, répliquait Briar, battant le jeu de cartes que Sherrod employait pour ses parties nocturnes de solitaire pendant qu'il laissait mijoter son *moonshine*. Alors considère ça comme ton dû. »

Et Dieu bénisse Briar – il ne fit pas une seule allusion à Ruby. Flynn imagina que son ami l'épargnait. Mais ce n'était pas tout à fait la vérité. L'été touchait à sa fin lorsque Flynn sentit ses jambes redevenir suffisamment fortes pour le porter. L'affaire de son père serait bientôt fermée pour la saison, et Flynn avait raté le plus gros. Il ne restait qu'une ou deux cuves à tirer, avant que ne s'installe le vide hivernal.

Flynn n'était pas retourné à l'église depuis qu'il était tombé malade, mais il savait par sa mère que Briar s'était mis à monter en chaire pour prêcher sur les miracles que Dieu destinait à leur montagne. *J'ai jamais vu autant de gens se pâmer*, avait dit Poulette, et Flynn était soulagé d'avoir raté la scène. Par un calme dimanche après-midi, Ruby lui rendit visite. Elle apportait du pain et un livre de poèmes de Robert Burns.

« Je viens de le terminer, dit-elle, déposant le livre sur sa table de chevet. Je l'ai acheté à la braderie de la bibliothèque de Trap. J'ai pensé que t'aimerais le lire pendant ta convalescence. »

Il prit l'ouvrage et laissa les pages défiler entre ses doigts. Ruby s'assit, son pain sur les genoux.

« T'as meilleure mine.

— Meilleure mine ?

— Je suis venue une fois avec Ivy. Pendant que tu dormais.

— T'en as fait, des trucs.

— J'ai pu aller en ville une fois par semaine avec la vieille Mrs Frye. Je l'aide à faire ses courses et à s'occuper de ses poules. » Ruby se tut un instant. « Mon père passe ses journées à la décharge, et ma mère allaite encore son septième bébé. Personne fait attention à moi, à moins que je pique une gueulante. » Son sourire était empreint de chagrin. « Et tant mieux. »

Flynn renifla. « Comment va Ivy ?

— Aussi heureuse qu'elle puisse l'être. » Ruby déchira un morceau de pain et le lui tendit. « Elle a rencontré un garçon d'Elkins. » Elle haussa les sourcils. « T'es jaloux ?

— Tu sais bien que non. » Il tendit la main pour prendre la sienne.

« Je vais épouser Briar, annonça-t-elle, dans un murmure presque inaudible. Je voulais que tu l'apprennes de ma bouche. »

La température de Flynn monta en flèche. « Tu vas pas faire ça, put-il seulement articuler.

— Flynn, dit-elle d'une voix si douce qu'elle le déchira. Tu m'as déjà vue mentir ? »

Il ne put supporter la vue des contours majestueux de sa silhouette tandis qu'elle le regardait par-dessus son épaule. Il détourna la tête.

« Tu *es* inconstante », dit-il.

Ruby ne broncha pas. « Je m'attends pas à ce que tu comprennes.

— Pourquoi ? dit-il, face au mur. Parce que je t'aime et que tu m'aimes pas ? »

Elle lui toucha le bras, puis retira sa main. « Parce que t'es pas une femme. »

Flynn grogna : « Qu'est-ce que ça vient fiche là-dedans ?

— Briar est un homme bien.

— Ouais, railla Flynn. Des comme ça, il y en a plein.

— Il est honnête. Il gagnera sa vie honnêtement.

— Honnête ? » Flynn lui jeta un bref coup d'œil. « On peut gagner honnêtement sa vie en se faisant payer pour guider les gens vers Dieu ?

— C'est l'aumône. C'est sacré, même si le prêcheur s'en sert pour vivre.

— Et je parie que c'est ce dont t'as toujours rêvé, hein ? Vivre sur le dixième des miettes des autres ?

— L'argent n'a rien à voir là-dedans. » Ruby parvint à peine à articuler ces mots.

Flynn éclata de rire, et elle devint toute rouge.

« Briar me donne de l'espoir, reprit-elle. Tu sais à quel point c'est rare, Flynn ? Et c'est pas seulement de l'espoir pour moi-même. Mais pour nous tous. Il va apporter de belles choses à cette montagne. Nos vies vont changer. Tu verras.

— Ça veut pas dire que t'as besoin de l'épouser, dit Flynn, mais dès que ces paroles lui échappèrent, il comprit que Ruby lui avait échappé, emportée par le vent des promesses de Briar. Il a que de la gueule. » Flynn se détesta en le disant. « Et c'est ça que *toi*, tu verras. »

Ruby serra les dents. « C'est ton ami, Flynn.

— Va… dit Flynn. Va t'en, maintenant. »

Ruby resta calme, même si ses doigts se cramponnèrent à sa jupe. « Tu sais ce que fait mon père, Flynn ? Comment il gagne sa vie ? »

Flynn savait. Tout le monde savait.

« Il fait les poubelles. Il récupère le cuivre dans les maisons abandonnées. Il retire des pièces de vieilles bagnoles à la casse d'Arledge. Voilà ce qu'il fait. » Elle attendit qu'il dise quelque chose, n'importe quoi, mais il se tut. « Un *moonshiner* récupère ses chèques planqués dans des souches d'arbres, au lieu de les recevoir dans sa boîte aux lettres, et il est pas question que je vive comme ça. Plus jamais. »

Flynn garda le dos tourné. La vérité, c'était que la désapprobation de Ruby vis-à-vis de son père et de son whisky le blessait. Sherrod, malgré toutes ses excentricités, n'avait jamais laissé sa femme et son fils manquer de l'essentiel.

Ruby quitta la chambre si silencieusement que Flynn, étendu là, mit cinq bonnes minutes à se rendre compte qu'elle n'était plus assise sur le tabouret, attendant qu'il réagisse. Il était prêt à se tourner vers elle et à dire : *Une vie honnête ? C'est tout ce que tu veux ? Alors je le ferai, Ruby. Je te jure que je le ferai*. Mais il était tout seul avec le tabouret, le livre et le pain. Il ne s'était jamais senti aussi seul.

Flynn décida qu'il n'irait plus à l'église. Il ne voyait plus l'intérêt. Comme elle était fragile, sa motivation : pas une fois il n'avait tenté de berner Dieu, mais il espérait se berner lui-même. Les *moonshiners* avaient toujours été mal vus dans ces collines. Les gens buvaient leur whisky en secret, mais le travail nécessaire à sa fabrication ne pouvait pas être approuvé au grand jour.

Il reprit davantage de forces à chaque gorgée bue dans la chope de whisky que son père planquait sous le plancher. Ses poumons se dégagèrent. Début septembre, la chaleur devint moins pénible. Les soirées se rafraîchirent. Flynn restait éveillé et écoutait les tristes ululements des chouettes. Il travaillerait. Il travaillerait chaque soir, et il n'aurait jamais à répondre à personne. La fabrication de *moonshine* lui avait peut-être volé une vie dans la légalité, exactement comme son père, mais tant pis – il la choisirait jour après jour jusqu'à sa mort, car cette vie l'avait choisi, contrairement à Ruby.

La nuit précédant le mariage de Briar et Ruby, Flynn se dirigeait vers son pick-up pour aller retrouver son père à l'alambic. Il ne comptait pas assister à la cérémonie à l'église, bien que Briar lui ait demandé d'être son témoin. C'était la première fois que Flynn lui refusait quelque chose.

Il ouvrait la portière et s'apprêtait à poser le pied à l'intérieur lorsqu'il entrevit une tache rouge qui semblait foncer sur lui dans le crépuscule. C'était Ruby, qui montait la colline en courant dans une robe en vichy rouge. Flynn se figea, à moitié dehors, à moitié dans le véhicule, incapable de faire quoi que ce soit, bouche bée.

Ruby marcha sur lui, les yeux lançant des éclairs, les poings serrés. Flynn eut à peine le temps de sauver son pied avant qu'elle ne claque la portière avec son talon.

« T'es vraiment jolie, dit-il.

— Fais pas ça. » Elle avait le feu aux joues.

Flynn poussa un soupir.

« Dis-moi pourquoi tu veux pas être le témoin de Briar, cracha-t-elle.

— Parce que je suis amoureux de toi.

— C'est égoïste, et tu le sais. » Elle fit claquer ses lèvres. « C'est ton meilleur ami.

— Ça veut pas dire que je pense qu'il doive t'épouser. »

Elle essuya sa nuque en sueur. « Ça va mettre fin à votre amitié. C'est ça que tu veux ? »

Il tenta de hausser les épaules. « Briar sait que j'aime pas les mensonges.

— Les mensonges ? Celui qui fait du *moonshine*, il aime pas les mensonges ?

— Les faux-semblants, alors.

— Briar n'a quasiment pas de famille, à part toi. »

Flynn hocha lentement la tête, repensant à leurs chasses aux serpents dans les bois quand ils étaient adolescents.

« Je suis là, pour tout le reste. N'importe quoi, sauf ça », dit-il.

Ruby semblait prête à le pousser. « Ça suffit pas.

— Tu te tiendrais aux côtés d'Ivy, si elle épousait ce poivrot d'Elkins ? »

Elle se mordit la lèvre. « Oui.

— Alors t'es encore pire que moi, comme amie.

— Donne-moi une autre possibilité, Flynn. Je t'en prie. » Ruby était en colère, et sa colère ne cessait de croître. « Nous, les femmes, on est pas aussi libres que vous de faire ce qui nous chante. Pour vous autres, ça va tellement de soi que ça m'écœure. Mais je peux pas dire que ça m'étonne. Toi et Briar, tous les deux, vous faites toujours exactement ce qui vous plaît, sans prendre qui que ce soit en considération.

— Ruby, si je faisais ce qui me chante, je te ferais monter dans cette bagnole et je te conduirais loin d'ici. » Il s'avança vers elle. « Et je t'embrasserais jusqu'à ce que tu l'oublies complètement, Briar.

— Me parle pas comme ça.

— Tu veux que je te parle comme ça.

— C'est certainement pas toi qui vas me dire ce que je veux ! » Ses mains se mirent à trembler, et Flynn sut qu'encore une fois, il était allé trop loin. « Tous les deux, vous pensez que je suis un bestiau qu'on marchande, parce qu'on vous apprend que le monde est à vous, que vous avez qu'à vous servir. Et que mon monde, à moi, c'est de me faire prendre. »

Ruby se lissa les cheveux, passa les doigts le long de sa tresse. « Je suis juste venue t'inviter au mariage, murmura-t-elle. Je vois maintenant que c'était idiot. »

Elle se retourna et repartit par où elle était venue. La nuit était noire et touffue, il n'y avait qu'un quartier de lune, tout fin. Une nuit idéale pour faire du *moonshine.*

« Attends, Ruby ! appela Flynn. Laisse-moi te conduire. On n'y voit rien.

— Je trouverai mon chemin. »

Il la regarda s'éloigner, puis s'allongea à l'arrière de son pick-up, le visage dans les mains. Il était en train de perdre à la fois Briar et Ruby à cause de son entêtement. Avant longtemps, les gens de Trap allaient accuser Ruby de s'être mise entre Flynn et son meilleur ami, mais la vérité, c'était que Flynn n'aimait pas tellement l'homme que devenait Briar – le comédien, le cabot. L'« élu », pour qui croyait en ces choses. Flynn méprisait l'idée selon laquelle Dieu était une espèce de magicien bas de gamme. Pourquoi vénérer une chose qui se trouvait pour deux dollars dans l'allée centrale d'une foire de campagne ? Mais Ruby ne voyait pas ça comme ça. Qu'avait-elle dit ? *Toi et Briar, tous les deux, vous faites toujours exactement ce qui vous plaît.* De son point de vue, Flynn et Briar se ressemblaient trop. C'était peut-être ça, le problème. Flynn n'aimait plus tellement Briar car il ne s'aimait pas tellement lui-même.

Lorsque Flynn retira les mains de ses yeux, le matin était là. Derrière son pick-up, le soleil juste levé donnait à la cabane des reflets mordorés. Il regarda sa montre : 5 h 15. Sherrod était sans doute assis sur son seau, à côté de l'alambic, de plus en plus furax à chaque carte qu'il tirait. Le dernier fût de moût n'allait pas se remuer tout seul, et le liquide était sur le point de tourner. Flynn se redressa, se frotta les yeux et chercha ses clés. Puis il remarqua Briar – le matin de son propre mariage – appuyé contre le hayon de la Chevy.

Briar regardait les arbres à l'horizon, et son œil blanc remuait en rythme. On eût dit qu'il avait oublié comment bouger. Flynn lui toucha l'épaule, mais il resta de marbre. Cela le fit penser à la tête que faisait Briar après avoir été foudroyé – ses traits figés, tandis que la sueur dégoulinait sur ses tempes.

« Briar, murmura Flynn. Qu'est-ce qu'il y a ? »

Briar se tourna. Il avait un air sauvage et païen dans le petit jour.

« Il est arrivé quelque chose à Ruby. » Sa voix fendit l'air immobile de la montagne.

« Dis-moi. » Flynn parvint tout juste à parler. La dernière fois qu'il avait vu Ruby, elle descendait sa colline dans le noir.

« Un étranger l'a trouvée toute seule sur la route de la montagne après la tombée du jour.

— Tu le connais ? »

Briar secoua la tête. « Ruby ne l'avait jamais vu. Elle dit qu'il avait un lobe d'oreille ensanglanté, fendu en deux. »

Flynn croisa les bras pour se retenir de trembler. « Il a porté la main sur elle ?

— Il a essayé. » Briar hésita, puis poursuivit. « Il l'a poussée de la route avec sa Silverado et l'a cognée avec sa portière passager. Heureusement, Ruby a réussi à s'échapper dans les bois et elle a attendu qu'il parte. »

Flynn ressentit un tiraillement dans sa poitrine, quelque chose comme le point de rencontre entre l'effroi et le soulagement. Briar confia qu'il avait trouvé Ruby recroquevillée devant la cabane de sa mère, grelottant par terre, le dos de sa robe déchiré. Briar l'avait raccompagnée chez elle en douceur et l'avait aidée à se glisser par la fenêtre de sa chambre pour que son père ne la voie pas. Il lui avait promis de la retrouver quelques heures plus tard à l'autel, quand elle remonterait l'allée centrale dans sa robe blanche. Puis il avait couru trouver Flynn.

« La seule chose que je comprends pas, dit Briar, les yeux rivés sur Flynn, c'est ce qu'elle fabriquait dehors en pleine nuit. »

Flynn grogna, et gratta sa barbe naissante. « Elle est venue me voir. Elle voulait que je sois à tes côtés aujourd'hui. »

Briar jeta un caillou contre le pneu de la Chevy. « T'es un fils de pute d'égoïste, Flynn.

— On est faits pour s'entendre alors. » Flynn sauta du pick-up et tourna le dos à Briar.

« C'est pour ça que tu vas m'aider à réparer ça, dit ce dernier, en prenant Flynn par le coude. Maintenant. »

Flynn ne croyait pas à la magie du toucher de Briar, et il ne devait jamais y croire. Mais le pouls qu'il sentit dans sa main, son ardeur et sa sincérité, le firent se retourner. L'idée de Ruby seule dans les bois, en danger, lui envahit l'esprit. Quelque part, il voulait retourner à l'alambic, où Sherrod devait voir plus rouge que le feu sous son whisky. Quelque part, il n'aspirait qu'à courir après Ruby. Et partout, il rêvait d'un jour où Ruby courrait après lui. Ne sachant que faire d'autre de ce violent courant d'émotions, il accepta d'aider Briar une dernière fois.

Ensemble, ils chorégraphièrent leur vengeance contre l'inconnu qui s'en était pris à Ruby, et la danse avait la mélancolie lugubre d'un duo final. C'était le génie de leur plan, ainsi que son défaut – ce n'est qu'en apparence qu'il soulagerait la peine, comme ce n'est qu'en apparence que le whisky tient le corps au chaud par les nuits froides.

REFRAIN

L'homme au lobe d'oreille déchiré conduisait une Silverado blanche avec deux cannes à pêche qui dépassaient à l'arrière, avait expliqué Ruby à Briar tandis qu'il la raccompagnait. Elle avait tenté de crever l'un des pneus de la Silverado avec son cran d'arrêt. Le couteau n'avait fait qu'égratigner la couche extérieure de chair caoutchouteuse avant que l'étranger le lui arrache et le jette à l'arrière de son pick-up. Briar avait insisté pour qu'elle explique le bleu au-dessus de son omoplate, mais Ruby avait refusé.

« On va fouiller tous les coins de pêche de la montagne jusqu'à ce qu'on le trouve », dit Briar à Flynn, grimpant sur le siège passager du pick-up de Sherrod.

Le moteur de la Chevy se mit à ronfler, et Flynn comprit pourquoi Briar était venu le trouver. Il se préparait à une chasse. Comme pour ses serpents, il jurait qu'aucune montagne n'était trop haute, aucun torrent trop rapide pour l'empêcher de conquérir ses proies. Briar visait haut, mais n'avait jamais les moyens d'aller jusqu'au bout. Il laissait le soin à Flynn de trouver la meilleure méthode, la manière intelligente de parvenir à ses fins.

« Ça va prendre des heures, objecta Flynn. Commençons par le motel. »

Donc Flynn et Briar se rendirent en ville tandis que le soleil se levait, sans échanger un mot. Le Saw-Whet était le seul motel de Trap, et il était situé à côté de Teddy's Tavern, juste en dessous d'un grand panneau en bois représentant la princesse Saw-Whet en personne, avec ses yeux noirs creusant une double éclipse dans l'aube.

Les rues de la ville étaient désertes lorsque Flynn y entra, une file de lampadaires diaphanes dispensant une lueur douce sur les épaules nues de la princesse. Flynn repéra une Impala et une Silverado arrêtées devant le motel de plain-pied. Il se gara de l'autre côté de la rue, devant le coiffeur pour hommes, et attendit, tandis que Briar longeait les vitrines plongées dans l'ombre à pas de loup. La Silverado paraissait grise dans le jour naissant.

Briar sauta à l'arrière du pick-up, et tâtonna le fond jusqu'à trouver un petit objet luminescent qu'il fourra dans sa poche. Lorsqu'il retourna à la Chevy de Flynn, il jeta l'objet dans un porte-gobelet devant le levier de vitesse. Flynn remarqua son éclat. C'était le cran d'arrêt de Ruby.

Flynn et Briar observèrent la rangée de chambres du motel, à l'affût d'un signe de vie. À 6 h 30, une silhouette baraquée quitta la 4B.

« Regarde ça, chuchota Briar, comme si l'homme pouvait les entendre. Il a un pansement à l'oreille. »

Flynn hocha la tête, grave. « C'est lui. »

La Silverado démarra et s'engagea sur la route principale de Trap. Flynn la suivit, restant dix secondes derrière, tandis que l'homme quittait la ville et se dirigeait vers les gorges en altitude, où l'eau des torrents des sommets alimente un profond bassin apprécié des pêcheurs. Flynn connaissait bien l'endroit. Lui et son père s'en étaient servis pour leur distillation pendant une saison quelques années plus tôt, avant que le coin ne devienne populaire pour ses truites. La Silverado quitta la route goudronnée et s'arrêta dans un dérapage sur un chemin de terre. L'homme sortit, cracha une volute de fumée avant d'écraser sa cigarette dans la poussière. Il n'était rien qu'une ombre sur leur montagne, une tache. Flynn coupa le moteur et cacha son pick-up dans l'herbe desséchée. Puis ils attendirent.

Voilà le plan qu'ils avaient élaboré : une fois l'homme disparu dans le chemin de halage, Flynn et Briar crèveraient les pneus de la Silverado. Ils perforeraient son réservoir d'essence avec le couteau que le père de Flynn gardait à l'arrière de son pick-up. Le coinçant à trente kilomètres de la ville, sans moyen de locomotion.

C'était l'idée, du moins.

Flynn se glissa sous le pot d'échappement, donna un coup de couteau dans le réservoir et regarda l'essence s'écouler sur le sol. Mais lorsqu'il ressortit, Briar avait disparu.

Flynn n'eut pas besoin de crier son nom. Il savait où il était parti.

Lorsque Flynn arriva au coin de pêche, Briar était déjà entré dans l'eau. Les lèvres bleues, aussi silencieux qu'un serpent, il se glissa derrière l'homme à l'oreille bandée, qui se tenait dans le ruisseau jusqu'à la taille. Avant que Flynn puisse l'arrêter, Briar prit l'étranger par le cou et serra. Les lacets des bottes de l'homme claquèrent contre la surface – *tsk, tsk* – tandis qu'il tentait de se dégager. Flynn piqua un sprint jusqu'à la rivière, mais c'était trop tard. Le courant écorchait les rochers, et même les corbeaux n'osèrent pas croasser pendant que Briar maintenait l'homme sous l'eau jusqu'à ce qu'il cesse de se débattre.

Flynn s'agrippa au tronc d'un sycomore, étourdi. C'était un Briar que Flynn ne connaissait pas – et pourtant, c'était le genre d'homme que Briar avait toujours été. Et ce n'était que maintenant que Flynn avait les yeux pour le voir.

Flynn ne se rappelait pas la dernière fois qu'il avait pleuré. Il ne prit même pas la peine de s'essuyer le visage. Son plus vieil ami avait assassiné quelqu'un, et Flynn ne l'en avait pas empêché. Avec ses dix-huit ans à peine, Flynn avait cru qu'ils menaient le genre de batailles puériles que les hommes se livraient souvent : *Tu m'as pris quelque chose, et tu vas payer*. Un pneu crevé, une demi-journée de marche. Pourquoi n'était-ce pas suffisant pour apaiser la rage de Briar ? Ce genre de vengeance n'aiderait Ruby en rien. Flynn le voyait à présent. Elle serait rongée par la culpabilité si elle apprenait un jour ce qu'avait fait Briar. Ils n'avaient trouvé ni pitié ni vengeance ce jour-là. Ce qu'ils avaient fait, ils l'avaient fait pour eux-mêmes.

« On est niqués, Briar, fit enfin Flynn, tandis que tous deux étaient assis côte à côte sur la berge, sous le sycomore. Et on est des salauds. Tous les deux.

— Au moins, on est logés à la même enseigne, alors.

— Tu as tué cet homme. *Toi*.

— Œil pour œil. » Briar se mit à agiter le genou, et à secouer la tête jusqu'à ce que des marbrures apparaissent sur son visage. « C'est pas justice, du coup ?

— Non. »

Briar attrapa une poignée de cailloux et les jeta dans les vaguelettes. « Tu n'aimes pas Ruby. Pas comme je l'aime.

— Ferme-la », grogna Flynn.

Briar s'étendit sur la terre. Sa peau était tachetée et grise.

« Elle m'a dit que tu l'avais embrassée dans le bosquet de feuillus. » Briar éclata de rire. « C'était de la pitié, rien de plus. »

Flynn tressaillit. Briar semblait avoir déjà oublié qu'il venait d'étrangler un homme. Il ne pensait encore qu'à sa propre jalousie, mettait ses propres impulsions au-dessus de tout le reste.

« T'es un lâche, Briar. Tu vois ça ? » Flynn montra le corps du doigt. « C'est l'œuvre d'un lâche. Lève-toi. »

Briar secoua la tête. « Je ne veux pas me battre avec toi, Flynn.

— On va pas se battre. On va se débarrasser de ce corps. »

Briar jeta un coup d'œil au cadavre qui dérivait dans la rivière. « On peut pas juste le laisser là ?

— Les *moonshiners* se servent de cette eau. Si les flics viennent fouiner par ici, pas question qu'on paie pour tes péchés. »

Briar essora sa manche. « Alors on fait quoi ?

— Tu l'as tué, cracha Flynn. Tu décides. »

Briar hocha lentement la tête. « Le ravin. » Il montra un point après le cours d'eau. « Le torrent fait une mare, là-bas. On croira qu'il a glissé et s'est noyé, si quelqu'un le retrouve. »

Flynn déglutit. Briar avait perdu toute chaleur – trop pour que même Ruby parvienne un jour à le réchauffer.

« Ça marche », dit Flynn.

Non sans un effort considérable, ils soulevèrent le cadavre et se mirent en marche. C'était une ascension pénible, même sans corps à porter. Le sol était devenu boueux avec toute cette pluie. Flynn se mordit la joue pour s'empêcher de fondre en larmes. Ils laissèrent échapper le corps, le laissèrent échapper encore.

« Merde, dit Briar, s'essuyant le front. On n'a qu'à le laisser là.

— Plus loin on l'emmène, haleta Flynn, moins on prendra de risques. T'as envie que Ruby apprenne ce que t'as fait ? »

Ils continuèrent à avancer. Une heure s'écoula, puis une autre. Flynn commença à avoir des vertiges. Il n'avait pas dormi depuis deux jours. Lorsqu'ils atteignirent le ravin, il eut peur de tomber.

« Il faut qu'on le balance en bas », dit Briar.

Flynn secoua la tête. « C'est pas bon.

— On est un peu au-delà de ça, là.

— Sans déconner. » Flynn posa ses mains sur ses genoux et reprit son souffle. « Ce que je veux dire, c'est qu'il faut qu'il ait l'air d'avoir glissé. Donc les pieds d'abord. »

Briar fit une grimace. « Ces rochers vont le déchiqueter.

— Je sais. »

Ils se mirent à genoux et lâchèrent l'homme sans cérémonie, tant ils étaient épuisés. Briar détourna les yeux, mais Flynn regarda le cadavre déraper jusqu'en bas et plonger dans les rapides, puis se releva.

« Bon, dit Briar. C'est fait. »

Ils s'éloignèrent du ravin, marchant plus vite à présent, plus légers, jusqu'à l'herbe desséchée près de la route, et sautèrent dans le pick-up de Flynn. Ils prirent le raccourci pour la station-service, où Ruby attendait son mariage.

Flynn s'arrêta à côté des feuillus abattus. Briar s'agita sur son siège.

« Promets-moi que tu vas pas me balancer », dit-il.

Flynn avait passé sa vie à éviter les voitures de patrouille – un fait très fondamental de son existence que Briar n'était pas fichu de se rappeler.

« Tu as commis cet acte, à toi d'assumer, maintenant. Les flics ne l'apprendront pas de ma bouche. » Il marqua une pause. « Ce qu'il y a, par contre, c'est que ce corps va s'échouer quelque part, un jour. Et la famille de cet homme va débarquer, alors tu ferais bien de te tenir sur tes gardes. »

Briar hocha la tête, la meilleure approximation de gratitude qu'il parvienne à trouver en lui. « Et Ruby ? » murmura-t-il.

Ça démangeait Flynn de dire à Ruby ce qu'avait fait Briar, pour prouver qu'il était le meilleur des deux, depuis le début. Mais il se mit aussi à s'inquiéter des effets possibles de cette révélation. Jusqu'à ce jour, il avait cru que son ami, avec sa spiritualité de m'as-tu-vu, représentait un vrai danger pour leur montagne. Désormais, il comprenait que sans le vernis de sa religion, Briar était encore bien pire.

« C'est pas ma place, soupira-t-il. Dis-lui toi-même. »

Briar hocha la tête, comme s'il en avait l'intention. Flynn pensait qu'il n'en ferait rien. Mais peut-être que l'illusion de sa propre sainteté lui était nécessaire pour dompter sa noirceur.

« Je ne veux plus te voir », dit Flynn.

Briar ouvrit la portière, marqua son assentiment d'un nouveau hochement de tête, et alla retrouver sa fiancée sans se retourner.

L'après-midi du mariage fut cuivré, d'un jaune malade. Les dernières pluies étaient passées, et les feuilles mortes glissaient dans les champs au gré du vent. Après avoir laissé Briar à la station-service, Flynn se dirigea vers l'alambic délaissé de Sherrod. La saison du *moonshine* était terminée, un homme était mort, et Flynn voulait éviter de penser à Ruby dans sa robe de mariée. Il voulait éviter de penser à Briar en train de la lui ôter. Mais il ne pensait à rien d'autre.

Il resta près de l'alambic jusqu'à la nuit. En rentrant chez lui, il repéra dans la lumière de ses phares une mince silhouette assise par terre, les genoux contre la poitrine, du côté non éclairé de la maison. *Ruby*, pensa-t-il, et il eut une faiblesse.

Il s'approcha d'elle en tremblant. Mais lorsqu'elle tourna la tête, la lueur de la lune éclaira son profil, et il vit que ce n'était pas Ruby mais sa seule amie. Ivy l'attendait dans la nuit, toujours vêtue de sa plus belle robe, et les pieds nus.

Elle était jolie, Flynn le savait. Elle s'était remonté les cheveux à l'aide de deux barrettes ornées de perles, et ses omoplates délicates dépassaient du décolleté arrondi de sa robe à fleurs.

« Ivy, fit Flynn en guise de salut.

— Flynn, répondit-elle. J'ai une lettre pour toi. »

Flynn s'efforça de contenir ses tremblements et gratta une allumette, ouvrit la lettre et se mit à la lire.

Cher Flynn,

Je sais que ce n'est pas bien de t'écrire le jour de mon mariage, mais je trouve que ce n'est pas pire que ton absence. Aujourd'hui, j'ai rassemblé toutes mes possessions dans la maison de mon père, et leur nombre se résumait à deux : ma bible King James, et les bocaux de moonshine *vides de mon père. Je les ai pris pour me rappeler de me tenir aux choix que j'ai faits.*

Je suis passée si près d'arrêter le temps avec tes lèvres sur les miennes et ton whisky dans ma bouche que ça m'a rendue craintive de ce qui va suivre. Un mariage, un couple, un bébé, un autre. Le reste du monde ne me connaît qu'à travers les hommes à qui j'appartiens. Je suis la fille d'Hasil Day, je suis la fiancée de Briar Bird. Tu crois que je ne peux pas comprendre ce que ça fait à un homme d'avoir son cœur fendu en deux. Mais c'est pire que ça pour les femmes.

C'est de cette façon que je me sauve, Flynn. Et ne me dis pas que tu es désolé. Tout ce que me donnent les hommes, c'est des excuses, et elles ne me servent strictement à rien.

À toi,
Ruby

Flynn fourra la lettre dans sa poche et éteignit l'allumette. Il se tourna vers Ivy, qui semblait prête à prendre la nuit au lasso. Flynn n'avait pas envie d'entendre parler du mariage. Il n'avait pas envie de penser au corps qu'il avait abandonné dans les rapides. Il n'avait pas envie d'être seul, non plus.

« Allons pêcher », dit-il.

Une fois au ruisseau, ils burent davantage qu'ils ne pêchèrent. Au cours de l'été, Flynn s'était servi d'une poulie pour étendre une corde à linge par-dessus les parties les plus profondes du courant. La moitié de la corde était plongée dans l'eau, et des bocaux à fruits pleins de *moonshine* y étaient fixés. Ils prirent tour à tour des gorgées de whisky froid dans la nuit froide.

« Nom d'un chien, dit Ivy. C'est fort. »

Flynn rit. « Tu bois pas souvent ?

— J'ai pas tellement d'occasions de boire, mais j'ai un tas de raisons de le faire. »

Leurs cannes jumelles étaient plantées entre deux rochers près de leurs pieds. L'une des lignes se mit à tirer contre le courant. Ni l'un ni l'autre ne se leva pour s'en occuper.

« Tu vas te marier bientôt, toi aussi ? » demanda Flynn.

Les yeux verts d'Ivy étaient sans vie. « Le mois prochain.

— Tiens. » Flynn déboucha un nouveau bocal. « Bois tout ton soûl. »

Ivy souleva le récipient devant sa bouche mais ne but pas. Flynn distinguait ses taches de rousseur à travers le verre. Elle se leva et alla patauger dans le courant rapide, de l'eau jusqu'aux genoux.

« Attention, dit Flynn. Ta robe. »

Elle lui rendit son regard.

« Je suis pas comme Ruby. Les robes, je m'en fiche un peu.

— Alors continue. »

Ivy prit une gorgée de whisky sans le moindre tressaillement. « Les gens ont demandé après toi aujourd'hui.

— Je pense que c'est assez clair comme ça. »

Ivy hocha la tête. « C'était triste. »

Flynn ne put se retenir : « Quoi donc ?

— Tout. »

Elle lui passa le bocal et se pencha pour traîner les doigts dans l'eau, contre le courant.

« On est allées dans les toilettes de la station-service pour que je lui mette du blush, et elle s'est mise à pleurer. Elle a jamais pleuré comme ça, Flynn. »

Elle se tut un moment et leva les yeux sur lui. Pendant cette demi-seconde où Ivy se mit à nu, Flynn put voir que l'amour de Ruby pour Briar l'avait blessée, elle aussi, tout comme lui. La même flèche, deux cœurs.

« Je me suis mise à pleurer aussi, continua Ivy. On pouvait plus s'arrêter. »

Flynn serra le bocal dans ses mains et cracha dans l'eau. « Pourquoi elle a tenu à épouser Briar ? »

Ivy secoua la tête. « Elle arrive pas à voir que Briar s'améliorera jamais. »

Elle retira ses barrettes et les jeta par terre.

« T'as pas envie d'être la femme de quelqu'un ?

— Être la femme de quelqu'un, c'est la même chose qu'être la propriété de quelqu'un. »

Ses yeux lançaient des éclairs, même dans le noir. Non loin, l'eau bouillonnait. Flynn était en train de prendre conscience d'une chose qu'il savait déjà au fond de lui. À partir de cette nuit, il allait passer une grande partie de sa vie seul.

Il se pencha sur Ivy et ferma les yeux. Ses lèvres trouvèrent les siennes, une bouche en quête du réconfort de l'autre. Il chercha le goût de son whisky sur la langue de la jeune femme. Elle passa les doigts dans ses cheveux noirs et les tira doucement. Flynn se sentit tomber, guidé. Il savoura la férocité d'Ivy, son cynisme, son culot.

Il savait qu'il aurait dû remonter à la maison.

Flynn défit le devant de la robe d'Ivy, une attache après l'autre. Tant de boutons, chacun d'entre eux comme un indice sur sa carte au trésor. Ivy le serrait tout contre elle, et cette nuit-là, elle était assez profonde pour accueillir toute la souffrance de Flynn, donc il tomba en elle encore et encore, et encore. Tous deux, ils ne dirent rien dans la lune qui pâlissait, pas même lorsque le soleil leur annonça que c'était le matin.

PONT

Dans les semaines qui suivirent le mariage de Briar, des rumeurs se répandirent sur ce qu'il était arrivé au conducteur de la Silverado blanche abandonnée à côté du coin de pêche le plus populaire de Trap. Quelques individus avaient aperçu Briar en train de rôder autour du pick-up le matin de son mariage, mais personne n'eut le cran de demander à Œil-Blanc s'il avait commis un acte impie. Il était trop vénéré pour qu'on le questionne, en revanche ce n'était pas le cas de Flynn. Les gens comptaient sur lui pour répondre à la place de Briar, pour expliquer ses péchés ou lui fournir un alibi. Flynn répondit seulement qu'il n'était pas le gardien de Briar, pas un mot de plus.

Avant longtemps, les questions cessèrent.

Le temps passa. Ivy se maria et eut un bébé. Ruby aussi. Flynn ne voyait presque personne à cette période. L'été, il travaillait. L'hiver, il buvait. Il avait quitté la maison de ses parents pour s'installer dans une cabane de chasse cubique près du sommet de Violet's Run, juste sous les crêtes. La cabane était cachée derrière un bosquet de sapins, petite et confortable, avec une cheminée en pierre et un torrent généreux à l'arrière. Cette maison – membre discret de sa famille depuis des générations – était celle qu'il aurait rêvé d'offrir à Ruby si elle l'avait épousé.

Flynn était décidé à trouver un moyen de distiller du *moonshine* en hiver pour s'empêcher de se morfondre. Quelques mois après le mariage de Ruby et Briar, il fabriqua une cuve en cuivre au milieu de sa cuisine et fit l'expérience de mettre du sucre brun et du froment dans son moût. Pour maintenir le froment mousseux au chaud pendant qu'il fermentait, il construisit un berceau en bois carré, le remplit de paille, et y nicha son fût de moût. Son maïs ne valait rien dans le froid, et il ne durait jamais longtemps de toute façon. Il rêvait des journées d'été où le maïs poussait si haut dans les champs qu'il ne pouvait toucher les épis, et il pouvait presque goûter la rivière de whisky qu'il en ferait.

La vie fut pour ainsi dire bonne pendant un temps. Flynn perfectionna sa technique. Il but ses créations. Il alla pêcher le dimanche. Ruby lui manquait. Ça, il s'y attendait. Mais Briar lui manquait aussi – les chasses au serpent, les avions de combat éventrés et les balades au ruisseau, même les engueulades. Flynn n'avait jamais connu un compagnon plus acharné, et il ne parvenait pas à comprendre dans son cœur comment aimer quelqu'un tout en le détestant. Il ne savait pas comment ils avaient appelé leur enfant. Il savait seulement par sa mère qu'ils avaient eu une petite fille neuf mois après leur mariage. Poulette lui apprit également que la mère de Briar était morte dans son sommeil. Briar n'avait plus de famille.

Peu après le mariage, Briar emmena Ruby vivre dans une cabane délabrée au beau milieu des marais. Adolescents, Flynn et Briar étaient montés une fois aux marais pour patauger dans la boue, chercher des serpents, et se mettre au défi de pénétrer dans la maison abandonnée.

« Personne pourrait vivre là-dedans, avait répondu Flynn, sidéré par l'état de désolation de la bicoque.

— Je pourrais, moi », avait répondu Briar.

Sherrod avait entendu dire que Briar avait acheté la propriété avec l'alliance de sa mère – un prix symbolique, car personne n'était intéressé par un bout de terre si lugubre.

Il ne voulait pas se faire remarquer ; il ne voulait pas être facile à trouver.

Les gens de la montagne s'imaginaient que c'était à cause de son don, de son intimité avec Dieu. Seul Flynn connaissait la véritable raison. Briar avait peur. Il savait que si les hommes de loi le retrouvaient un jour, il irait en prison. Pire, il perdrait Ruby. Donc il était allé se planquer dans la montagne comme un couard, pour sauver sa peau.

Si ça avait été le remords, Briar se serait dénoncé. C'était ce que supposait Flynn. La honte sait forcer un homme à abandonner ce qui lui est le plus cher, tandis que la peur le pousse à s'y cramponner. Briar, avec toute la gloire de son œil blanc, n'allait jamais cesser de s'agripper à sa femme.

Sans véritable compagnie, Flynn aurait pu devenir un reclus immortel – de ceux dont on fait les histoires de fantômes et les légendes – s'il était parvenu à se guérir de son inquiétude pour son amour perdu. Il s'en ébahissait tous les soirs devant le modeste feu qui lui servait de poêle, de radiateur et de fourneau pour son whisky. S'il pouvait seulement *voir* Ruby, se disait-il en remuant le moût avec un bout de bois. Il s'était transformé en épaisse soupe de maïs, et Flynn en prit un peu dans ses paumes et but. Bon et amer, il était quasi prêt pour la distillation.

Flynn aurait voulu donner à Ruby tous les billets qu'il avait dans ses poches, comme si l'argent pouvait guérir son mal. D'ailleurs, il avait plus d'argent qu'il n'en avait l'usage. Ce n'était pas tellement, mais il n'avait pas besoin de grand-chose. Il se nourrissait chichement, de lanières de daim séché et de biscuits au gingembre de sa mère. À part ça, Flynn faisait pousser ce qu'il cuisinait, faisait cuire ce qu'il buvait, et buvait plus qu'il ne mangeait. Il ne voyait pas d'intérêt à dépenser ses gains pour lui-même, et il n'osait pas les déposer à la banque. Alors il gardait le tout dans un pot qu'il avait peint en noir, puis dans un autre, et dans un autre, qu'il planqua dans un trou sous le porche de la cabane de chasse.

Il n'eut pas l'occasion de les déterrer, jusqu'à la nuit du raid. Trois ans après le mariage de Briar et Ruby, Sherrod se fit arrêter sur un nouveau site de fabrication qu'il avait inauguré avec Flynn près de la base de Logger's Nook, sur le versant est des collines. Il devenait plus difficile de trouver des sources puissantes et pures pour l'alambic maintenant que l'usine de traitement du charbon avait contaminé une grande partie de l'eau de la montagne. Le ruisseau près de Logger's Nook était un des torrents les plus vigoureux qui restaient. Les flics traversèrent la barrière de jeunes arbres qu'ils utilisaient pour se camoufler à la nuit tombée, pendant que Flynn était dans la vallée, en train de livrer une caisse de *moonshine* à Teddy's Tavern. Il avait laissé Sherrod seul à l'alambic et comptait remonter à l'aube. Lorsqu'il arriva sur place, il remarqua la mousse piétinée, les traces de bottes d'un groupe d'hommes. Pire encore – l'odeur douceâtre du maïs en train de mijoter s'était évanouie. L'alambic en cuivre était percé de balles de revolver. Le seau de Sherrod était renversé sur sa poignée et Patsy, le chien, haletait à côté. Sherrod était introuvable.

Flynn sacrifia treize pots de billets le lendemain pour payer la caution de son père. Les choses se présentaient mal. Une vie entière passée à gruger les impôts et à trafiquer du whisky de contrebande sur son bateau semblait avoir rattrapé Sherrod. Sur la route accidentée, en rentrant, il ne dit qu'une chose : « J'irai pas en taule. »

Il déclara ça d'une voix forte, puis douce, puis forte de nouveau, tel l'appel d'un corbeau qui vous encercle. Mais autre chose tourmentait Flynn en quittant Trap pour rejoindre leur cabane dans les collines. Comment diable s'étaient-ils fait découvrir ?

« Qu'est-ce qui s'est passé, Papa ? » demanda-t-il.

Sherrod cracha par la fenêtre. Les violettes le long de la route commençaient tout juste à fleurir. « J'ai fait une connerie.

— Laquelle ? »

Sherrod se laissa aller contre le dossier de son siège et ferma les yeux. « J'ai vendu quelques seaux à un inconnu, pris dans le coffre de ma Chevy. »

Flynn prit un virage en épingle à cheveux. Ils ne faisaient pas affaire avec des inconnus. « Pourquoi ?

— Il m'a offert cent cinquante dollars le seau, et j'ai pas touché une somme pareille depuis des années, pas depuis que les gens se sont mis à préférer la came au whisky. » Sherrod renifla.

« Et qu'est-ce que ça peut faire ? C'est pas ça qui l'a mené à l'alambic. »

Sherrod lui lança un regard noir. « Je lui ai donné les cinq seaux sur lesquels on s'était mis d'accord, et il en a voulu cinq de plus. Je l'aurais jamais fait si toutes les sources aux alentours étaient pas déjà réservées à cette usine de traitement et si les gens nous payaient encore à notre juste valeur. » Il secoua la tête. « Cet idiot a dû me suivre jusqu'à l'alambic. »

Sherrod fut condamné à dix-huit mois de prison pour possession d'arme à feu et contrebande à répétition, à compter de la fin de la semaine. Flynn aurait donné n'importe quoi pour s'être fait attraper à sa place. Dix-huit mois, pour lui, c'était de la petite monnaie. Deux saisons de *moonshine* et rien de plus.

Sa mère pleura, sans se lever de son rocking-chair, lorsqu'ils rentrèrent.

« T'en fais pas, Poulette, dit Sherrod.

— Tu vas mourir enfermé », répliqua-t-elle.

Poulette disait ce que Flynn n'avait pas le cran d'exprimer. Ça allait tuer Sherrod de se plier aux règles d'un autre homme.

« C'est ma faute, trancha Sherrod, se dirigeant vers sa Chevy. Maintenant, fichez-moi la paix. »

Jamais Flynn n'avait été si effrayé. Il décida de solliciter le magistrat dès le matin. *Prenez-moi*, dirait-il. *Je vous dirai où sont les alambics. Je vous donnerai mon argent. Mais prenez-moi.*

Mais Flynn n'en eut pas l'occasion. Le lendemain matin il partit à la recherche de la Chevy de son père et la trouva à côté de son plus petit alambic, près du silo du pré aux vaches, celui qu'il réservait à sa consommation personnelle. Le corps de Sherrod était étalé là, devant le fourneau en pierre, tout tordu, un bocal à la main. Il lui suffit d'un regard pour comprendre ce qu'avait fait son père. Il avait bu la tête de cuvée – pleine de méthanol –, non diluée et toxique. Et son père reposait là, dans une flaque de vomi, mort.

Sherrod avait toujours dit à Flynn que le whisky ne méritait pas qu'on lui sacrifie une vie, mais il parlait de la vie de Flynn. Il le voyait à présent. Le *moonshine* était la vie de Sherrod. Toute sa vie.

Sherrod était assez léger pour que Flynn le porte au bas de la colline, après le pré aux vaches, et jusqu'à la maison. Il l'étendit sur le canapé dans sa salopette préférée et consola sa mère. Flynn nettoya la crasse des ongles de son père. Il lui peigna la barbe, essuya la boue et le vomi de son visage avec un chiffon doux. Puis il alla dans son ancienne chambre chercher le livre de poèmes de Robert Burns que lui avait offert Ruby et le plaça dans les mains croisées de son père.

Flynn enterra Sherrod dans un petit bois tapissé d'herbe tendre en surplomb d'un bosquet d'érables à la limite est de sa propriété, un coin qui dominait les collines ondoyantes et arborées. Beaucoup de gens de Trap y enterraient leurs proches. Sa mère dit une prière, et ensemble ils recouvrirent la tombe de terre fraîche et de pieds-d'alouette. Flynn ramena Poulette à sa cabane, et resta avec elle jusqu'à ce qu'elle s'endorme. Il rentra chez lui bien après minuit ; une silhouette gracile se balançait sur le rocking-chair sous son porche.

C'était Ruby, un nouveau-né niché à côté d'elle dans un panier de linge.

Flynn épongea la crasse sur son cou. Il avait presque peur de parler, craignant de rompre le charme de son balancement. Il gratta une allumette, l'approcha de la mèche d'une bougie qu'il gardait à l'arrière de sa Tacoma.

« Ruby ? lança-t-il dans la pénombre. Tout va bien ? »

Elle se leva, mains sur les hanches. De la sueur dégoulinait de ses tempes. Elle avait les joues creuses, des yeux noisette plus farouches que dans son souvenir.

« Flynn », dit Ruby. Son buisson de cheveux prenait la brise et dansait à sa taille. « Je suis vraiment navrée pour ton père.

— Merci. » Il avait envie de la prendre dans ses bras, de la serrer, de lui murmurer des choses, de pleurer avec elle. Mais il resta immobile, sa bougie à la main.

« Et je suis vraiment navrée qu'on t'ait pas vu depuis si longtemps. » Elle regarda le nourrisson à côté d'elle, puis releva les yeux. « Pourquoi on t'a pas vu depuis trois ans, Flynn ? »

Le silence était meurtrier. Flynn se racla la gorge. Avec Ruby sous les yeux il se sentait endeuillé, terrifié. Elle avait l'air fantomatique et lessivée. Sa robe était d'un gris que Flynn ne l'avait jamais vue porter, et l'ourlet était constellé de sang séché.

Le bébé remua, et Ruby se pencha pour le toucher doucement, dans l'espoir de le rendormir.

« Ruby, hasarda de nouveau Flynn. Qu'est-ce que tu fais là ? »

Elle ouvrit la bouche pour répondre, mais rien ne sortit.

« Allez, quoi. » Flynn plaça la bougie dans une lampe-tempête suspendue à l'avant-toit. « Tu peux me le dire.

— Il faut que tu prennes le bébé, dit-elle. Que tu t'en occupes. Que tu l'élèves. »

Flynn n'éleva pas la voix. « Où est Briar ?

— Il dort.

— Il sait pas que tu es là ?

— Briar, j'en fais mon affaire », répliqua-t-elle sèchement. Puis elle se massa le front. « Désolée. J'ai pas dormi.

— Tiens. » Flynn lui tendit la flasque qu'il avait dans la poche arrière. « Ça va te faire du bien. »

Ruby en but un peu. « Alors ? demanda-t-elle. Tu veux bien le prendre ? »

Un *garçon*, pensa Flynn. Briar avait un fils. Flynn se laissa aller à l'envie qui émergeait en lui. Il n'avait jamais éprouvé le besoin d'avoir une famille auparavant, pas tant qu'il croyait la femme qu'il aimait satisfaite de la famille qu'elle avait fondée avec un autre. À présent qu'il avait perdu son père, Flynn était complètement désemparé. Un ballast, un fils auquel s'attacher ne lui aurait pas fait de mal. Mais prendre son enfant à Briar était sournois et cruel – même si Briar ne méritait pas la bienveillance de Flynn.

« Je saurais pas m'occuper d'un enfant, Ruby, dit-il. Surtout pas le fils de Briar.

— Tu te sens seul, ici, non ?

— C'est pas une raison suffisante. »

Ruby poussa un soupir haché. « T'es la seule personne qui s'occupera de lui mieux que je pourrais le faire – et je peux tout simplement pas. Wren n'a que deux ans. S'il te plaît, Flynn. »

Wren. Donc c'était comme ça qu'elle avait appelé sa fille. Le regard de Ruby, sec et déchiré, écorcha Flynn. En l'observant, il se sentit piétiné par le chagrin. Ruby paraissait affamée – par-dessus tout le reste. Mais ça n'était pas ça qui le désarçonnait. Ruby avait toujours connu la faim. Ce que Flynn vit dans son visage et qui n'y avait jamais été jusque-là, c'était la peur.

« C'est pas pour Briar, dit-elle. Ça lui sera égal dans un cas comme dans l'autre, je te le promets. C'est pour moi. »

Ruby avait raison, Flynn s'en rendait compte. Briar aimait sa femme et son Dieu, mais il ne s'intéressait qu'à lui-même. Le jour de l'étranglement l'avait prouvé. Flynn pensa à ce dernier après-midi qu'ils avaient passé ensemble, où lui-même était trop aveuglé par sa passion envers Ruby pour y voir clair. Et en un sens il s'était demandé, ces dernières années, si son amour s'était dissous dans toute cette solitude. Dans tout ce whisky. Il n'éprouvait pas la même chose – un millier de nœuds s'étaient transformés en langues, en sillons, formant un labyrinthe dans son cœur – mais l'amour était toujours là, intact.

« Bon, d'accord, dit-il. Je le garde. »

Ruby hocha la tête, et l'instant resta suspendu, sans fin ni début. Flynn aurait voulu s'y engloutir, ne jamais revenir à une vie où son père gisait, mort. Il aurait voulu que le temps s'inverse, retourner avant l'orage fatidique et barricader les fenêtres de Briar. Alors il aurait pu avoir sa chance avec Ruby. Et il aurait encore Briar.

Ruby se tourna pour partir. La raison reprit ses droits et dit à Flynn qu'ils ne seraient peut-être plus jamais seuls ensemble.

« J'ai quelque chose pour toi, dit-il, sortant son portefeuille de sa poche arrière.

— Flynn. J'ai pas besoin de ta charité. »

Il le lui tendit tout de même. « Ouvre-le. »

Elle ouvrit le portefeuille et étouffa un petit cri. C'était son cran d'arrêt à manche nacré, à plat au centre de sa paume. Flynn l'avait gardé sur lui depuis cette fin de nuit au Saw-Whet Motel où Briar l'avait trouvé à l'arrière de la Silverado. Le couteau était devenu une relique des espoirs enfuis de Flynn – une vie partagée avec sa bien-aimée – et un emblème de sa jeunesse abîmée, disparue. À présent qu'il avait le fils de Ruby, il n'avait plus besoin d'un vestige si sinistre du passé.

« Flynn, chuchota Ruby. Tu l'as trouvé où ? »

Flynn secoua la tête. « T'inquiète pas. »

La voix de Ruby lâcha. « Qu'est-ce… qu'est-ce que t'as fait ? »

Flynn souffla la bougie, jura à Ruby que ce n'était pas à lui de raconter cette histoire. Quelquefois, il ne reste plus de rédemption, lui dit-il. Quelquefois, il ne reste plus que des objets perdus, que l'on retrouve.

CODA

Une fois que Ruby eut disparu dans les bois, le petit garçon se réveilla. Flynn n'avait jamais été aussi incertain de ce qu'il devait faire, avec un nourrisson qui hurlait au creux du coude. Il lui donna un biberon que lui avait laissé Ruby, et le bébé but, but et but. Puis il s'assoupit. Flynn ne savait toujours pas quoi faire, donc il glissa le bébé dans une taie d'oreiller et le cala dans le berceau bourré de paille qu'il avait fabriqué pour faire son *moonshine* en hiver.

Flynn décida que ce bébé était très bien, pour un nourrisson. Des joues corail, un regard de vieillard. Des doigts et des orteils suffisamment petits pour qu'on les perde. Flynn s'allongea sur son lit, retira ses bottes, et le regarda respirer. Il se rappela comment Sherrod l'appelait quand il était petit.

« Écoute, Sonny, avait dit Sherrod le jour où Flynn avait vu un alambic de cuivre pour la première fois. Je vais t'apprendre à faire du *moonshine.* »

Sonny, se dit-il. « Fiston ». Un bon prénom donné par un bon père. C'est comme ça qu'il appellerait le petit de Ruby.

Il regarda les bocaux noirs qu'il avait vidés pour payer la caution de Sherrod, entassés dans le coin de sa chambre. Il en restait quatre planqués sous son porche, chacun comme un trou d'entonnoir percé dans sa poitrine. Pourquoi mettre de l'argent de côté alors que Ruby et sa fille avaient faim ? Il décida de garder deux des bocaux pour Sonny et d'expédier les deux autres à Ruby par la poste, au mobile home d'Ivy, sans mention de l'expéditeur. Si l'argent apparaissait anonymement, Flynn espérait qu'elle le prendrait. À partir de ce jour-là, il lui envoya la moitié de tout ce qu'il avait.

Au fil des années, Flynn apprit à se réjouir de la compagnie que représentait Sonny pour lui. Il espérait qu'un jour, l'enfant deviendrait son associé – comme lui-même avait été celui de Sherrod –, même s'il craignait que le mode de vie qu'il aimait tant soit en train de s'éteindre. Lorsque Flynn atteignit l'âge du Christ en croix, trente-trois ans, il se sentait déjà plus vieux qu'un grand-père et la situation était devenue d'une dureté sans précédent pour les *moonshiners*. Les paysans rechignaient de plus en plus à livrer leur maïs doux, l'achat de sucre en grande quantité éveillait les soupçons, et des avions volaient bas au-dessus des arbres pour chercher les alambics sous leur camouflage.

Rien de tout cela ne perturbait tant Flynn que l'engouement de la montagne pour les opiacés. L'héroïne fournissait aux gens le sentiment de communauté que l'église leur apportait jadis – avec un leader et des fidèles, une résolution partagée à survivre encore à un long hiver. Tout comme Flynn, chacun dans ces collines espérait dénicher un moyen de se sentir moins seul.

Mais Flynn devait garder sa foi en son whisky, même si elle n'était plus partagée par personne.

Il faisait de son mieux pour s'empêcher de ressasser l'idée que Briar aurait pu faire un très bon associé, s'il n'avait jamais été frappé par la foudre.

Si Briar n'avait jamais fait ce qu'il avait fait.

Flynn résolut fermement de ne pas se laisser abattre par ces pensées. Il trouvait un réconfort dans sa tristesse chronique. Son whisky racontait une histoire ; il chantait une mélodie douce-amère. Flynn s'y consacrait pleinement. Le *moonshine* était son art, sa femme, sa maîtresse, sa vie. Son cœur ne récupéra jamais la force de tomber amoureux d'une autre femme, mais il s'éprenait de nouveau de son whisky chaque printemps, sans faute.

Flynn aimait tant son whisky qu'il se gardait de décrire son parfum. Et pourtant, tous ses clients le lui demandaient. Il n'avait jamais possédé l'élocution fleurie de Briar, mais il avait retenu une ou deux choses du langage de son ancien ami. Les gens ne voulaient pas spécialement des détails, ils voulaient qu'on leur raconte une histoire. Et Flynn mettait un récit dans chaque bouteille – toujours le même, à vrai dire. Lorsque les acheteurs potentiels se mettaient à l'interroger sur le goût, Flynn leur parlait de Ruby.

« Il a le goût d'un cœur brisé à minuit. »

Ou : « Le goût des lèvres de la fiancée de ton meilleur ami quand tu lui voles un baiser. »

Ces histoires, bien sûr, c'était exactement ce que les gens ignoraient vouloir entendre. Flynn aimait Ruby à travers son *moonshine* parce qu'il l'avait perdue, elle. Faire du whisky était son ode à son amour perdu, et les gens l'achetaient, par lots de trois bouteilles.

Tout cela changea lorsque Ivy mourut. Cela faisait treize ans que Ruby avait laissé Sonny sous le porche de Flynn. Quand le téléphone sonna, quand retentit la voix de Ruby, irascible, Flynn sut qu'une chose terrible venait de se produire. Il eut peur pour sa fille. Dans la montagne, on jurait que Wren avait failli mourir noyée de la main de Briar, et Flynn savait exactement ce dont étaient capables les mains de ce prêcheur. Il le savait depuis seize ans, et il n'en avait jamais soufflé mot.

« C'est Ivy, annonça Ruby au téléphone. Elle est morte. »

Flynn eut l'impression qu'on venait de lui jeter une brique dans l'estomac.

« Je te retrouve au mobile home », dit-il avant de raccrocher.

Il laissa Sonny qui dormait à poings fermés sur le canapé. Flynn espérait qu'il ne se réveillerait pas avant le matin. Lorsque Flynn se gara dans la cour gravillonnée devant le mobile home d'Ivy, un grand feu brûlait dans le jardin. Un feu vorace, grandissant, qui mordait sur le virage. *Quel cinglé, ce Ricky*, se dit-il. *Il va brûler le corps.* L'odeur des cheveux et de la peau cramée se répandrait jusqu'à Trap.

Flynn se prépara à mettre Ricky à terre *manu militari*. Mais de l'autre côté des flammes, c'était Ruby qui se tenait, jambes écartées, jetant les affaires d'Ivy au feu. Ses yeux sombres avalaient la lumière du brasier.

« Où est Ricky ? » cria Flynn.

Ruby jeta le couvre-lit du trousseau d'Ivy. « Je lui ai dit d'aller faire un tour. Il a pas le cran de brûler les affaires d'Ivy. »

Flynn s'efforça de parler avec douceur. « Quel besoin de les brûler, Ruby ? »

Elle tourna sèchement la tête vers lui. « Elles sont infectées. Toutes. »

Il fit un pas en avant et sentit le feu sur ses joues. « Et ça peut pas attendre ? »

Elle s'agenouilla et souleva ce qu'il restait de la robe de mariée d'Ivy. « Je vais pas laisser cette maladie tuer encore quelqu'un. »

Flynn tendit la main vers un tas de manteaux d'hiver, mais Ruby bloqua son geste. « Non. Tu vas l'attraper.

— Dis-moi, Ruby, dit-il. Qu'est-ce qui s'est passé ? »

Elle le regarda, et la cendre qui flottait se prit dans ses cils. « Ivy a attrapé la foi, Flynn. »

À l'intérieur du mobile home, Ruby se mit à récurer le sol. Elle se fit la main sur un petit carré dans la cuisine et le frotta jusqu'à ce que les rebords du linoléum se recourbent sous sa force.

« Ruby, dit Flynn. C'est propre. »

Mais Ruby ne pouvait l'entendre. Elle s'écorcha les mains à force de frotter, puis jeta la brosse contre le mur. Flynn alla à la fenêtre et l'ouvrit. Il régnait une odeur épicée de maladie, comme un mélange de tonic moisi et de mélasse au gingembre. S'il n'avait su à quoi s'en tenir, Flynn aurait juré que Ricky faisait de l'absinthe dans la baignoire. Il avait envisagé lui-même de fabriquer cet alcool coûteux pour doubler ses gains, mais il ne supportait pas l'odeur de l'anis en train de cuire.

Ruby se laissa tomber par terre et fixa le plafond. « Je pourrais tuer Briar, dit-elle. Aussi sûrement qu'il a tué Ivy. »

L'adolescent en lui qui avait aimé et perdu Ruby aurait voulu lui soutirer le moindre détail, mais son chagrin méritait mieux. Il méritait un silence tendre. Il l'observa jusqu'à ce qu'elle tourne les yeux vers lui.

« Tu peux partir si tu veux », dit-elle.

Flynn s'assit délicatement sur le fauteuil de Ricky. « Restons avec elle en silence un petit moment. »

Ruby se mit à secouer la tête, sans pouvoir s'arrêter. « Je peux pas, dit-elle.

— T'en fais pas, murmura Flynn. Je vais la sortir de la maison. On l'enterrera à côté de Sherrod dans le cimetière sur nos terres. T'as pas besoin de regarder.

— Tu crois que c'est ça, que j'ai pas le courage de faire ? grogna Ruby en se redressant. Je peux pas survivre ici sans elle, Flynn. Je peux pas être l'amoureuse de Briar. Je peux pas être la femme du prêcheur. Je peux pas être la mère de ce qui reste de notre montagne. Je peux pas. »

Flynn serra les poings pour s'empêcher de lui prendre la main. « T'es pas obligée. »

Elle n'entendit pas. Au lieu de ça elle laissa sa tête tomber sur le côté. « On aurait dû se tirer quand on avait dix-sept ans, comme le voulait Ivy. C'est moi qui l'ai fait rester ici.

— Ivy savait que tu l'aimais.

— Ça suffisait pas. » Ruby essuya la suie sur son front, puis jeta un regard vers la porte du mobile home. « Briar arrive.

— Mais non. »

Elle se leva. « Tu crois que tu sais tout, hein, Flynn ?

— Je connais Briar. Et s'il a quelque chose à se reprocher, il va pas se montrer.

— Ses remords arrivent des années trop tard. »

La nuit où Ruby veilla le corps d'Ivy fut la seule que Flynn et elle passèrent jamais ensemble. Il se rendait compte que la colère avait dévoré le chagrin qu'elle éprouvait. Il avait déjà vu ce phénomène – bon sang, il l'avait ressenti avec son propre père. Ce n'était pas difficile de se persuader que si on se mettait suffisamment en colère, le monde tournerait dans l'autre sens et déferait ce qui ne pouvait l'être.

« Il n'y a jamais eu de femme aussi idiote », dit enfin Ruby, un peu après minuit. La lampe dispensait une lueur douce comme le soleil levant un matin de Pâques.

« Qui ? Ivy ? »

Ruby secoua la tête. « Moi. Je me suis imaginé que je me sauvais d'une vie malhonnête en n'épousant pas un *moonshiner*. Et où j'en suis maintenant ? Mariée à un escroc, exactement comme ma mère.

— Briar ne se voit pas comme ça.

— Les humains font ce qui est juste à leurs yeux. Mais c'est pas pour ça que c'est juste.

— Tu t'attendais à quoi ? » Flynn se frotta la mâchoire. « Briar a pas changé depuis notre jeunesse.

— Je croyais que Dieu parlait par sa bouche. Toute cette histoire qu'il racontait, comme quoi il avait vu nos montagnes couvertes de saphirs – je pensais que c'était une prophétie. Il voyait les richesses dont j'ai toujours su qu'elles étaient enfouies dans notre terre, celles qui n'ont rien à voir avec le charbon. Je croyais qu'il allait nous les apporter, Flynn. Maintenant, je vois que c'était seulement ses délires, rien d'autre. » Elle tripota les mèches de cheveux qui s'étaient échappées de sa tresse. « Il a toujours eu un côté tellement mystérieux. J'étais convaincue qu'à la fin, ça irait quelque part, mais le seul résultat, ça a été de me faire tourner en rond. »

Flynn n'osait pas défendre Briar, même s'il trouvait que par nature, les bonnes intentions, qu'elles portent sur Dieu ou pas, finissaient toujours par mener à une impasse.

« Voilà ce qui me fait peur, Flynn. Je sens Dieu, là. » Elle toucha son cœur. « Je le sens, quoi que puisse faire Briar. Mais si Wren ne le sentait pas ?

— T'as peur pour son âme ? Peur qu'elle ne choisisse pas le droit chemin ?

— Elle a jamais eu le choix. » Elle baissa les yeux. « Je voulais la sauver de la vie que j'ai eue avec mon père, et c'est exactement ce que je lui ai donné.

— T'as fait de ton mieux. »

Ruby lâcha un petit rire. « Vraiment ? Faire vivre Wren sous le toit de Briar est la pire chose que j'aie jamais faite. Tu sais ce qu'il lui a fait, Flynn ? Il a essayé de la *noyer*. Et je l'ai quand même pas quitté.

— Ruby. T'es en deuil, là.

— Eh bien. » Elle se redressa. « Le deuil a le pouvoir de clarifier ce qui était brouillé. »

Flynn savait qu'elle disait vrai. Il lui sembla, cette nuit-là, avec le brasier des affaires d'Ivy qui se consumaient juste devant la fenêtre, qu'une seconde chance lui avait peut-être été donnée.

« Quitte-le, Ruby.

— Je peux pas.

— Pourquoi ?

— Je me suis promis, et j'ai promis à Dieu, que je servirais Briar jusqu'à sa mort. »

Flynn poussa un soupir muet. Il brûlait de dire à Ruby qu'il avait vu son mari étrangler un homme. Briar n'avait rien fait pour mériter la loyauté et le silence de Flynn. Et pourtant, Flynn avait fait le serment de demeurer fidèle à la loi des *moonshiners*, et ça voulait dire tenir parole. Si un *moonshiner* y dérogeait, il ne tarderait pas à tout perdre.

« Ruby, reprit-il. Tu peux y mettre fin. »

Elle fondit en sanglots, et Flynn essuya une larme sur sa joue.

« Comment ? demanda-t-elle.

— Tu peux le dénoncer pour avoir essayé de noyer ta fille.

— À la police ? »

Flynn hocha la tête. « Ils te fourniront un logement où tu seras à l'abri. Ou tu peux habiter chez nous le temps de te retourner. »

C'était peut-être la première fois de sa vie que Ruby renonçait à lutter. « D'accord, dit-elle. D'accord. »

Un peu plus et l'espoir aurait fait exploser le cœur de Flynn. « Je t'accompagnerai au poste.

— Faudra que j'amène Wren. Je peux pas l'abandonner. »

Flynn hocha la tête. Il faudrait qu'il leur construise une chambre supplémentaire dans la cabane de chasse. « Bien sûr. »

Ruby leva les yeux vers lui. « Personne à Trap ne te regardera plus de la même façon.

— Ça les empêchera pas d'aimer le goût de mon whisky, à mon avis.

— Laisse-moi enterrer Ivy. » Ruby lissa sa jupe. « Ensuite, on ira. »

Il hocha la tête. « Si tu peux attendre devant la tombe, je viendrai te chercher.

— Et il va falloir que je divorce.

— Il va te falloir de l'argent.

— J'en ai, de l'argent. » Elle rougit. « L'argent que tu as envoyé… c'était toi, non ? J'ai tout économisé. »

Flynn hocha la tête. Ruby voulait partir depuis longtemps.

Flynn ne voulait pas mourir de bonheur. Il voulait vivre pour ce bonheur. Il se précipita chez lui et réveilla Sonny.

« Trouve un balai, et vite », dit-il.

Juste après l'aube, il ramassa un tas de bûches pour agrandir la véranda. Ce ne serait pas parfait, pour une seconde chambre, mais avec une porte et un canapé-lit, ça ferait l'affaire. Il mettrait un Velux à côté du poste de guet, se dit-il. Ça devrait plaire à Wren.

Sonny balaya trois fois le même périmètre avant qu'il le traîne dans la chambre. Puis Flynn alla cueillir des violettes sur la colline voisine et les plaça dans une bouteille vide. Il tira un ruban rouge du panier à couture que sa mère avait mis dans son placard et le noua autour du vase. Il sourit. Puis il gonfla les oreillers et étendit un tissu propre sur son canapé élimé. Sa mère aurait été fière de lui. Ruby se sentirait chez elle, et vite.

Mais le destin en voulait autrement. En milieu de matinée, Flynn avait terminé les préparatifs de l'enterrement, comme il était censé pleuvoir. Il avait demandé une faveur au fossoyeur, attendu à côté de la tombe de Sherrod pendant que le cercueil d'Ivy descendait dans la fosse. Et il était rentré chez lui.

Il voulait laisser Ruby pleurer son amie. Il voulait qu'elle vienne à lui, qu'elle choisisse cette vie, qu'elle aille jusqu'au bout.

Flynn s'était depuis longtemps familiarisé avec l'agonie de l'attente. Il n'avait pas dormi, et la fin de la matinée s'étira comme de la mélasse. Il resta assis sur le porche, entre les bûches grossières qu'il venait de couper. Le ciel se talait. Il but une gorgée de whisky, puis une rasade. Il avait prévu de se doucher, de se raser et de se changer, car il portait les mêmes vêtements depuis la veille. Il avait compté détacher les boîtes de conserve rouillées que Sonny avait suspendues le long de la crête qui délimitait sa propriété. Flynn fit les cent pas, se rassit, fit de nouveau les cent pas. À midi, il céda. Il ferait mieux d'aller chercher Ruby et Wren avant l'averse, se raisonna-t-il. Il sortit ses clés et se dirigeait vers la Tacoma quand il vit le Dr Ed qui s'avançait vers lui.

Ce n'était pas bon signe, un médecin à pied. Flynn pria pour la première fois depuis ses dix-sept ans.

Faites que ce ne soit pas pour Ruby. Faites que ce ne soit pas pour Ruby. Faites que ce ne soit pas pour Ruby.

Mais c'était le cas. Lorsqu'il apprit la nouvelle, Flynn renvoya le médecin. Les doux sons de sa montagne se turent, alors même que la pluie commençait à tomber.

« Papa ! » Sonny arriva derrière lui. « Dis, Papa, hé ! »

Son garçon n'était pas un grand bavard, mais il était là, et Flynn ne pouvait supporter de rester seul en cet instant. Il posa la main entre les omoplates de Sonny et s'appuya de tout son poids. Le monde s'était désagrégé. Sonny le conduisit au robinet et Flynn s'aspergea le visage d'eau.

« Va chercher les couvertures. Et la hache, et le bâton à serpent, dit Flynn. Y en a un qu'il faut qu'on tue. »

Flynn aurait aussi bien pu se tuer lui-même avec toutes les embardées que fit la Tacoma sur la route des érables. Sa vue était brouillée. Sonny faisait des culbutes à l'arrière. Lorsqu'il vit Wren penchée sur le corps sans vie de sa mère, une colère lasse le submergea. Il ne savait pas comment, mais il savait que Briar était responsable. L'horizon tanguait comme une vague. Il s'arrêta dans un dérapage, et Sonny sauta à terre, les couvertures dans les bras.

Flynn regarda Wren, qui ressemblait d'abord à Ruby, puis à Briar, puis de nouveau à Ruby. Tout l'espoir qu'il avait accumulé le quitta d'un coup. Un ourlet de foudre zébra le ciel. Il ouvrit sa portière et planta sa botte sur la terre ferme. Il vacilla et reprit son équilibre, se promettant que le corps de Ruby serait le dernier qu'il enterrerait jamais sur Violet's Run.

La fille de Ruby était un problème. Flynn ne savait que faire d'elle. Il aurait pu la prendre dans sa cabane de chasse, mais il avait des affaires à régler, une vengeance, en fait, et Wren ne pouvait y assister. *Garde-la, Flynn*, il entendait presque Ruby l'en supplier en observant sa fille, assise au bout de son lit. *Protège-la.*

Cela lui transperça le cœur d'envoyer Wren à la Tacoma pour qu'il la dépose chez tante Bette. Ça revenait quasiment à abandonner son propre enfant, si forte était sa conviction que Wren aurait dû être sa fille. Mais si Briar la traquait, c'était chez Flynn qu'il viendrait en premier. Wren serait à l'abri chez tante Bette, plus près de la ville. Il regarda Ruby une dernière fois avant de partir, passa une main légère sur ses omoplates, ses doigts, ses pieds. Tout entière ici, et pourtant nullement sienne.

« Sonny, chuchota-t-il à son garçon, assis sur le rocking-chair. Je sais qu'on dirait pas, mais Mrs Bird fait partie de notre famille. Et on laisse pas quelqu'un de notre famille seul dans la mort jusqu'à ce qu'on l'enterre. Pas vrai ?

— Si.

— Tu peux lui tenir gentiment compagnie jusqu'à ce que je revienne ?

— Je vais bien m'occuper d'elle, Papa. »

Sonny tira le rocking-chair plus près de Ruby, et c'était le geste le plus gentil qu'ait accompli jusque-là le garçon de Flynn. La nuit où il avait accepté de prendre Sonny et de s'occuper de lui comme s'il était son fils, il considérait ça comme un cadeau à Ruby – un cadeau qu'elle n'avait pas besoin de lui rembourser. Mais depuis maintenant longtemps, Flynn considérait que c'était lui qui avait une dette. Ruby lui avait donné une famille, un ami, et un avenir. Le fils de Briar était devenu un jeune homme que Flynn adorait, tout comme Sherrod l'adorait lui-même autrefois.

Dans la Tacoma, Flynn conduisit comme si lui et Wren tombaient de la montagne. La vapeur d'eau emplissait chacun de leurs souffles, et les étoiles se cachaient derrière l'orage. Flynn laissa ses essuie-glaces fonctionner bien après que la pluie eut cessé.

« Vous devriez me livrer à la police », dit Wren.

Flynn tourna à droite dans la route en zigzag qui menait chez tante Bette. Trap était endormie au pied de sa colline. « Pourquoi donc ? »

Wren appuya sa tête contre la vitre. « Pour avoir tué ma mère.

— T'as pas tué ta mère. Un serpent l'a tuée.

— Vous comprenez pas. Elle me l'a pris des mains. Ma foi était pas assez forte, et ça l'a tuée.

— La foi a strictement rien à foutre là-dedans.

— Oh, que si. » Wren secoua la tête. « Vous connaissez pas mon père. »

Flynn hésita. « Je le connais un peu, si. »

Il stoppa devant la boîte aux lettres de tante Bette. Une faible lueur rougeoyait à l'intérieur. Wren ne bougea pas.

« D'après mon père, c'est ma faute.

— Mais non.

— D'après Dieu, alors.

— Dieu accuse pas les gens. » Flynn eut un recul. Il n'avait jamais été du genre à donner des conseils spirituels.

« Comment vous pouvez en être sûr ? »

Elle posa la question sans malice ni insolence. Elle la posait car elle voulait connaître la réponse.

Flynn poussa un soupir. « C'est pas pour ça que Jésus est revenu ?

— Il est pas encore revenu. »

Flynn jeta les mains en l'air, impuissant. « Oh, pardon. »

Wren eut un sourire bref. « Peut-être que Dieu m'accuse pas, mais ça empêche pas que j'ai joué un rôle. »

Elle dit ces mots comme s'ils sortaient tout droit de la bouche de Ruby, jeune. Flynn eut à peine la force de répondre.

« Tante Bette va bien s'occuper de toi. L'enterrement aura lieu dans trois jours. Quelqu'un viendra te chercher. »

Wren sortit et se retourna pour le regarder par la vitre ouverte.

« Vous allez retrouver mon père ? » demanda-t-elle.

Flynn ne répondit pas. Il reprit l'allée en quatrième vitesse et prit à gauche, vers le nord, par la route qui sortait de la ville, à la recherche de Briar Bird.

Chère Wren,

Il faut que je te dise…

Tu connais le vieux proverbe : la terre se transmet de père en fils, la confession de mère en fille. Le seul aveu que je dois te faire, c'est qu'Ivy et moi, nous avons fait ce que nous devions faire pour survivre.

Dans un monde d'hommes méchants, nous nous sommes battues pour être bonnes l'une envers l'autre.

TROISIÈME PARTIE

LA CONFESSION D'UNE MORTE

Des années avant que Flynn et Briar ne capturent un cinglard dans la carcasse d'un avion rouillé, Ivy et Ruby se rencontrèrent dans la cour de l'église. C'était le creux de l'hiver, tout était blanc, elles avaient sept ans et bien vite ni l'une ni l'autre ne s'en souviendrait plus.

Ivy était adossée aux arbres abattus au bas de la colline sur laquelle se dressait la station-service. Elle avait les pieds enfouis dans la neige, et son manteau fin scintillait, noir corbeau sur la glace. Ruby s'était avancée jusqu'à elle, de la neige jusqu'aux genoux.

Ivy avait déjà vu Ruby à l'église, mais elles ne s'étaient jamais parlé. Leurs mères n'étaient pas amies, ni même en très bons termes. Leurs pères soulevaient des serpents et parlaient en langues. Ils dansaient au son du tambourin sous les yeux ébahis des femmes. Physiquement, tout les opposait – le père de Ruby, Hasil, avait les cheveux gris et les traits distendus, tandis que celui d'Ivy avait le cou violacé et les joues rebondies – mais ils avaient une chose en commun. Le dimanche était le seul jour où ils avaient le sentiment d'être des rois, l'un et l'autre.

Devant la station-service, Ruby s'approcha suffisamment pour voir qu'Ivy était assise sur un tas de gants. Une bonne douzaine. Elle avait les mains rouge dahlia dans la neige.

« T'as froid », dit Ruby.

Ces hivers enseignaient aux filles en robe à quoi ressemblerait la mort, l'amnésie glacée de la peau oubliant la capacité de sentir. Ruby ne demanda pas une paire de gants. La plupart des filles de la montagne ne savaient pas encore comment se réchauffer, elles ne se trouvaient pas tellement dignes de confort.

Ivy ne voulait pas enfiler les gants, elle non plus.

« Je les ai volés, dit-elle. Dans les poches d'hommes devant le Saw-Whet. »

En haut de la pente, la voix du prêcheur frémissait dans le silence de la montagne.

« Pourquoi ? » demanda Ruby.

Ivy ne répondit rien. Elle n'avait pas de raison, et elle n'en avait pas besoin. Elle aligna le tas de gants dépareillés et les attacha ensemble, les pouces aux auriculaires, comme une guirlande. Puis elle passa ce collier à son cou, sortit le briquet de son père, et mit le feu à la guirlande. Un anneau orange jaillit autour de sa gorge.

Ivy se laissa tomber dans la neige, et la flamme se réduisit en fumée avant de s'élever vers le ciel. Le feu à la glace, le noir au blanc, une fillette à l'autre. Ruby s'allongea à côté d'elle, et ensemble elles regardèrent leur respiration s'échapper de leur bouche.

Ce jour-là, Ruby fut témoin de l'offrande par le feu faite par Ivy pour un péché qu'elle n'avait pas encore commis. Lorsque Ivy prit feu devant le brasero de Ruby vingt-six ans plus tard, elles se souvenaient à peine des enfants qu'elles avaient été – Ruby, l'intrépide vadrouilleuse, et Ivy, qui s'était couronnée de feu.

À compter de ce matin-là dans la cour de l'église, l'amitié de Ruby et Ivy devint une empreinte de main partagée, des lignes de vie jumelles qui commençaient et se terminaient à l'unisson. Les anciens de l'église, comme Hasil et le père d'Ivy, Noble, avaient jadis un nom pour ce genre d'union : une alliance, comme celle que le roi David passait avec Jonathan dans le Livre de Samuel. Ils en parlaient comme si c'étaient des hommes qui avaient inventé le mystère de l'amitié, comme si ce n'était pas la libation qui nourrissait les femmes de la montagne depuis que l'eau avait fendu la roche pour former les crêtes au-dessus des collines.

Il n'y eut pas de vœu solennel entre Ivy et Ruby, pas de promesse ; elles ne réunirent pas leurs paumes ensanglantées à la lueur d'un feu de camp. Elles n'avaient pas besoin des serments grandiloquents des hommes. Les choses qu'elles faisaient l'une pour l'autre, elles les faisaient en secret.

Ça commença par Ivy, la veille de son dix-septième anniversaire.

À trente kilomètres au nord du Saw-Whet, la cabane au toit pointu d'Ivy était installée sur un terrain vague alimenté par l'unique route de la montagne. Sa mère avait été élevée dans cette maison, et sa grand-mère Harper aussi. Il n'y avait pas l'eau courante, et c'était à Ivy qu'il revenait d'enterrer la merde. Elle passait la plupart de ses soirées d'été à fumer les Pall Mall de son père derrière la remise à bois, et la veille de son anniversaire, Ruby alla la rejoindre.

Ruby n'était jamais sortie de chez elle après la tombée du jour. Hasil était le genre de père à punir ses six filles pour des méfaits qu'elles n'avaient pas commis – des méfaits qui avaient surtout à voir avec les défauts des hommes. Il ne frappait jamais ses enfants. C'était pour les *hillbillies* qui n'avaient pas vu la lumière, disait-il souvent. Au lieu de ça, il racontait à ses filles des mensonges sur ce qu'elles deviendraient si elles se faisaient prendre avec un garçon après le coucher du soleil, ou si elles osaient mettre une robe coupée au-dessus du genou. *Y a rien de pire qu'une catin qui entraîne un homme vers le péché*, aimait-il les avertir. Sa langue acérée cinglait deux fois plus fort que n'importe quel fouet, se disait-il, et la cicatrice que laissaient ses remarques était invisible. Ruby s'efforçait d'anticiper ses corrections, faisant de son mieux pour les esquiver tels des bolides arrivant à pleine vitesse. Ivy, par contre – Ivy aimait jouer à se faire peur en défiant son père et ses règles puritaines. *Me punir ?* le narguait-elle intérieurement. *Essaie un peu, pour voir.*

Mais ce soir-là, au plus fort de l'été, Ruby aida son père à se soûler à mort avant de faire le mur pour aller voir son amie le jour de son anniversaire. Elle avait vu sa mère faire de même, une fois par mois, l'année passée, afin d'éviter de tomber enceinte pour la septième fois – un truc qui avait échoué. À l'intérieur de la cabane, la mère de Ruby était allongée dans son lit dans le noir, un tissu froid sur le front et un seau de vomi à ses pieds. Sa nausée empirait à chaque nouveau bébé que son corps engendrait. Ruby se glissa dehors, ses chaussures dans une main et le dernier bocal de whisky de son père dans l'autre. Elle déposa le *moonshine* de Hasil à côté de son rocking-chair préféré, sous le porche, et elle attendit, planquée dans l'herbe haute. Deux heures après le crépuscule, lorsqu'il remonta la colline d'un pas traînant après une journée à la décharge, il se ragaillardit à la vue du bocal et se servit un verre. Puis un autre. Une fois qu'il se fut avachi dans le rocking-chair, les yeux fermés, Ruby s'enfuit vers le sentier muletier derrière la maison.

Ruby pouvait rejoindre la cabane d'Ivy en vingt-cinq minutes, si elle courait. Sous son bras, une robe en popeline qu'elle avait cousue pour Ivy, avec une petite cocarde framboise au niveau de la hanche. Les femmes de la foi de Ruby étaient appelées à se vêtir de robes longues, de peur de tenter les hommes par leurs corps. Elles mettaient du gris et du noir, du marron et du beige. C'était pour cette raison que Ruby s'était mise à coudre dès qu'elle avait été assez grande pour manier une aiguille et du fil : pour pouvoir porter les couleurs de sa montagne. Lilas, turquoise, pêche et magenta – Ruby les aimait toutes.

Elle avait récupéré le tissu de la robe d'Ivy dans sa classe d'économie domestique, et elle avait retravaillé un vieux patron McCall pour imiter un style qu'elle avait vu Ivy admirer dans le magazine *Seventeen*. Ses camarades étaient déjà passées à la confection de maniques, mais Ruby avait troqué les plis à la taille de la robe pour des pinces, et cousu à la main des coquilles Saint-Jacques le long de l'ourlet. Il lui avait fallu tout un semestre pour la fignoler.

Ruby savait que son amie n'aurait pas d'occasion de porter une tenue si recherchée. Mais elle voulait qu'Ivy ait une belle robe dans son placard. Son amie la garda pour le restant de ses jours, ne la porta plus jamais après la fin de son dix-septième anniversaire. Ce fut l'une des premières choses que Ruby brûla parmi les affaires d'Ivy la nuit où elle mourut.

Ivy l'attendait à la remise à bois lorsque Ruby arriva, la fumée de sa cigarette retombant comme une brume sur les bûches entassées. Les amies s'accroupirent dans les mauvaises herbes, sans rien dire, pour ne pas réveiller les habitants de la maison. Lorsque Ruby offrit son cadeau, Ivy la serra fort contre elle.

Puis Ivy se déshabilla dans le clair de lune. La robe glissa sur ses épaules, et Ruby remonta la fermeture Éclair dans son dos. Ivy tourna sur elle-même en riant de se voir ainsi. La jupe brillait dans l'ombre.

« J'ai quelque chose pour toi aussi », murmura Ivy.

Elle tendit à Ruby un cran d'arrêt au manche de nacre, et Ruby l'attacha au passant de ceinture de sa jupe. Le cadeau la fit sourire, la fit rougir. Elle n'avait jamais possédé une arme aussi gracieuse. Ivy avait choisi le couteau au marché aux puces de l'été d'avant car il était assez discret pour se dissimuler facilement, et suffisamment unique pour être digne de son amie.

En haut de la colline le grondement sec d'un moteur à l'approche vint briser le silence. Ensemble, Ivy et Ruby regardèrent Flynn Sherrod et son père qui sortaient en douce de leur propre cabane, de l'autre côté de la route, pour aller fabriquer leur whisky dans la nuit. Tandis que les phares de la Chevy de Sherrod projetaient des lances dorées dans le noir, Ivy éprouva une envie lancinante de se glisser dans leur pick-up et de se cacher parmi leurs bonbonnes de *moonshine*.

Se soûler ne l'attirait pas, mais régner sur les collines à la façon d'un homme de la montagne, oui. Ivy aspirait cruellement au genre d'évasion dont un homme comme Sherrod ne manquerait jamais. Elle voulait aller où il allait avec son fils, s'échapper par-delà le cratère de bois pourri où pissait son père derrière leur cabane, c'est-à-dire arriver n'importe où, ailleurs.

Ivy abhorrait sa vie sur la montagne, même si c'était la vie qu'elle et Ruby partageaient. La culpabilité la rongeait, car elle désirait plus que ce que pouvait donner son amie. Ivy haïssait les citrons verts que son père mettait dans leurs toilettes en extérieur pour absorber l'odeur, la poule galeuse dans leur enclos qui mangeait ses propres œufs, ses deux frères qui se battaient davantage qu'ils ne dormaient. Elle voulait des trottoirs, des caniveaux, des inconnus – pour n'importe laquelle de ces merveilles, elle aurait livré un trésor, si seulement elle en avait eu un.

Ruby resta avec Ivy jusqu'à ce que Noble rentre de sa soirée chez Teddy's Tavern. Son pick-up s'arrêta dans les graviers et il se laissa pratiquement tomber dehors, avant de se diriger vers la maison. La lumière de la cuisine s'alluma, puis s'éteignit. La maison retomba dans le silence, et Ivy poussa un soupir. Ruby l'embrassa sur la joue, lui souhaita bon anniversaire, et disparut dans la nuit.

Ivy se glissa dans la cabane par la porte de derrière et trouva Noble appuyé contre la fraîcheur du poêle à bois dans le noir, les pieds écartés de part et d'autre. Il souleva une casserole en fonte puis la laissa échapper. L'ustensile tomba sur le sol avec un grand bruit métallique. Il l'avait déjà fait, l'attendre à la porte sans même une bougie allumée. Noble aimait surprendre sa fille, c'était une technique d'enseignement, selon lui, destinée à l'effrayer un bon coup – même quand elle n'avait rien fait de mal.

Cette nuit-là, le père d'Ivy posa ses mains sans les serrer autour du cou de sa fille. Ses pouces frôlèrent son menton lorsqu'il l'embrassa sur la bouche, et il perdit l'équilibre. Il était gauche, bourré au whisky, et sa langue s'enfonça dans sa gorge telle une truite.

« Les hommes de la montagne sont tous les mêmes, dit-il, s'essuyant la bouche du revers de la main. Plus tôt tu l'apprendras, mieux ça vaudra. »

Puis il chancela et tomba sur sa fille. Ivy lui donna des coups de pied et de griffe jusqu'à ce qu'il perde connaissance, gisant à côté du poêle. Presque à bout de souffle, elle se dégagea de sous lui. Noble, qui était massif comme un ours, serait impossible à déplacer. Ivy gratta une allumette, la jeta dans le poêle, et attendit que le feu prenne. Elle s'imagina en train de pousser le front de son père contre le tuyau en acier pour qu'il se réveille avec une cloque grosse comme le poing sur la figure. Ivy s'assurerait que ce soit le dernier soir où Noble oserait s'approcher d'elle.

Puis elle entendit la voix de Ruby qui l'appelait.

« Ivy. »

Ivy sursauta lorsque la main de Ruby effleura son épaule. Elle avait dû revenir en entendant le fracas de la casserole en fonte à travers les bois, et se glisser par la porte moustiquaire sans faire de bruit.

« Qu'est-ce que t'as vu ? demanda Ivy.

— J'en ai vu assez. »

Ivy détourna les yeux, aperçut les perles de sueur dans les sourcils de son père. Elle n'avait pas de honte à avoir en présence de sa meilleure amie, mais là c'était différent. Noble punissait sa fille pour sa beauté, sa curiosité, son courage. Les choses qu'elle aimait le plus chez elle, il voulait les détruire. Il avait de grandes chances d'y arriver si elle ne le détruisait pas la première.

« Je crois que tu as deux possibilités. » La voix de Ruby était plus douce que le murmure du ruisseau au loin. « *On* a deux possibilités, en fait. »

Ivy se mit à tripoter la pointe de flèche noire qu'elle portait à son cou au bout d'une chaînette. Sa pointe érafla la chair de son pouce.

« Soit on le tue, soit on se tire, dit Ruby. Il y a pas d'entre-deux. »

Ivy n'hésita pas. « On se tire. »

Elle ne put se résoudre à employer le terme « s'évader ». Elles ne se disaient jamais ce mot tout haut, car la promesse en était trop sacrée pour être réelle. Mais Ivy aspirait à être connue pour les choses qu'elle faisait, pas pour celles qu'on lui faisait.

« D'accord, dit Ruby. Il va falloir un peu de temps pour s'organiser, mais on va se tirer. »

Ivy hocha la tête, et Ruby s'éclipsa dans la nuit. À ce moment-là, Ivy ne put se contenir : elle appuya son pied contre le crâne de Noble juste ce qu'il fallait pour que sa joue touche le poêle chaud, et l'y maintint jusqu'à ce qu'il tressaille et se rendorme.

Ivy passa la nuit à observer son père, assise dans le coin de la cuisine. Son caleçon long lavé de frais se balançait comme un fantôme au bout de ses pinces à linge à la fenêtre ouverte. Elle aurait pu l'étouffer en cinq minutes, rien qu'avec le bas de sa jupe. Elle en avait envie, ne serait-ce que pour sentir sa propre force palpiter dans la paume de ses mains. Mais ce serait un plaisir creux s'il ne savait jamais ce qu'elle avait fait. Qu'elle avait gagné, et qu'il avait perdu. Ivy voulait qu'il vive jusqu'à ce que l'âge le rende chétif, conscient jusqu'au bout qu'elle l'avait abandonné.

Lorsque Noble remua le lendemain matin, Harper, la grand-mère d'Ivy, apparut et poussa légèrement sa mâchoire du bout du pied.

« Les femmes donnent sa splendeur à cette montagne, dit Harper à Ivy. Et elles ne reçoivent rien en échange. »

Noble avait la bouche ouverte. Au-dessus de lui, une collection dérisoire de minuscules cuillères étaient suspendues dans un meuble en bois : il y avait un crochet en argent délicat pour chaque État que la mère d'Ivy avait visité. En tout, ça faisait trois. Noble donna un grand coup de poing dans le plancher miteux en reprenant connaissance, et les cuillères s'entrechoquèrent. Harper lui versa un pichet d'eau sur la tête, puis prit sa bouteille de tord-boyaux sur la table. Elle en but une gorgée.

« C'est bien, d'avoir du tempérament, dit-elle à Ivy tandis que la salive de Noble formait une flaque sur le sol. Mais avoir un plan, c'est mieux. »

La mère d'Ivy entra alors en coup de vent, prit tendrement la tête de son mari sur ses genoux, et s'employa à apaiser sa brûlure avec un tissu et de la sauge. C'était là le véritable péché originel, Ivy l'aurait juré. Un homme avait toujours une femme pour nettoyer ses bêtises. Ivy aurait adoré pouvoir le garder, son tempérament. Au moins, s'il n'était question que de ça, elle piquerait une crise et sa colère retomberait. Ce qui l'avait remplacé, c'était une inquiétude perpétuelle. Ivy se promit ce jour-là qu'elle ne nettoierait jamais les bêtises d'un homme. Non, elle ferait ses propres bêtises, elle-même.

Harper lui montra le porche d'un geste. « Viens t'asseoir avec moi. »

Ivy et sa grand-mère s'assirent sur la paire de rocking-chairs qui surplombaient les volutes de gravillons de leur cour. Toutes deux, elles s'installaient souvent là, exactement comme ça, et Harper régalait Ivy de récits de leur montagne. Maintenant qu'Ivy avait dix-sept ans, sa grand-mère lui annonça qu'il était temps qu'elle apprenne le genre de ruse dont elle aurait besoin pour sa survie.

Aucun document officiel n'en témoignait, commença Harper, mais les femmes des mineurs de fond avaient été forcées de se servir du sexe comme bouclier depuis les années 1930, époque où les compagnies minières devaient encore purger les collines de leur minerai et où les barons du charbon pensaient posséder un droit d'accès à toutes les richesses de la montagne – y compris les femmes. Un contrat à la Ésaü, disait Harper.

« La justice locale nie que ce se soit jamais produit, dit-elle, dans son rocking-chair, enroulant une mèche de ses cheveux gris qui lui arrivaient à la taille autour de son doigt. Il faut que quelqu'un sache le prix qu'on a payé. »

À l'époque, si un mineur tombait malade ou se cassait un bras ou une jambe et ne pouvait aller travailler, sa femme avait l'autorisation de gagner des titres provisoires donnant accès au magasin de la compagnie à sa place. L'accord était présenté comme une faveur, mais il y avait un bémol, et il était mortel. Une femme de mineur gagnait ses bons alimentaires et vestimentaires en couchant avec le patron de son mari – ou ses patrons dans le cas de Harper. Elle qui portait des pantalons et préférait trois rations de tabac à un bol de nourriture, elle avait mis le doigt dans cet engrenage avec candeur et témérité.

« Pas un de ces lâches à la queue molle n'a pu me regarder dans les yeux, dit-elle. Pas un. »

Souvent, le contrat était mis en application dans la cabine d'essayage de la boutique de l'entreprise. Certaines femmes étaient préparées, d'autres pas. Lorsque Ivy demanda pourquoi la police locale n'y avait pas mis fin, Harper éclata de rire.

« Les flics, ici, ils s'en cognent, des femmes. Tu le sais bien. »

Le terme « contrat à la Ésaü » faisait référence à l'Ancien Testament, expliqua la grand-mère d'Ivy. Ésaü, le premier-né adoré d'Isaac, était revenu de la chasse si affamé qu'il avait vendu son droit d'aînesse à son petit frère, Jacob, en échange d'un plat de lentilles. Harper fit une grimace méprisante en disant son nom.

« Ésaü avait tellement faim que ça l'a rendu stupide, dit-elle. Un homme comme tous les autres, prisonnier de ses propres appétits. »

Tôt ou tard, prévint Harper, une femme serait forcée de faire ce qu'elle aurait à faire pour ceux qu'elle aimait, et elle ne devait en éprouver nulle honte.

Après cette nuit-là, Ivy et Ruby projetèrent leur évasion chaque fois qu'elles étaient seules. Une fois qu'elles auraient mis assez d'argent de côté, elles planqueraient les bouteilles de whisky de leurs pères et disparaîtraient sans laisser de mot. Elles prendraient le bus jusqu'à Morgantown, où Ivy apprendrait à servir dans un bar et Ruby trouverait un boulot de comptable. Personne ne les dévisagerait comme d'étranges statues d'une foi encore plus étrange, comme c'était le cas à Trap. Les amies travailleraient, elles géreraient leur propre argent. Elles oublieraient le temps où elles chiaient dehors l'hiver, où il leur fallait marchander des fioles de pénicilline dans le parking défoncé du Saw-

Whet. Elles s'achèteraient des fringues en jean, des strass et du parfum dans les grands magasins, toutes les choses merveilleuses qui leur étaient interdites par la religion de leurs pères. Ruby et Ivy se jurèrent que ce serait le cadeau qu'elles s'offriraient mutuellement pour le diplôme de fin de lycée, et Ivy avait même commencé à empaqueter ses pulls.

Puis Briar Bird combattit la foudre et l'emporta.

La vérité la plus triste au sujet de Ruby : elle croyait que les miracles n'arrivaient qu'aux hommes.

Toute leur montagne bruissait de l'histoire de l'intrépidité de Briar. Personne ne parlait des coulées de boue qui avaient emporté la plupart des maisons sur le versant est de leurs collines, personne ne commentait le fait que le père d'Ivy avait disparu depuis la nuit où la foudre avait frappé. Il était introuvable depuis près de trois jours et, à la mine, personne ne l'avait vu ni n'avait eu de ses nouvelles. Ce n'était pas la première fois que Noble évitait la ville – il n'était pas le seul homme à faire ça de temps à autre. Tout cela n'était rien à côté du miracle de Briar.

Ivy n'avait jamais vu son amie si rougissante, si timorée.

Elle-même n'avait jamais eu beaucoup d'estime pour Briar, le fils de bûcheron aux yeux rêveurs qui préférait charmer les serpents que les filles. La mère du jeune homme galopait partout pour répandre une légende rurale en gestation, le nouvel évangile d'un garçon nommé Œil-Blanc.

Pour cette fable dérisoire, Ivy avait pitié de Briar. Désormais, il serait toujours connu comme le garçon qui avait été frappé par la foudre, de même qu'on ne connaissait les filles de Trap que pour ce que leur faisaient les fils de paysans dans les écuries après la fin des cours en juin.

Leurs mères avaient bercé Ivy et Ruby du même refrain depuis leur plus tendre enfance : les filles audacieuses devenaient des filles faciles, et les filles faciles, on les brise. Ivy ne pouvait se représenter d'autre avenir si elles restaient. Même les filles pieuses aussi innocentes que Ruby se retrouvaient avec quatre bébés et un mari sur les bras. Si la valeur d'un homme se jugeait à ses actes, les femmes, elles, devaient puiser dans leurs propres poches, toujours vides. Ruby avait payé une fortune à son vaurien de père. Que pouvait faire Hasil Day qu'il n'ait déjà fait pour affamer sa fille ? Il buvait tout ce qu'il gagnait, et il ne gagnait presque rien. Ruby et ses petites sœurs devaient aller cueillir du ginseng sauvage et le vendre à la foire 4-H pour mettre des pommes de terre et des carottes dans la cave. Ruby s'exposait aussi aux marques rouges de la canne de la vieille Mrs Frye pour gagner dix dollars de plus par mois en ramassant les poules mortes dans sa basse-cour. Si elle manquait une plume ou deux, c'était un coup assuré. Hasil avait confisqué la santé de Ruby, son cœur et sa fierté, et dès qu'elle aurait dix-huit ans, il s'empresserait de remettre le tout au mari de sa fille – à moins qu'elle et Ivy s'en aillent, et s'en aillent vite.

Mais pour l'heure, Ivy sentait Ruby s'éloigner d'elle, même pendant qu'elles échangeaient des murmures sous le saule pleureur de la station-service le dimanche matin. Lorsque Ruby fit une réaction sévère au sumac vénéneux après une nuit au ruisseau avec Flynn – une erreur de débutant qui prouvait qu'elle perdait la tête –

Ivy se rendit à sa cabane pour rappeler à son amie sa promesse de quitter la montagne pour de bon.

En passant la porte, elle ravala un rire. On aurait dit que Blanche-Neige était entrée avec son balai pour laisser un tas de pommes luisantes bien en évidence sur la table. Les reliefs des travaux journaliers de Hasil avaient disparu. Pas de barres de cuivre escamotées empilées dans la cheminée. Les centaines de clés sans serrure qui jonchaient d'habitude le sol avaient été rassemblées dans une boîte de conserve. Ce jour-là, Hasil avait nettoyé derrière lui, et ce n'était pas en l'honneur d'Ivy.

Briar, le dompteur d'orage, était venu en visite. Il était assis au chevet de Ruby, cette fable de foudre posée sur sa tête blonde telle une couronne. Ivy les observa du seuil.

C'était la première fois que Ruby était laide. Les plaies du sumac vénéneux creusaient son visage, ses lèvres étaient gercées comme une peau de sanglier. Même sa mère ne pouvait la regarder. Mais Briar la buvait des yeux. Son œil bleu plongeait en elle tandis que son œil blanc dérivait vers le ciel.

Les bras d'Ivy furent parcourus de chair de poule, et elle se moqua d'elle-même. Briar avait été décrété faiseur de miracles de la montagne, mais les histoires de magie n'avaient jamais impressionné Ivy. À ce moment-là, Briar s'employa à lui prouver qu'elle avait tort. Il versa la lotion à la sauge de sa mère dans le creux de ses mains et l'étala sur la peau hurlante de Ruby. Ses paumes glissèrent sur elle telle une hirondelle qui rase le ruisseau au matin. Puis il souffla sur son cou, un souffle si doux que Ruby gémit et ouvrit les yeux. Un grand froid parcourut la chambre malgré le soleil qui cognait par la fenêtre ouverte.

Et Ivy – malgré elle – aurait juré qu'elle avait senti une pointe de glace à la base de sa colonne vertébrale. Elle frissonna.

Lorsque Briar s'en fut, Ivy prit sa place au chevet de Ruby. Ruby se tourna vers elle, le visage rayonnant.

« Ton père. » La voix de Ruby, tout éraillée. « J'ai réfléchi. Peut-être qu'il y a pas eu qu'un seul miracle le soir où la foudre a frappé. Peut-être que Noble est parti pour de bon. »

L'estomac d'Ivy se serra. « Et maintenant on a plus besoin de partir. C'est ça ?

— J'ai pas dit ça.

— Pas besoin. Je le vois sur toi. »

Ce mot non dit – évasion – était de nouveau suspendu entre elles, remuant tel un poisson mort pris à son hameçon. Ruby entendit le désespoir dans la voix de son amie, tenta de l'apaiser.

« J'ai enfin relâché le souffle que j'avais retenu toute ma vie. » Elle poussa un soupir, extatique. « Je savais pas du tout.

— Tu savais pas quoi ?

— Je savais pas à quel point je brûlais d'être touchée par quelqu'un. *Sentie.* Tu n'as pas faim de ça, toi aussi ? »

Ivy ne sut répondre. Ce dont parlait Ruby semblait trop précieux pour être vrai. Elle ne se rendait pas compte que la pire chose chez un homme n'était pas sa malveillance. C'était sa douceur, qu'il utilisait pour obtenir ce qu'il voulait. Briar, Ivy le savait, était sur le point de prendre tout ce qu'avait Ruby – tout le bon, tout.

« C'est mieux que de partir, Ivy, dit Ruby. C'est la paix. »

Ivy laissa échapper un petit rire jaune.

« T'as pas besoin de me dire que ça paraît fou. » Ruby regarda Briar qui s'éloignait sur le chemin de terre par la fenêtre. « Je le sais bien. Mais je m'en fiche. »

Ivy n'avait pas ri parce qu'elle trouvait ça drôle. Elle n'avait même pas ri parce que c'était triste. Elle avait ri parce que, pour la première fois depuis qu'elle avait quitté l'enfance, elle était terrifiée.

Il ne fallut pas longtemps à l'histoire d'amour de Ruby et Briar pour occuper la poitrine d'Ivy comme une grippe estivale. Elle se flétrissait à mesure que la grandiloquence de Briar enflait avec la chaleur d'août. Dans six semaines, sa meilleure amie serait mariée, et les fiançailles de Briar et Ruby ne furent que le premier d'une centaine de deuils minuscules. Tandis que Ruby rêvait de robes blanches, Ivy fulminait. Le romantisme de Ruby l'avait trahie, et Ivy était déterminée à intervenir.

Le jour où Briar fit sa demande en mariage, Ivy se glissa à l'arrière du pick-up de son père pour se rendre au Saw-Whet. Il était revenu après trois jours d'absence, et personne ne lui avait demandé d'explication. Noble avait filé aussitôt au bas de la montagne pour gaspiller sa soirée à jouer à l'euchre à Teddy's Tavern, et Ivy s'était planquée sous une bâche à côté de la pioche dont il se servait dans les mines à ciel ouvert.

Elle aimait aller en ville. Autrefois, le parking entre la taverne et le motel était son meilleur allié lorsqu'elle attendait que son père ait terminé ses parties de cartes. Grâce à lui, elle récupérait un peu d'argent de poche, chaque semaine : elle convainquait des inconnus de lui acheter une glace à l'eau au Shop 'n Save et elle chipait quelques dollars dans leur portefeuille au passage.

Ce jour-là, Ivy voulait abandonner l'idée que Ruby allait devenir une jeune mariée à problèmes de la montagne. Au lieu de ça, elle rencontra l'homme qui allait lui faire connaître le même destin.

Ricky Reynolds la trouva à quatre pattes dans l'arrière-cour du Saw-Whet, où les bûcherons faisaient du trafic d'opiacés dans les vernonias. Il leur arrivait de laisser échapper un dollar par-ci, cinq cents par-là. Ivy avait les doigts sur une pièce de vingt-cinq cents lorsque quelqu'un se faufila derrière elle.

« Ah, c'est comme ça que j'aime voir les femmes, fit une voix. À genoux.

— Ça, c'est la parole d'un petit garçon qui a pas ce qu'il faut pour être un homme », répliqua-t-elle en se relevant pour lui faire face.

Ricky essaya de rire, aussi frêle qu'un matou pris dans une forte bourrasque. Il avait dit des mots qui appartenaient à un autre, une brute qui lui avait appris que le meilleur moyen de mettre le grappin sur une femme était de la rabaisser. Long et mince, Ricky se voûta, ses cheveux bruns bataillant contre le vent. La fumée de sa Marlboro allumée faisait un panache au-dessus de sa tête.

« Qu'est-ce que tu fais là ? demanda Ivy.

— Je suis venu chercher des torrents pour pêcher.

— Alors pourquoi tu le fais pas ?

— J'allais m'y mettre, dès que j'arriverai à m'orienter. » Ricky arborait un air triste et désœuvré et son désarroi manifeste inspira à Ivy une pitié qui lui donna le frisson.

Elle sourit. « Je vais te laisser vaquer à tes occupations, alors », dit-elle en se tournant lentement vers la montagne. Elle était consciente de la beauté de son profil dans le soleil de la fin d'après-midi.

« Viens pêcher avec moi. » Sa main effleura le creux de son poignet, puis il la retira. « Chercher des torrents.

— C'est une demande, ou un ordre ?

— Comme tu veux. » Ricky croisa les bras pour cacher les taches sous ses aisselles.

« T'es pas d'ici. » Ivy glissa la pièce dans sa poche et s'avança vers lui. « T'y connais rien aux coins de pêche.

— Justement, montre-moi. »

Ivy savourait ce moment avec tous les hommes qu'elle rencontrait. Les marées entre eux allaient se cabrer jusqu'à ce qu'il se retrouve à sa merci.

« Dis-moi la vérité, dit-elle. C'est pas vraiment de pêcher, que t'as envie avec moi, si ?

— Non, c'est vrai », dit-il, tout rouge et plein d'espoir. Ivy sut alors qu'elle le tenait.

Il l'emmena dans sa chambre au motel, et elle lui ordonna de retirer ses vêtements. Il s'allongea sur le dos, paumes en l'air, comme s'il avait quelque chose à offrir. Ivy souleva sa robe et le chevaucha vigoureusement. Elle n'en retira aucun plaisir. Elle le regardait droit dans les yeux tandis qu'il s'enfonçait bien profond en elle, s'agrippait à ses hanches et poussait de petits cris. Elle recourba sa lèvre avec morgue lorsqu'il jouit, et elle ne cligna pas des yeux, pas une fois. S'il y avait une chose que les hommes avec qui Ivy avait été savaient, qu'ils aient passé une nuit ou cent avec elle, c'était la suivante : elle était inoubliable.

Ricky était terrifié, il était pris, il était fervent, il était épuisé. Et aussi – il était plus vieux qu'il n'aurait dû l'être. Ivy n'avait pas encore dix-huit ans. Ricky en avait vingt-quatre, et aucun homme de loi, aucun père de famille n'aurait toléré ça s'ils l'avaient appris. Mais Ivy n'était pas une victime. Elle avait pitié de tous les garçons naïfs qui se croyaient capables de s'enfuir avec son cœur.

« Épouse-moi. S'il te plaît, dit Ricky, haletant.

— Non. » Elle refusa de le laisser l'embrasser sur la bouche.

Ce n'était pas une question d'amour. C'était une question de pouvoir. Et Ivy venait juste d'en récupérer un peu.

Le soir précédant le mariage de Ruby, Ivy gravita vers la ville à l'arrière du pick-up de son père pour la dernière fois. Le crépuscule avait gagné les bois et, à moins de huit cents mètres, Ruby grimpait la colline au pas de course pour tenter de convaincre Flynn d'assister à son mariage.

Laisse tomber, lui avait dit Ivy l'après-midi même. *Il viendra pas*.

Elle descendit à Trap le dos arqué contre le passage de roue du pick-up, serrant son collier serré contre sa poitrine. La pointe de flèche en silex noir, couverte d'une patine verdâtre, était suspendue à une chaînette grise.

Un joli petit collier pour un joli petit brin de fille, selon le bûcheron trapu qui le lui avait vendu dans la rue sur le côté du Saw-Whet. Ivy aimait le voir pendre juste au-dessus de son sternum, pointu et léger. Son père avait éclaté de rire en le remarquant à son cou.

« C'est un gadget, c'est tout. Qui tu crois que tu vas blesser avec ça ? » avait-il demandé en attrapant ses bottes à bout renforcé, et Ivy n'avait pensé qu'à un seul mot, en guise de réponse.

Toi.

Avec ou sans arme, Ivy savait se défendre. Les hommes de la montagne ne lui avaient pas fait de fleurs. Elle n'avait aucun besoin d'un chevalier en veste Carhartt. Non, elle voulait un fantôme.

Elle en trouva un par cette nuit étouffante, roulant au pas dans le parking qui séparait le Saw-Whet et Teddy's Tavern. Sa silhouette de diable se découpait sur le tableau de bord de son pick-up. Un garçon de la ville avec les yeux verts et les cheveux auburn. Lovett Quick avait le genre de nom dont Ivy rêvait dans son sommeil. Qu'on l'aime vite, violemment.

Ne vous y trompez pas – Ivy savait qu'il allait lui attirer des ennuis. Elle avait vu Lovett sortir en douce de la chambre 4B après que son père avait disparu chez Teddy's Tavern pour sa partie de cartes. Noble ne ressortirait pas, titubant, avant le dernier verre à 2 heures du matin, ce qui laissait des heures à Ivy pour s'amuser à sa façon.

Elle se lécha les lèvres. Le garçon de la grande ville naïf était un genre qu'elle n'avait pas encore essayé. Un montagnard ne se serait jamais habillé en cow-boy, et ce garçon ne faisait pas la différence. Son Stetson se soulevait, son Wrangler neuf faisait des plis raides, sa chemise à carreaux en flanelle était détrempée dans la chaleur. Lovett n'était pas de Trap, il débarquait d'ailleurs, l'endroit même où Ivy désirait tant aller.

« Salut, toi, lui lança-t-il par la portière de son pick-up.

— Mon nom, c'est Ivy, répondit-elle, posant ses poings sur ses hanches. C'est quoi, ces manières ? »

Lovett siffla, et Ivy fit semblant de ne pas entendre. Elle le laissa sourire le premier, se présenter. Ensuite, elle s'approcha de la fenêtre de la Silverado d'un pas décidé, prit la cigarette de Lovett de ses doigts, et aspira une longue bouffée.

Lovett Quick avait des cils longs comme le jour. Il caressa l'extérieur de sa portière, et Ivy passa un doigt sur la peinture blanche luisante du pick-up. Elle ne sentit pas une poussière. Ça, c'était un homme qui savait prendre soin de ce qu'il aimait, se dit-elle.

« Salut. » Elle tira une nouvelle fois sur la cigarette et la replaça dans la main de Lovett. La Silverado vibrait dans la chaleur. « Tu crois que tu pourrais déposer une fille ? »

Une fille : Ivy savait le devenir quand il s'agissait de demander ce qu'elle voulait.

« Ça dépend », dit Lovett. Il avait une voix délicate et malsaine, comme la ballade lugubre que Harper aimait jouer sur son violon.

« De quoi ?

— D'où tu veux aller. »

N'importe où, pensa-t-elle. *N'importe où sauf ici.*

Ivy ne désirait aucun homme autant qu'elle désirait une occasion de s'échapper. Ruby était incapable de voir le nœud coulant qu'elle était en train de leur passer au cou, à toutes les deux. Ivy ne connaissait qu'un remède susceptible de dissiper cette illusion, et c'était la douleur. Encore une leçon de sa grand-mère. *La souffrance est ta seule amie*, lui avait dit Harper. *Parce qu'elle ment pas.*

Ivy sut alors ce qu'elle voulait de Lovett. Elle voulait qu'il trouve Ruby sur cette route paumée qui menait aux crêtes. Elle voulait qu'il ralentisse suffisamment pour que Ruby puisse voir Ivy arriver, debout, effrontée, à l'arrière du pick-up métallisé. Elle voulait que Ruby entende son rire s'élever vers le ciel tandis qu'elle filait vers les sommets en l'abandonnant derrière elle.

Ruby était sur le point de prendre la plus mauvaise décision de sa vie en épousant Briar, et Ivy voulait la voir ployer sous son fardeau. Elle voulait que Ruby sente le goût de sa liberté à elle, Ivy, elle voulait qu'elle l'envie.

« Passe devant mon amie qui est en train de marcher sur la route de montagne cachée », dit Ivy à Lovett. Ruby était forcément en train de dévaler la colline à présent, imprudente et déchaînée après avoir parlé avec Flynn. « Pour qu'elle voie comme on s'éclate. »

Lovett hésita.

Il serra sa cigarette entre ses dents. « Elle est jolie ? »

Ivy le fusilla du regard sans répondre.

Il secoua sa cendre et poussa un soupir. « Ça fait une trotte, et je connais pas le chemin.

— Je te montrerai, si t'arrives à suivre. »

Il rit et jeta sa cigarette sur le goudron. Le mégot rougeoya avant de s'étouffer.

« Monte à l'arrière », dit-il.

À la minute où elle grimpa à l'arrière de la Silverado de Lovett Quick, Ivy sut qu'elle avait fait une erreur. La lune était pendue comme une faux dans le ciel, avec sa beauté mortelle, celle qu'Ivy préférait. *La beauté tue*, aimait dire Harper. *Ou elle se fait tuer.*

Ivy orienta Lovett sur un sentier secret grimpant vers les crêtes. Ces montagnes, qui s'étalaient en hauteur comme des geysers minéraux, dépassaient des arbres, au loin. Au-dessus de leurs têtes, la nuit débordait de lucioles. Les étrangers n'avaient jamais été les bienvenus si au nord, mais Ivy se fichait complètement de la tradition. Elle aurait donné n'importe quoi pour la voir s'étioler et mourir. Déjà la nuit gagnait avec son accent insolite tandis que le soleil finissait sa descente, et la lune n'était pas plus large qu'une lame.

Ivy s'était dit qu'elle éprouverait un frisson urgent et fatal à rouler à l'arrière du pick-up d'un inconnu avec le vent qui lui fouetterait les cheveux. Au lieu de ça, elle sentit une panique sourde se nicher dans sa gorge. Ses collines lui paraissaient glacées en cet instant, distantes. Tandis que Lovett se démenait avec les virages en épingle à cheveux et que son véhicule grimpait dans les hauteurs, Ivy tenta de se poser dans l'acier frais de la carrosserie en regardant les étoiles se brouiller dans le ciel.

À sa gauche, Ivy remarqua ce qu'elle n'aurait pu voir si Lovett l'avait invitée à monter sur le siège passager.

Une boîte d'accessoires de pêche.

La plupart des hommes de la montagne en avaient une dans leur pick-up, mais celle de Lovett était un musée. Lorsqu'elle souleva le couvercle, Ivy trouva une parure différente dans chaque compartiment. Le premier contenait des boucles d'oreilles dépareillées – perles et anneaux d'or. Le suivant, des bracelets scintillants. Le troisième, des pendentifs de colliers en platine et une bague d'opale. Comme quelqu'un qui enferme des papillons dans un bocal, Lovett était en quête de jolies choses à collectionner.

Ivy se cramponna à son collier. Elle savait qu'elle était en danger, et Ruby aussi. Pour la première fois de sa vie, elle regretta d'avoir un jour osé rêver de ce qui s'étendait au-delà de sa montagne.

La Silverado était encore à trois kilomètres de la route de Ruby lorsque Ivy décida d'agir. Dès que le pick-up ralentit dans un virage, elle sauta par-dessus bord. Lovett s'arrêta dans un crissement de pneus, et Ivy piqua un sprint vers les frênes blancs en lisière des bois. Elle entendit Lovett descendre d'un bond et claquer sa portière. Puis elle dérapa dans les fourrés. Juste derrière elle, Lovett enroula ses bras autour de sa taille et la tira contre sa poitrine d'un coup sec.

« Pas forcé que ça se passe comme ça », dit-il.

Mais ça se passa comme ça. Ses muscles se gonflaient contre le dos d'Ivy, qui se prépara. Plus longtemps elle parvenait à le retarder, plus Ruby avait de chances d'arriver jusque chez elle. Ivy arracha son pendentif de sa chaînette et frappa derrière elle avec, à l'aveuglette. La pointe de flèche pénétra dans le lobe de l'oreille droite de Lovett, qui se fendit en deux.

Du sang dégoulina dans son cou. Lovett hurla et lui arracha son arme. La jeta dans les arbres. Après quoi il prit Ivy par les poignets. Ivy n'était pas du genre à prier, mais elle pria. *Je t'en prie, Dieu. Fais qu'il me laisse dans les bois.*

La grâce la plus triste de la vie d'Ivy : Dieu écouta. Lovett l'abandonna dans le fossé en bord de route. Le moteur de la Silverado gronda. Le son s'évanouit tandis que le pick-up repartait vers le nord. Ivy éprouva du soulagement, elle éprouva de la panique. Elle était en sécurité, pour l'instant, mais Ruby non.

Quelques minutes plus tard, une voiture approcha. Ivy resta allongée, priant que ce soit un inconnu qui ne remarquerait pas les marques de pneus de la Silverado. Elle s'enorgueillissait autrefois de sa capacité de conquête, mais là, elle ne pouvait gagner. Si Lovett était revenu, l'enfer était pour maintenant. Si quelqu'un d'autre la retrouvait, l'enfer était pour demain, quand Noble apprendrait qu'elle était sortie de nuit.

Le moteur vrombit, puis se coupa.

Lovett était revenu la chercher – elle le sentit. Ivy tenta de hurler, mais aucun son ne sortit de sa bouche. Elle ne vit pas l'homme qui la souleva par les aisselles pour la sortir de la boue. Ils arrivèrent à une Impala, et l'homme jeta Ivy sur le siège passager et descendit la montagne à toute vitesse sans mettre les phares. La faible lueur de la lune éclaira sa silhouette frêle et ébouriffée.

Ricky. Il lui jeta un bref regard, puis garda les yeux sur la route. Une fois qu'il eut rejoint les lampadaires ternes de Trap, Ivy se mit à crier.

« Fais demi-tour ! Ruby est là-haut ! »

Mais Ricky refusa. Il se gara devant le motel.

« Je suis pas un héros », dit-il.

Ivy lui flanqua une gifle. Elle n'avait jamais été si soulagée qu'on vienne à son secours, et elle ne le lui pardonnerait jamais non plus.

« Tu me suivais, dit-elle d'une voix rauque.

— T'as de la chance que je t'aie suivie. » Ricky esquissa le geste de toucher sa joue mais se ravisa.

« Faut que t'y retournes.

— Je vais appeler les flics », proposa-t-il.

Ivy secoua la tête. Il faudrait près d'une heure pour que les voitures de patrouille arrivent du chef-lieu, et une fois sur place, ils préviendraient le père de Ruby. Si Hasil Day apprenait que sa fille était sortie en pleine nuit, il allait l'humilier devant toute la montagne.

Tandis que Ricky rentrait dans sa chambre au motel, Ivy fit les cent pas dans le parking désert. Son père jouait toujours aux cartes chez Teddy's Tavern, et il en avait encore pour deux heures. Jamais Ivy n'avait été aussi retournée par l'effroi. Elle avait envie de hurler jusqu'à ce qu'elle eût réveillé toute la ville.

En définitive, elle le savait, ce qui grimpait sur la montagne finirait par en retomber. Lovett reviendrait à Trap, et Lovett repartirait. Il n'avait pas de raison de rester et le voir partir ne la dérangeait pas. La vengeance n'avait pas traversé son esprit. Car à présent Ivy ne désirait qu'une chose, se remettre du côté de Ruby. Elle s'en voulait d'en avoir jamais bougé. Alors elle fit ce qu'elle avait toujours fait, la seule possibilité qui lui apparaisse – elle monta à l'arrière du pick-up de son père et se cacha sous la bâche. Une heure et demie plus tard, celui-ci sortit du bar d'un pas chancelant et remonta la route sinueuse de la montagne.

Lorsque Noble ralentit pour prendre un virage en épingle à moins de cinq mètres du chemin de terre de Ruby, Ivy retint son souffle, ferma les yeux, et se jeta une nouvelle fois dans le fossé.

Elle courut vers Ruby. Il était encore tôt, le ciel retenait encore des nuances de nuit. D'un jour à l'autre, Ivy s'était changée en un type de femme de la montagne qu'elle ne connaissait pas encore, le genre de femme chargée d'une fureur assez impérieuse pour battre le petit matin à la course. Les herbes hautes lui fouettaient les cuisses tandis qu'elle régulait l'allure de son sprint. *Encore un peu plus loin*, se murmurait-elle. *Juste un peu plus*. Le désir de voir son amie lui faisait mal dans tout le corps.

Les nuages bas matinaux étaient assez denses pour empêcher le soleil de réveiller le père de Ruby, mais Ivy ne voulait pas courir le risque. Elle traversa le buisson de houx en contrebas qui courait autour de la cabane pour rejoindre la fenêtre de la chambre de Ruby, à l'arrière. Elle tapota à la vitre, et le visage de Ruby apparut, encadré de sang. Inondée de soulagement, Ivy se rappela que c'était le jour du mariage de son amie.

« Comment t'as su ? » Ruby pouvait à peine parler. Elle souleva la fenêtre à guillotine. Une ecchymose bleuissait sa peau juste au-dessus de la clavicule.

« Chut », dit Ivy une fois qu'elle se fut hissée à l'intérieur. Elle prit un bout de tissu sur la table de chevet et tamponna le visage de Ruby. « Tes sœurs vont nous entendre. »

La chambre de Ruby était encombrée de trois lits superposés pour les sept sœurs, et les deux jeunes femmes n'avaient pas d'espace pour parler. Elles se tassèrent dans le placard et s'assirent, genou contre genou, dos contre le mur. Au-dessus d'elles, la robe de mariée de Ruby était suspendue à un tuyau en acier – six mètres de mousseline blanche. Sur le mur du fond, elle avait aussi collé des images qu'elle avait découpées dans le stock de *Seventeen* d'Ivy – des photos de robes et de petits hauts courts, de bracelets tressés et de serre-têtes fantaisie – toutes les choses qui avaient plu à Ivy, et que Ruby espérait lui confectionner. Une vieille couverture recouvrait une cavité dans le sol.

« Ivy, dit Ruby dans la pénombre. Un homme m'a trouvée. »

Elle n'avait pas besoin d'en dire plus. Ruby et Ivy avaient entendu ce genre de paraboles en guise d'initiation glaçante à la féminité, des histoires que leur révélaient leurs pères. *Une bite dure n'a pas de conscience*, c'est ainsi que Hasil avait mis en garde Ruby pour son treizième anniversaire, en guise de cadeau.

« J'ai jamais voulu d'une histoire comme ça. » La voix de Ruby se brisa.

Ivy n'avait pas de réponse.

« Tu sais ce que c'est, le pire ? » Ruby posa son menton sur la croûte de son genou. « Mon père avait raison. Rien de bon n'arrive à une fille après minuit. »

Ivy ne demanda pas ce qui s'était passé. Elle ne demanda pas si Ruby allait bien. Elle ne posa qu'une seule question – comment Ruby s'était enfuie.

La Silverado l'avait chassée de la route, et le chauffeur avait ouvert violemment la portière. Celle-ci avait cogné Ruby à la tête, et elle était tombée dans le fossé. Elle avait chancelé, trop étourdie pour se tenir debout. L'homme était descendu du pick-up et s'était accroupi au-dessus d'elle. Ruby avait cherché à attraper son couteau, mais l'homme avait plongé son genou dans la peau tendre au-dessus de son cœur en lui arrachant son arme, et il l'avait jetée à l'arrière de son véhicule. Il avait un lobe d'oreille fendu en deux.

Ruby ne savait pas combien de temps s'était écoulé avant que les phares d'une autre voiture éclairent les sapins au loin. L'homme s'était caché à l'ombre de son pick-up, et Ruby s'était enfuie.

Elle aurait pu faire signe à la voiture et demander de l'aide. Mais Ruby savait que le chauffeur la ramènerait à son père, et elle savait ce qu'il aurait dit : *Il n'y a qu'un genre de fille qui traîne dehors si tard la nuit.*

C'était un choix impossible – mourir une mort unique, ou mourir mille morts toujours renouvelées chaque fois que son père poserait les yeux sur elle. Elle refusait de lui donner cette satisfaction.

L'atmosphère du placard était lourde. Ruby se résigna au silence. Ivy aurait dû parler à ce moment-là, avouer à Ruby qu'elle avait conduit Lovett jusqu'à elle. Elle ouvrit la bouche, mais les mots ne sortirent pas.

Avant cette nuit-là dans la Silverado, Ivy était convaincue que la vérité n'était pas difficile à dire. Il était plus dur de vivre un mensonge, et les mensonges, c'était tout ce que connaissaient les femmes de sa montagne – comment se soumettre à leurs maris, avaler leur vomi et leur servir une deuxième part de gâteau le dimanche après-midi. Elle jurait qu'elle n'en ferait jamais partie, pas plus que Ruby. Mais désormais, le monde s'était révélé dans toute sa cruauté. Recroquevillée dans le placard avec son amie, Ivy redouta que ce mensonge soit tout ce qu'il lui restait.

Elle ne put se retenir. « Tu n'es pas obligée de l'épouser, Ruby.

— Mais si. »

Ivy eut envie de la secouer. « Pourquoi ? murmura-t-elle. Il n'y a rien pour nous ici. Ces hommes sont tous pareils. On pourrait quitter tout ça. S'évader. »

Lasse, Ruby poussa un petit rire. Derrière la porte de la chambre, un bébé vagit. La mère de Ruby remua.

« Tu devrais y aller, Ivy. » Les mains de Ruby étaient posées à ses côtés.

Ivy secoua la tête. « Ça dérangera pas ta mère, si j'ai dormi là.

— Non. Tu devrais quitter la montagne, je veux dire. Me laisser là. »

Ces mots, des couteaux dans le dos d'Ivy.

Ruby appuya la tête contre le mur, ferma les yeux. « J'ai pas la force pour ça. Je crois pas que je l'aie jamais eue.

— Écoute-moi, dit Ivy. Notre force, elle est dans l'amour que j'ai pour toi et l'amour que t'as pour moi. C'est pas parce que tu restes ici que t'es faible. D'accord ? »

Ruby hocha la tête. Le plancher craqua sous le poids mou de Hasil qui mettait ses bottes dans la pièce voisine.

« Si tu veux rester, alors on reste », dit Ivy.

Avant que Ruby puisse protester, Ivy traversa la chambre sur la pointe des pieds et sortit par la fenêtre. Puis elle courut jusque chez elle pour se nettoyer de la nuit qui venait de s'écouler. Une fois que sa peau serait propre, si ce n'était sa conscience, elle se débrouillerait pour se faire déposer en ville, où elle trouverait son trouillard de Ricky, et accepterait de l'épouser. Ainsi elle rejoindrait son amie.

Plus jamais Ivy ne l'abandonnerait.

Ruby et Ivy se marièrent toutes deux en automne. Elles restaient collées à leurs hommes, s'apercevaient d'un banc à l'autre dans la station-service, et soupiraient comme des fantômes. Ivy se demandait comment elles avaient pu devenir si vieilles en l'espace d'un mois. Les feuilles n'étaient pas encore tombées des arbres, et tout ce que ressentait Ivy, c'était l'hiver dans sa poitrine.

La moindre de ses pensées était tournée vers Ruby. À tel point qu'elle ne pouvait voir que son mari transi la gâtait tant et plus. Ses bouquets de crocus se desséchaient, sans eau, les mots d'amour pastel qu'il lui laissait restaient dans leur enveloppe, sans être lus. Ricky l'accompagnait même à l'église, alors qu'il n'aimait pas tellement ça. Jésus, disait-il, ne pourrait jamais le faire planer autant que le Percocet.

Depuis leur nuit dans l'Impala, Ivy s'était éprise du héros qu'était Ricky, sans cesser de le haïr pour le héros qu'il n'était pas. Les deux sentiments s'affrontaient en elle. La seule façon dont elle pouvait témoigner de l'affection à son mari était le sexe, à cru et à corps perdu. Ils faisaient l'amour partout sauf dans leur lit – Ivy se hissait sur le plan de travail de la kitchenette de leur mobile home, Ricky la pénétrait contre le siège arrière de l'Impala, ils se roulaient dans l'herbe sèche de leur jardin. Le sexe disait ce que la bouche d'Ivy ne parvenait pas à exprimer : *Ça ne sera jamais assez.*

Le moindre geste de Ruby était empreint de nervosité désormais. Elle frottait les chemises de Briar deux fois plus longtemps que nécessaire, passant et repassant les doigts sur la planche à laver jusqu'à se faire saigner. Elle défaisait des ourlets entiers de ses jupes, juste pour les recoudre, et ses robes arc-en-ciel commencèrent à se faner. Elle se mit à fabriquer du savon, puis doubla encore sa production. Ivy arrachait même ses propres boutons pour occuper les mains de Ruby. Ruby ne voyait personne, n'allait nulle part, sauf le dimanche. Chaque fois qu'Ivy surprenait son regard vide vers les crêtes, ses remords menaçaient de la submerger. Intérieurement, Ruby s'envolait vers des zones lugubres, laissant Ivy se demander quand – et si – elle reviendrait.

Ivy savait qu'elle devrait dire la vérité à Ruby sur la nuit dans la Silverado. Mais cette vérité ne libérerait pas son amie. Elle lui coûterait. Si elle perdait Ruby, se disait Ivy, elle mourrait. Elle ne pouvait pas survivre seule à l'existence montagnarde. Le problème était qu'Ivy ne pouvait être sûre que Ruby allait survivre à ce qui la hantait, non plus. Lorsque les mains de Ruby s'attardaient assez longtemps sur une vitre couverte de givre ou au-dessus d'un feu crépitant pour oublier toute sensation, Ivy redoutait de perdre son amie, malgré tout.

Trois années s'écoulèrent lentement, puis vite, pleines de journées insignifiantes qui semblaient ne jamais finir. La grand-mère d'Ivy, Harper, mourut le jour où Ivy entra en phase de travail pour son premier-né, et elle ne put distinguer la douleur de la perdre de la souffrance de l'accouchement. Lorsque le médecin de la clinique lui eut donné Bobby en la félicitant, elle eut envie d'éclater de rire. La féliciter pour quoi ? La vie qu'elle aurait le privilège de gâcher et de détruire ? Elle n'éprouvait aucune joie. Elle avait seulement la sensation très nette que Bobby appartenait à quelqu'un d'autre. Même son prénom – *Bobby* – aurait pu venir de n'importe où. Une autre femme, Ivy le savait, aurait pu bien mieux s'occuper de lui. Elle ne savait pas si le vrai père de Bobby était Flynn ou Ricky, et elle ne parvenait pas à en éprouver suffisamment de honte pour prendre le risque de briser le cœur de son mari. Tout ce que savait Ivy : elle n'était pas apte à la maternité, même si c'était tout ce qu'elle avait.

Ruby n'avait pas ressenti la même chose. La naissance de Wren la remit à flot, un miracle pour lequel Ivy remercia Dieu. Jamais Ivy n'avait vu un bébé aussi beau que Wren, avec son teint rose et ses yeux clairs comme ceux de son père.

Ruby ne devait pas porter d'autre enfant après le premier. Elle n'aimait pas le sexe, une autre tristesse qu'Ivy se reprochait. Ricky demeurait la seule personne à savoir qu'Ivy avait conduit Lovett dans la montagne, et cette intimité malvenue la révulsait. Il l'avait vue à son pire moment, pourtant il la voulait quand même. Ivy n'avait pas de raison de se fier à une loyauté si profonde de la part d'un homme. Soit c'était un imbécile, soit il attendait le bon moment pour utiliser son secret contre elle, ce que Ricky ne fit jamais. Il aimait Ivy et avait pitié d'elle, pas autant il est vrai qu'il avait pitié de lui-même.

Elle ne pouvait dire à Ricky qu'elle ne voulait pas de leur deuxième enfant. Il n'aurait pas compris. Ricky croyait que les bébés n'étaient que gazouillis et câlins : de petites bénédictions qui apprenaient d'elles-mêmes à faire leurs nuits et à pisser dans les toilettes. Ivy connaissait la douleur immense de mettre un enfant au monde, et celle-ci n'avait rien à voir avec l'accouchement. Elle tenait à la pauvreté du choix : soit Ivy donnerait naissance à un homme, soit elle aurait une fille qui grandirait pour en servir un. *Il y a pas d'entre-deux*, comme lui avait dit un jour Ruby, quand elles avaient envisagé de quitter leurs collines. Ivy savait que son cœur n'avait plus rien à donner. La maternité fit monter une bourrasque solitaire dans ses entrailles, et elle n'osait pas aborder son malheur avec la seule personne qui aurait pu l'aider à le supporter.

En fin de compte, ce n'était pas nécessaire. Ruby sentait le désespoir de son amie à un kilomètre, de même que les limiers savent repérer les signaux d'une vie cachée sur le flanc de la montagne après une tempête de neige. Ivy, par chance, était la chose même dont Ruby avait besoin pour revivre.

Ce fut elle qui eut l'idée de donner le bébé à Flynn, elle qui conçut le plan permettant de laisser Ricky et Briar dans l'ignorance. Des deux, Ivy avait toujours été la conspiratrice, mais l'amour de Ruby pour son amie réveilla chez elle un instinct primitif. Elle savait ce dont Ivy avait besoin, même quand celle-ci l'ignorait.

« T'es pas obligée de le garder », ce fut tout ce que dit Ruby un matin tandis qu'elles se tenaient côte à côte au bord de la falaise. Ensemble, elles contemplaient les plaines couleur lavande.

Derrière elles, Wren et Bobby comptaient à tour de rôle les pas jusqu'au cabanon à serpents. Ils se lançaient des défis – qui parviendrait à aller le plus loin dans le brouillard. *Cinq pas, six pas, sept pas, huit.* La brume évoquait une atmosphère de sorcellerie. Ivy sentit la possibilité d'un changement, guidée par la main prudente de Ruby.

Ce ne fut qu'après coup qu'Ivy put voir à quel point Ruby avait bien arrangé les choses pour elle, et aussi pour Flynn, en organisant cet échange. Ça paraissait plutôt simple. Ivy accoucherait du bébé, puis elle le donnerait. Flynn aurait quelqu'un à aimer – une absolution pour Bobby, dont seule Ivy savait qu'il était peut-être son fils. De cette façon, Ruby accomplit sans le savoir un miracle, elle aussi, en réparant deux cœurs en un seul acte. Ivy repensa à l'époque où elles jouaient à chat sous le saule de la station-service, élaborant des stratagèmes pour tenir plus longtemps que les garçons qui les encerclaient. En ce temps, cela semblait facile d'échapper à ces limites, tandis qu'à présent cela paraissait impossible.

Ivy accoucha la nuit suivant la mort de Sherrod. Elle commença à avoir des contractions alors que le soleil descendait derrière les paulownias. Wren s'était endormie au pied du lit de Ruby, et il n'y avait pas moyen de faire sortir Briar de la maison. Le soupçon le prenait plus vite qu'une morsure de serpent. Leur seule issue serait que Ruby s'échappe avec le nourrisson au milieu de la nuit.

« Ça va être dur, prévint Ruby, prenant la main de son amie. Mais t'en fais pas. J'ai souvent aidé ma mère à accoucher. Tu peux pas faire un bruit. »

La douleur était déjà assez intense pour la faire taire. Ivy hocha la tête. « Faut que tu t'en ailles, aussitôt que le bébé pleure. »

Ruby lui déposa un baiser sur la main et espéra que Briar dormirait à poings fermés. La lune n'était qu'un fragment de sa totalité. Les renards restaient dans leurs tanières. Ruby y vit une bénédiction, de même que le bref travail de son amie. Lorsque vint le moment, Ivy se leva, agrippa le barreau du lit de la chambre minuscule de Wren, et poussa de toutes ses forces.

« Encore un garçon », dit Ruby lorsque le bébé sortit. Il était rose, bleu et rouge, un épi bien raide pointant déjà sur le sommet de son crâne.

« Tu veux le voir ? demanda Ruby une fois qu'elle eut terminé de nettoyer le bébé et la mère.

— Non, dit Ivy, se laissant tomber sur le matelas. Vas-y maintenant. »

Ruby emmaillota étroitement le bébé puis grimpa chez Flynn pour lui demander d'adopter l'enfant. Pendant son absence, Ivy attendit, incapable de fermer l'œil.

Elle n'aurait pu se préparer à la douleur immense d'abandonner un bébé. Rassurée à l'idée que son deuxième-né aurait une meilleure vie auprès de Flynn qu'auprès d'elle, elle n'avait pas pris le temps d'envisager le choc. Elle ne regrettait rien, mais le deuil l'écrasait. Ses seins éclataient de lait pour une bouche qu'elle ne pourrait nourrir, et son ventre se contractait comme s'il voulait reprendre l'enfant qu'il avait libéré. Elle aurait encore trois garçons avant le jour de sa mort, et elle les garderait tous.

Ivy s'endormit d'un sommeil entrecoupé, puis se réveilla seule dans la chambre de Wren. Lorsque Ruby revint avec son panier de linge vide, elle chuchota à Briar que le bébé était mort. Ivy alla dans le couloir pour les écouter. Elle entrouvrit la porte, et un triangle de lumière se répandit sur ses cuisses nues. Le mensonge sur les lèvres de Ruby était doux, miséricordieux. Une mélodie, si Ivy en avait jamais entendu une.

Ivy tenta de calmer sa respiration. Puis Briar parla.

« Ça vaut mieux comme ça. » Il ne prit pas la peine de baisser la voix. « Tu sais qu'elle est pas faite pour ça. »

Les mots auraient pu mettre Ivy à genoux, si elle s'était souciée de ce que pensait Briar. Elle attendit la réponse de Ruby.

« Pas faite pour quoi ? Être mère ? Mais personne l'est, Briar. »

La vérité, c'était que Ruby, comme Ivy, n'avait plus rien à donner. Elles étaient vidées, toutes les deux – par ce qui s'était passé la nuit où la Silverado avait grimpé la montagne ou par la vie elle-même, Ivy n'aurait su le dire. Mais elle savait que Ruby avait déployé toute la force qu'il lui restait pour son amie, et que désormais, il n'en restait plus.

Treize ans s'écoulèrent avant qu'Ivy ne revoie Sonny. Elle ne comptait pas les années. Elle comptait les lignes de vie. Trois fils de plus, venus au monde. Un père, mort. Ivy n'assista pas à l'enterrement. Elle et Ruby s'en tenaient à leur sacrement quotidien – Ivy grimpait la colline de Ruby, l'implorait de sortir de la maison. Rentrait chez elle avant la nuit. Le rythme avait une montée et une descente naturelles, le souffle que Ruby et Ivy prenaient à l'unisson.

Les amies vieillissaient, mais pas leur amitié. Elle se para d'une distance brûlante, statique – non parce que Ruby et Ivy étaient distantes l'une envers l'autre, mais parce que Ruby était distante envers elle-même. Ivy ne parvenait pas à comprendre comment Briar ne s'en apercevait pas. Elle aurait adoré être aussi aveugle que lui. Elle aurait rêvé trouver ce genre de distance vis-à-vis d'elle-même, même si elle semblait déchiqueter Ruby. Le secret que gardait Ivy était un animal de compagnie encombrant, qu'il lui fallait soigner, et nourrir. Chaque fois qu'elle passait devant le parking vide du Saw-Whet en voiture, Ivy cherchait des yeux une Silverado blanche – mais elle ne la vit jamais. Elle se surprit à rechercher le tintamarre, à fuir le silence. Toujours, la voix affligée de Ruby la suivait.

La veille du jour où elle prit feu, Ivy tomba malade. Ça commença par une série de vertiges, tous pires que le précédent. Puis vint une éruption de boutons de chaleur qui recouvrit sa poitrine et son dos. Elle vomit, reprit son équilibre. Consulta le calendrier qu'elle gardait dans le tiroir de sa table de chevet.

Elle compta les jours – *trente-trois, trente-quatre, trente-cinq*. Un poids familier se nichait au niveau de son nombril, lui apprenant ce qu'elle croyait déjà savoir.

Ivy était enceinte.

Elle oublia sa promesse de retrouver Ruby et Wren ce matin-là – ce qui n'était jamais arrivé. Au lieu de ça, elle laissa ses fils avec Ricky et descendit la montagne en quatrième vitesse. Au Shop 'n Save, elle vola un test de grossesse. L'intérieur de sa Pontiac était étouffant lorsqu'elle s'assit à l'arrière pour attendre le résultat.

Au bout de la rue, elle remarqua la Tacoma de Flynn garée devant Teddy's Tavern. Elle le regarda décharger quelques caisses de *moonshine* et les rentrer dans l'établissement par la porte de derrière. Sonny se tenait debout à l'arrière du pick-up, balayant la poussière du véhicule dans la rue. Son cœur se fendit : son bébé était devenu un jeune homme fort. Flynn avait réussi ça. Et, en un sens, elle aussi.

Elle baissa les yeux sur le test, tenta de deviner la vérité. Était-ce un trait qu'elle voyait – cette ligne d'horizon rose très pâle ? Elle regarda de nouveau et ne vit rien, comme si son corps ne s'était pas encore décidé.

La vérité, Ivy la ressentit à ce moment-là. Elle ne voulait pas d'autre enfant. Elle ne voulait pas non plus donner encore un bébé à adopter. Elle ouvrit la portière arrière de la Pontiac et se laissa tomber dehors avant de vomir dans l'herbe. Puis elle leva les yeux, et le soleil éclatant la fit battre des paupières. Une ombre douce se déplaça. Ivy s'essuya le coin de la bouche et cligna de nouveau des yeux. Sa vision passa de noir à gris, puis la lumière revint. Sur quoi elle vit Sonny Sherrod qui lui rendait son regard.

« M'dame, dit-il en lui touchant le coude. Ça va ? »

Il aida Ivy à se relever. Une force gravitationnelle saisissante s'étira entre eux lorsque Ivy pénétra dans l'orbite de Sonny. Elle se sentit tourner sur elle-même, incapable de s'arrêter.

« Madame, réessaya Sonny. Ça va aller ? »

Elle hocha la tête et s'enferma dans sa voiture. Et repartit vers chez elle, Sonny tel un soleil lointain dans son rétroviseur, tandis qu'elle rêvait d'une méthode pour guérir une plaie sans en ouvrir une autre.

Plus tard dans la soirée, Ivy rédigea la plus longue lettre qu'elle eût jamais écrite à sa meilleure amie.

Ma confession, marqua-t-elle sur l'enveloppe. Elle la rangea dans le tiroir de sa table de chevet et se promit de trouver un jour la force de la donner à Ruby.

Dans cette lettre, Ivy révélait tout ce qu'elle n'avait pas eu le courage de dire quand elles n'avaient que dix-sept ans et qu'elles brûlaient d'abandonner leur montagne. Elle avouait qu'elle avait conduit Lovett à Ruby par cette terrible nuit, et qu'elle n'avait jamais voulu prendre le risque de perdre son amie en lui disant la vérité. Ivy n'accusait jamais Lovett autant qu'elle s'accusait elle-même. Elle ne pouvait faire preuve d'aucune clémence envers elle-même. Personne n'en avait jamais fait preuve à son égard.

Je suis désolée, écrivit Ivy à la fin de la lettre. *Je suis tellement désolée.*

Le lendemain matin, Ivy se leva avant l'aube, se sentant plus malade que ça ne lui était arrivé de toute sa vie. Sa respiration sifflait, elle grelottait et tenta en vain d'apaiser les petits boutons qui la brûlaient sur tout le corps avec du baume à la cire d'abeille et au suif. Même une épaisse couche d'onguent ne calmait pas les démangeaisons. Elle et ses fils marchèrent jusqu'à la cabane de Ruby dans la brume, et lorsqu'elle vit le visage de Ruby penché au-dessus du brasero, elle eut tellement hâte de tomber dans les bras de son amie, de déposer son fardeau solitaire, qu'elle se prit les pieds dans sa robe et trouva le feu à la place.

Les mots qu'elle aurait voulu prononcer résonnaient dans sa tête tandis que le brasier prenait autour d'elle ; les crêtes au loin rougeoyaient tel le soleil.

On aurait dû s'enfuir le jour où Briar a été frappé par la foudre, Ruby. On aurait dû partir et ne jamais se retourner.

Chère Wren,

Il faut que je te dise…

La seule légende qui ait jamais eu la moindre importance, c'était la nôtre.

QUATRIÈME PARTIE

FIN DE LA LÉGENDE

RESTE

On raconte que Moïse s'est un jour perdu sur une montagne sacrée, pratiquement pareil que mon père après que la foudre l'a frappé. Moïse a tenu quarante jours et quarante nuits. Mon père est resté caché pendant seize ans, jusqu'au jour où sa femme a été mordue. Il n'a alors fallu que trois jours pour que pourrisse sa vie de prophète.

Une fois la mort de ma mère annoncée par les journaux locaux, mon père ne pouvait plus se cacher. Sa femme avait maintenant un certificat de décès, en plus d'un certificat de mariage, et les deux étaient à son nom. Mais ce n'était pas tout. Les fidèles de Briar Bird s'étaient retournés contre lui. Après des années de silence, les gardiens de son secret se sont mis à parler.

Les récits de ce qui s'était passé à l'enterrement d'Ivy ont fuité dans la montagne telle de l'eau à travers un tamis. « UN CÉLÈBRE MANIPULATEUR DE SERPENTS ASSASSINE SA FEMME », disait un titre. Ou encore : « UNE FEMME TUÉE PAR LE SERPENT DE SON MARI ». Je n'en avais jamais assez. Lorsque ma mère avait épousé Œil-Blanc, elle avait donné sa vie pour sa légende. Ça l'avait transformée en fantôme. Ruby Day n'était rien de plus qu'un souvenir, ce même avant sa mort.

Voir son nom imprimé la ramenait à la vie d'une manière que mon père n'avait jamais permise. Elle avait toujours été chair, pour moi, mais à présent, elle était encre et papier – un poids que pouvait soulever n'importe quel quidam. J'avais le sentiment de la découvrir. Celui de la perdre à nouveau, aussi.

Aucun des articles ne mentionnait de fille. J'avais mené l'existence d'un fantôme, moi aussi.

Notre montagne n'avait pas captivé le cœur du monde extérieur depuis le boom minier des années 1930. De jeunes journalistes et des flics à la retraite ont descendu la route 28 par pleins camions – cette fois en quête d'un sujet plus séduisant que de glauques récits d'overdose. Seul un héros maudit comme mon père pouvait satisfaire leur besoin d'excitation, mais il était introuvable. Après la mort de sa femme, le révérend Briar Bird commençait finalement à attirer l'attention que ma mère avait autrefois cru qu'il méritait. Il ne m'avait pas bernée. C'était plus simple que le fantasmaient les curieux. Soit il se planquait, soit il était mort. Et pour son propre bien, j'espérais qu'il était mort.

Il ne pouvait survivre sans ma mère. Je ne pensais pas le pouvoir non plus. Nous avions vécu nos journées côte à côte, du lever au coucher du soleil. J'avais promis à Flynn que je ne retournerais pas à la montagne, mais ma mère *était* ma montagne. Je ne pouvais pas l'abandonner. Elle était ma meilleure amie depuis toujours, même si je me demandais désormais si je l'avais vraiment connue. Toute ma vie j'avais été en quête de la véritable Ruby Bird. Et je la cherchais encore.

La bibliothèque du comté – un cube en parpaings bourré de livres de poche tachés d'eau et muni de trois ordinateurs de bureau – est devenue mon sanctuaire. Elle se trouvait à une heure de route du terrain de mon père en voiture. À présent, il me suffisait de quinze minutes à pied pour m'y rendre depuis chez tante Bette. Pendant trois jours, après l'enterrement de ma mère, je me suis installée devant l'un des ordinateurs et j'ai étudié la première page de tous les médias de l'État. J'avais encore du mal à taper, et mes doigts hésitaient sur les touches.

R-U-B-Y-D-A-Y-B-I-R-D

La vie de ma mère était malade de toutes les histoires non dites. Un ensemble hétéroclite d'articles datés des quinze dernières années formait une liste sur l'écran. J'ai découvert des choses qu'elle ne m'avait jamais racontées sur celle qu'elle était avant de tomber amoureuse de mon père. Elle avait terminé première des examens de fin de lycée et elle donnait des cours de soutien en maths à ses camarades. Elle était membre des 4-H et du club de randonnée. Elle et Ivy avaient écrit dans le journal de l'école au sujet de leur projet de quitter la ville une fois leur diplôme obtenu.

Dans un premier temps, je ne suis pas parvenue à reconnaître cette jeune femme qui était devenue ma mère. Mais ensuite je me suis souvenue d'une chose que j'avais oubliée. Je l'avais déjà perdue une fois avant sa mort.

J'avais alors huit ans, le printemps venait d'arriver. Nous étions parties cueillir des sanguinaires autour des baraquements d'une ancienne mine à ciel ouvert. Henry avait attrapé le croup. Ma mère comptait le guérir avec une tisane de sève rouge de cette plante.

Les tiges déchirées lui laissaient des taches écarlates sur les mains, et elle est allée à la rivière pour les laver.

Je me suis mise à tourner sur moi-même dans le soleil, et tout d'un coup, impossible de la trouver. Tout ce que je voyais, c'étaient des vestiges. Un grillage de travers, un groupe de boîtes aux lettres vides, et une auge abandonnée dans l'herbe haute. Ça faisait des années que plus personne n'habitait là. Et pourtant nous marchions déjà parmi les morts. Sauf que je ne m'en étais pas rendu compte avant que ma mère disparaisse.

Elle m'a vite retrouvée et a séché mes larmes. M'a regardée bien en face, poings sur les hanches.

Si un jour tu ne retrouves pas le chemin de la maison, dessine un plan des bois sur ta main, a-t-elle dit.

Elle m'a montré comment suivre la crête de mon annulaire afin d'atterrir sur le chemin qui menait à notre cabane. Comment traverser le ruisseau à pied en suivant le pli de ma paume pour trouver la clairière du mobile home d'Ivy. Les crêtes s'élevaient plus loin au nord, au bout de l'ongle de mon petit doigt. Si je glissais dans le creux de mon pouce, j'atteindrais la plaine qui donnait sur la seule route qui s'échappait des collines.

Ton père est peut-être perdu ici, m'a dit ma mère. *Mais t'es pas forcée de l'être.*

Même à l'époque, elle essayait de me dire qu'elle aurait voulu s'en aller.

Après sa mort, j'ai compté les heures où mon père n'était pas venu me chercher. Des rumeurs sur son compte circulaient dans le parking du Saw-Whet Motel, à moins de cinquante pas de la bibliothèque. Je faisais tourner le cran d'arrêt de ma mère dans ma paume en m'y dirigeant, stupéfaite de constater que je n'avais jamais remarqué que mes mains ne ressemblaient pas du tout aux siennes. Elle avait des doigts habiles et trapus. Les miens étaient minces et rouges au bout. J'ai cherché une trace d'elle qui serait restée en moi. Ivy avait toujours dit que j'aurais pu être la sœur jumelle de ma mère si je n'avais pas eu les yeux clairs de mon père, mais je ne voyais plus ça. Tout ce que je voyais quand je m'examinais dans la glace, c'était mon père qui me rendait mon regard.

En moins d'une semaine, n'importe qui aurait juré que je m'étais lavée du souvenir de ma mère avec la première douche d'eau brûlante que j'aie jamais prise. L'eau était chaude, inépuisable. Elle sentait l'œuf pourri. Je portais la jupe en jean d'Emma et un tee-shirt Dolly Parton, et elle m'a coupé les cheveux si court que je ne pouvais plus me faire de tresses.

« Ça sera plus facile pour toi », a-t-elle dit en époussetant mes épaules. « Quand l'école va reprendre, le mois prochain. Personne saura qui tu es. »

Mes cheveux formaient un nid sur le sol de la cuisine de tante Bette. Je ne voulais pas avoir les cheveux longs si ma mère ne pouvait pas les tresser. Les boucles d'oreilles en argent qu'Emma m'avait données, en forme d'oiseaux, avec les ailes déployées, scintillaient dans le miroir. J'avais obtenu ce que je voulais – ressembler à tous les autres. Mais tout ce que j'étais devenue, c'était une série de cases vides dans les dossiers administratifs de tante Bette. Je n'avais pas de famille, pas d'adresse. Pas d'histoire à moi.

Au passage piéton devant le Saw-Whet, j'ai fourré le couteau de ma mère dans ma poche et regardé le feu de circulation qui clignotait, rouge. Des gens comme moi, des gens que n'attendait personne, se sont mis à parler. Certains juraient que mon père avait tué ma mère. Elle ne l'avait jamais aimé, disaient-ils. D'autres devinaient que Ruby était morte depuis bien longtemps. Ils parlaient de mes parents comme s'ils les connaissaient, parce que c'était le cas.

« Ruby a tenu plus longtemps qu'on l'aurait cru tous, a dit un homme.

— Briar vivait en sursis, a dit un autre. Avec cet étranger, qu'il a tué. »

Le premier a sifflé un petit coup désapprobateur. « C'est juste des rumeurs, ça. »

Je me suis arrêtée au bord du trottoir. Ça, c'était une histoire que je n'avais jamais entendue. Leurs mots ne ressemblaient pas du tout aux légendes sur la vie de mon père, cet homme de Dieu – mais leur vérité semblait tout de même planer trop bas, tel un vautour qui décrit des cercles autour d'une carcasse. Même Moïse était un assassin.

Les flâneurs du parking avaient à peu près l'âge de mes parents, mais ils étaient d'une autre époque. Assis dans des fauteuils de jardin, ils buvaient des cannettes de bière. Les femmes portaient des lunettes de soleil et des jeans. Des bracelets qui s'entrechoquaient. Les hommes tenaient des téléphones portables dans leurs paumes rêches. Les mains de mon père – ces mains de vipère – étaient ce qu'il avait de plus doux. Sa religion le maintenait dans un siècle passé, assurait la propreté de ses ongles.

Ma mère et moi nous avions dépassé ces inconnus bien des fois lorsque nous allions faire des courses, et ils nous dévisageaient. Je croyais que c'était parce qu'on avait l'air bizarre. À présent je me demandais si ce n'était pas plutôt parce qu'ils se rappelaient qui

Ruby était avant – les cours de soutien, la reine de beauté, la randonneuse. Pas une seule fois ma mère ne leur a rendu leur regard. Chaque fois, elle pressait le pas, les yeux fixés sur l'horizon.

Les bûcherons qui passaient en ville faisaient des paris sur ce qu'était devenue la fille du manipulateur de serpents. Elle était encore le mystère préféré de tous, plutôt que des os et des ligaments.

« Elle est là, quelque part, disaient-ils, en caressant leurs tronçonneuses à l'arrière de leur Dodge Rams. Elle attend pour se venger de son père.

— La fille du manipulateur de serpents ? fit Caleb, assez doucement pour qu'ils se tournent tous vers lui. Elle est plus là. Elle a passé une nuit chez tante Bette, mais après elle a quitté la ville.

— Elle est partie dans le Kentucky », a ajouté Emma en prenant une bouffée de sa Virginia Slim. Elle et Caleb étaient mes intermédiaires avec un monde dans lequel je ne trouvais pas ma place. « Et elle reviendra pas. »

C'était vraiment la chose la plus généreuse qu'ils puissent faire pour moi : laisser vivre la légende, afin que je puisse la laisser mourir. J'ai levé les yeux vers l'affiche de la princesse Saw-Whet. Ses yeux muets avaient été crevés par un fusil de chasse. C'était là qu'Ivy et Ricky s'étaient rencontrés, m'avait-elle un jour raconté. L'idée paraissait romantique, à l'époque. À présent, sous les yeux évidés de la princesse, ça ressemblait plutôt à un film d'horreur.

Mon père est resté le hors-la-loi favori de la montagne, ma mère son sacrifice. Je détestais mon rôle dans ce mythe. Je n'avais pas de nom, pas de visage. Une parenthèse dans le récit de la gloire de mon père.

Briar Bird n'était pas un homme, un père, ou un mari. Il était une histoire, et rien d'autre.

Je ne voulais pas être une histoire. Je voulais vivre.

Les jours qui ont suivi l'enterrement de ma mère, la vie m'était comme une mort. Il ne suffirait pas de dire qu'elle me manquait. Son absence me déchiquetait. Je laissais des morceaux de moi partout où j'allais – sur les marches du porche, dans la bonde de la baignoire, la poussière sur le bord de la route.

Si mon père m'avait maintenue si longtemps dans la montagne, c'était que sur la montagne, il pouvait régner. Sur les hommes, non. Lorsque je suis retournée à la bibliothèque, le matin de mon quatrième jour chez tante Bette, j'ai entendu le murmure d'Ivy qui s'effaçait dans mon oreille tandis que je lisais sa nécrologie. *Les hommes ne font pas de cadeaux*, disait-elle. *Et ils ne jouent pas à la loyale.*

Sur l'écran de l'ordinateur, une gravure du visage d'Ivy jeune me rendait mon regard. Quelques phrases courtes suivaient. Naissance, mort. Épouse, mère. Rien sur elle que n'aurait révélé son certificat de décès. Je reconnaissais la photo. C'était une moitié d'une image que j'avais trouvée dans la bible de ma mère, elle et Ivy assises sous un saule pleureur. Lorsque je l'avais découverte, les deux amies semblaient inséparables. Sans ma mère, le regard d'Ivy se perdait dans l'invisible. Sans ma mère, elle semblait déchirée, inachevée – comme mon père, et comme moi.

Autrefois, je pensais que les avertissements d'Ivy sur les hommes avaient pour but de me sauver de ce qui existait au-delà de notre montagne si je devais un jour m'en aller. Désormais, je soupçonnais qu'elle entendait me protéger d'une menace bien plus intime.

Ivy savait que mon père n'avait jamais joué à la loyale. Le jour de mon baptême, il avait refermé ses mains malsaines, sacrées sur ma gorge en feignant de sauver mon âme. Le monde s'était inversé lorsque le ciel avait rencontré mes pieds, et j'avais alors commencé à me défendre.

Pendant juste une seconde, avant que l'instinct ne l'emporte, je me rappelais ceci…

Je croyais que mon père avait le droit.

Il avait la confiance de Dieu. Il avait le don, le pouvoir. Il avait tout, et il pouvait faire de moi ce qu'il voulait. J'étais jetable. Ainsi qu'Ivy. C'était la bataille qu'avait menée ma mère au cours de ses dernières heures, et ça l'avait tuée.

Quand j'étais petite, mon père m'a appris que les hommes étaient faits pour chasser, comme Samson avec les chacals dans le Livre des Juges. Les femmes, comme Dalila, n'aimaient que le butin. Mon père ne se serait jamais imaginé qu'un jour ce serait moi qui le traquerais.

Tout le monde dans nos collines sous-estimait la fille du manipulateur de serpents, mon père le premier. Les étrangers qui venaient dans nos montagnes, brûlant de s'approprier un petit morceau de la majesté cruelle de mon père, ne méritaient pas de voler ne serait-ce qu'un face-à-face avec Briar Bird. Ce privilège me revenait de droit.

J'ai décidé de commencer mon enquête au Texaco. L'ancienne station-service était auparavant le château de mon père, son paradis sur terre. Mais j'attendrais la tombée de la nuit. J'aurais pu m'orienter dans les collines les yeux fermés. Mon père ne me verrait pas venir.

Je comptais partir pour le Texaco à minuit. Caleb et Emma ont attendu avec moi dans le jardin de tante Bette. Comme le reste de Trap, celui-ci était envahi par une végétation apocalyptique. Un trampoline rouillé grinçait dans le vent. Ils ont tenté de me convaincre de rester, à l'abri des falaises lointaines. Une fois le soleil disparu, Caleb a allumé un feu et les montagnes se sont mises à danser dans les flammes.

« N'y va pas, a fait Emma. Rien de bon ne t'attend là-haut.

— Tu es libre, maintenant, a renchéri Caleb. Ça sert à rien d'y retourner. »

Je savais qu'ils avaient raison.

« Il a pas le droit de disparaître. Pas cette fois, ai-je dit.

— Dans ce cas, on vient avec toi, a fait Caleb.

— J'ai une devinette pour toi. » Emma a allumé une Virginia Slim. « Qu'est-ce qu'ils mangeaient, les serpents, avant la chute de l'homme ? »

Personne n'a proposé de réponse. Il n'y en avait pas. J'aurais voulu poser la même question à mon père, voir son embarras.

« Parle-nous de lui, a dit Emma, le bout de sa cigarette telle une étoile minuscule. Ton père. Tout ce qu'on savait de lui, c'est que c'était le manipulateur de serpents. »

Briar Bird – mon méchant, mon héros. Je pouvais raconter l'histoire de l'œil abîmé de Briar, de la foudre, des mains qui avaient tiré le feu d'Ivy sans jamais la toucher. Je pouvais laisser le mythe continuer à rassurer et à tromper.

« Tu veux savoir pourquoi la vie était magique, là-haut ? »

Emma a hoché la tête.

« Alors c'est de ma mère que je vais te parler. »

Je leur ai parlé de l'odeur de son savon, de sa voix chantante, de ses mains habiles. Je leur ai parlé d'Ivy, qui s'était laissé rouler par son propre miracle, et du rôle que mon père avait joué là-dedans. Les nuages se sont dissipés à mesure que la nuit s'installait, et la chaleur d'août est restée. Emma s'est assoupie. Tandis que le feu de camp perdait en vigueur, Caleb et moi sommes restés ensemble dans la fumée. Nous étions côte à côte lorsque le feu s'est éteint, cette nuit en lisière de la ville guère différente de celle que nous avions passée, cachés, dans le cabanon à serpents de mon père, dans les bois.

Il a poussé un soupir. « J'aime pas ça. C'est dangereux. »

Je me suis blottie contre lui. « Il saura pas qu'on vient.

— C'est bien ça qui m'inquiète. »

Il a détourné les yeux. Nous ne nous étions pas touchés depuis la nuit de la mort d'Ivy.

« Hé. » Je me suis agenouillée devant lui.

Le blanc de ses yeux tranchait sur la nuit.

« Reste », a-t-il murmuré.

Je pouvais presque entendre ce qu'il ne disait pas : personne ayant suivi mon père dans la montagne n'y avait survécu. Caleb a laissé ses mains s'attarder sur ma taille. J'ai senti ses doigts se promener sur le bas de ma colonne, et ses muscles ont sailli sous son tee-shirt. Il s'est penché jusqu'à ce que nos fronts se touchent, puis il a reculé.

« Je peux pas rester », ai-je dit.

Au-dessus de nos têtes, le ciel était bouché par les sapins et les chênes écarlates. Je ne me suis pas demandé si mon père levait les yeux vers les mêmes étoiles, et je ne me suis pas demandé si ma mère baissait les yeux de là-haut sur nous. Qu'est-ce que ça pouvait faire ? Cela ne changerait rien au fait qu'ils m'avaient tous les deux abandonnée.

L'ancienne station Texaco paraissait plus grande dans l'obscurité qu'à la lumière du jour. Les ombres de la campagne semblaient impénétrables, les nuits de la montagne noires après la lumière vacillante des néons de Trap. Il y avait un romantisme fatal dans ces collines, de ceux qui fendent les cœurs et les laissent grands ouverts. De ceux qui n'ont plus rien à perdre.

La station-service était située à mi-chemin entre la ville et la cabane de mes parents, coincée dans une plaine derrière une série de feuillus déracinés. Caleb, Emma et moi, nous nous étions faufilés dans la camionnette de tante Bette, et nous avions fait le tour de la montagne toutes vitres baissées. Seule une autre paire de phares nous a croisés. Dans l'ensemble, la nuit gardait son silence. Lorsque nous sommes sortis de la route principale pour emprunter un ancien sentier de halage, nous avons trouvé le Texaco caché à une intersection de la rivière. Emma a garé la camionnette et attendu au volant.

Dehors, ça sentait la mousse. Je me suis glissée le long du flanc de la station, suivie de près par Caleb. Les longues branches du saule pleureur au bas de la colline gémissaient dans le vent. À côté des compteurs de gaz, mon père avait caché une boîte avec un fermoir. Je l'ai soulevée et j'ai pris l'anneau avec trois clés qui s'y trouvait.

J'ai introduit la bonne clé dans la serrure de la porte de derrière, elle s'est ouverte, et nous sommes entrés dans le palais de mon père.

La vérité : son église était la pièce la plus laide dans laquelle je sois jamais entrée. La lumière faiblarde donnait l'air glauque même au visage de ma mère, rappel que nous sommes poussière et retournerons à la poussière. Le ventilateur pendait au plafond telle une chauve-souris. Il n'y avait pas d'âme dans cette salle, mais je ne pouvais pas associer l'Esprit saint à autre chose qu'à cet endroit désolé, avec une suée, une ivresse, une fièvre – et surtout une nostalgie.

La salle puait encore l'essence. Et elle était vide.

J'ai levé le briquet d'Emma et l'ai promené dans la pièce. Les chaises pliantes formaient des rangées irrégulières et un pupitre fatigué servait de chaire, deux vieilles bouteilles de Coca à ses pieds. Elles avaient été vidées et remplies tant de fois que l'extérieur en était lisse. Un flacon d'huile, un de strychnine. Un pour bénir et un pour empoisonner.

Je me suis mise à genoux et j'ai pris les deux récipients dans mes mains. Mon père les avait abandonnés, comme moi.

« La première chose que m'a enseignée mon père, c'est que le serpent n'est pas un serpent. C'est une tapisserie douée d'agilité, un morceau de la nature sauvage qu'on peut tenir dans la main. C'est ouvrir une serrure avec une clé, c'est parler une autre langue. C'est la peau sous tes ongles et les rêves que tu oublies la nuit. »

Caleb écoutait.

« Les gens aiment gueuler, ici. » J'ai soulevé les bouteilles. « C'est un bruit dans lequel on tombe, si profond qu'on ne l'entend plus. »

J'ai nettoyé l'extérieur des vieux Coca avec le bord de mon tee-shirt.

« Qu'est-ce que c'est ? a demandé Caleb.

— De l'huile sainte, et de la strychnine. L'huile sainte te bénira, et la strychnine te suffoquera de fond en comble. C'est difficile de les différencier. »

Il a souri. « Il suffit d'une allumette. »

Caleb a sorti une pochette d'allumettes de sa poche arrière et en a gratté une. Elle a brillé comme de l'or. Il a pris la première bouteille et a laissé l'allumette tomber à l'intérieur, et ensemble nous avons regardé la flamme se noyer.

Puis il m'a pris l'autre bouteille des mains et a dévissé le couvercle. Il a trempé le doigt dedans et tracé une croix dans le creux de mes omoplates.

« C'est pas pour jouer, ai-je dit.

— Je joue pas. » Il a embrassé la croix qu'il avait dessinée.

Je n'avais jamais senti le miracle d'une langue sur ma peau. Elle scintillait, elle resplendissait tandis qu'il remontait lentement de mon cou jusqu'à ma bouche. Je pouvais à peine respirer, tant il était délicat. Ses lèvres avaient gardé une trace d'huile, et je l'ai bue. Je ne voulais pas en laisser une goutte. Toute ma vie, j'avais aspiré à être touchée. Je voulais le risque promis – un risque que Briar n'aurait jamais compris.

Lorsque je suis allée dans les toilettes pour laver mes mains poisseuses, le robinet a hoqueté. Je me suis mise à genoux pour trifouiller le tuyau. À côté du mur, j'ai trouvé un message laissé par Ivy et ma mère.

Seize ans plus tôt, elles avaient gravé ces mots sous le lavabo :

Ruby et Ivy étaient là.

Octobre 1999

Pendant un instant, elles ont été de nouveau avec moi. Ivy apportant le feu, ma mère apportant le vent.

Ensemble, elles formaient une voix capable de les arracher au silence qui les tenait confinées.

J'ai demandé son crayon à Caleb et j'ai reporté l'inscription sur une serviette en papier. Puis je l'ai cachée dans ma poche tandis que nous remontions lentement, en voiture, vers le nord, vers la courte vie qu'avait vécue ma mère.

« Chez Ivy, j'ai dit. Il faut qu'on aille chez Ivy. »

Ruby ou Briar – je ne savais plus lequel des deux je traquais.

CHASSEUSE

Il était 3 heures du matin lorsque Emma a quitté la route pour se garer devant le vieux mobile home d'Ivy. Ma montagne n'avait jamais paru si sombre. Depuis le dernier orage, le jour de l'enterrement d'Ivy, un cratère s'était formé dans le toit. De l'eau de pluie débordait. Le clapotis régulier invitait au silence, dans un murmure continuel. Leur terrain, envahi d'herbes hautes et d'arbustes ayant poussé tout seuls, semblait plus petit que lorsque Ivy y habitait. La plus grande part était calcinée car ils faisaient régulièrement des feux. Les affaires d'Ivy – ses couvertures, ses robes, sa literie – reposaient à nos pieds, en cendres.

La porte du mobile home s'est ouverte d'un coup de pied. Caleb a pressé l'interrupteur de la cuisine, et l'ampoule a jeté une lueur vacillante avant de s'éteindre. Emma a allumé son Zippo, éclairant l'entrée minuscule et la kitchenette. Elle a fait une moue frissonnante dans l'éclat de la flamme vive.

« Quelle odeur !

— Ivy était malade, ai-je répliqué. La maison n'a pas été désinfectée. Couvrez-vous la bouche. »

J'ai remonté le col de mon tee-shirt sur mon nez, mais Emma a secoué la tête.

« C'est pas dans l'air, cette maladie », a-t-elle dit.

Elle a ramassé une des bonbonnes d'eau sur le sol, a retiré le bouchon pour la goûter, puis a craché par terre.

« Cette eau est empoisonnée, a-t-elle dit en s'essuyant la bouche avec sa manche. Elle la prenait en ville ? »

Emma a ouvert la fenêtre de la cuisine, faisant un courant d'air.

« Oui. Au robinet devant le Saw-Whet. Ça faisait des mois qu'ils avaient plus l'eau courante.

— T'as pas entendu parler de ce déversement de produits chimiques à l'usine de traitement du charbon, en juin ? Presque tous les habitants des contreforts de la montagne sont tombés malades. »

Je me suis rappelé le jour où Ivy avait pris feu. Je me tenais au même endroit, cherchant un rayon du soleil de l'après-midi et quelque chose à manger pour les fils d'Ivy quand la nouvelle avait été annoncée brièvement à la télé que regardait Ricky. J'étais trop secouée par la chute d'Ivy pour y prêter attention.

« La même chose est arrivée à ma mère il y a un moment, quand notre maison a été condamnée, a dit Emma. Des hydrocarbures se sont diffusés dans notre réserve d'eau. On a tous été malades.

— Malades comment ?

— Des plaques, des vomissements, des nausées. Des bouffées délirantes, parfois. Mes frères y voyaient trouble et avaient la respiration sifflante. »

Emma avait décrit tous les symptômes, jusqu'au dernier. Ricky et les garçons étaient devenus léthargiques ces derniers mois, et la toux de Job avait empiré depuis le printemps. Cependant, Ivy avait été la plus malade. Ses fils buvaient souvent du lait à la place de l'eau, et Ricky buvait surtout du whisky.

Ma mère, mon père et moi, nous étions convaincus que la maladie d'Ivy avait été provoquée par ses brûlures, que le Dieu mystérieux de mon père était à sa racine, d'une manière ou d'une autre. Il ne l'était pas. Le responsable, c'était un produit chimique. J'ai pris conscience d'autre chose. Ivy n'avait pas non plus parlé en langues au service du dimanche, après le feu. Elle avait seulement été étourdie, et marmonné. Elle avait dû croire que mon père était le seul à pouvoir l'aider parce qu'il lui avait tiré le feu lorsqu'elle était tombée dans les flammes. Tous les indices d'une explication rationnelle étaient présents, et nous ne les avions pas vus.

« Comment vous vous êtes soignés ? » a demandé Caleb.

Emma a haussé les épaules. « On s'est tirés et on a arrêté de boire de cette eau. »

Je me suis appuyée contre le dos du fauteuil de Ricky, là où il rangeait d'habitude ses flacons de *moonshine.* Bien des fois, l'été passé, ma mère et moi, nous étions entrées dans le mobile home et nous avions frémi en sentant cette odeur. Ivy vivait dedans.

Dans sa chambre, j'ai ouvert brusquement le tiroir de sa table de chevet et passé en revue le contenu à la lueur de la lune. De vieilles lettres de sa grand-mère Harper, un couteau émoussé. Un calendrier. Aucun objet susceptible de parler pour elle.

Ma mère ne pouvait plus parler pour Ivy, elle non plus. Personne ne l'avait écoutée quand elle avait insisté pour qu'Ivy voie un médecin, pas même mon père. Elle était morte avant que son intuition se révèle exacte. Je l'ai ressentie pendant un moment – cette désolation qu'avait dû éprouver ma mère quand Ivy avait cessé de la croire, elle aussi.

Le tiroir m'a glissé des mains. Les papiers se sont éparpillés sur le tapis. Caleb a levé le briquet allumé au milieu de la pièce, tel un phare chétif au milieu de la nuit.

Emma a pris un pot de baume sur la table de chevet d'Ivy et a dévissé le couvercle. Il n'en restait pas une goutte.

« Du suif et de la cire d'abeille, a-t-elle dit. C'est ce que ma mère a utilisé pendant des jours avant d'entendre parler de l'eau empoisonnée à la radio. Cinq bocaux n'ont pas suffi à apaiser les démangeaisons. Ivy souffrait. » Elle a replacé le couvercle. « Elle souffrait suffisamment pour que ça la rende folle. Mais elle ne pouvait pas le voir. »

Emma avait raison. Même le Dr Ed n'aurait pas pu diagnostiquer la maladie d'Ivy sans savoir que son eau venait des tuyaux contaminés de Trap.

Je me suis mise à genoux pour remettre en place le tiroir renversé. Une lettre dépassait de sous le lit. À la lueur du briquet, j'ai vu deux mots écrits sur l'enveloppe, de la main d'Ivy : *Ma confession.*

J'ai ouvert la lettre. Dedans, elle racontait toutes les choses que ma mère ne m'avait jamais dites sur la nuit où un étranger avait débarqué en ville dans une Silverado blanche, et le sentier privé vers lequel Ivy l'avait orienté car elle savait que son amie l'emprunterait à la nuit tombée. Ivy voulait seulement rendre Ruby jalouse, expliquait la lettre. Elle n'avait jamais eu l'intention de lui faire peur. Puis ma mère s'était mariée et cachée dans les hauteurs, et aucune des deux n'avait jamais quitté la montagne comme elles en avaient rêvé. Pendant seize ans, Ivy s'était reproché ce qu'un homme avait fait.

Vers la fin de sa confession, Ivy écrivait que sa seule ancre dans une mer de contrition était le choix qu'elle avait fait de donner son deuxième enfant à Flynn Sherrod. C'était un acte altruiste dont elle espérait qu'il rachèterait le reste de ses regrets.

J'ai lu cette phrase, puis l'ai relue. J'avais toujours cru qu'Ivy avait quatre garçons, mais elle en avait eu cinq. Son bébé mort avait survécu. J'ai réalisé, à ce moment-là, la ressemblance entre Sonny et Ivy – les cheveux pâles et les taches de rousseur, les yeux verts enfoncés. Elle avait seulement honte, disait Ivy, que Flynn ait cru que le bébé était de Ruby.

J'ai remis la lettre dans l'enveloppe et j'ai convaincu Emma et Caleb de rentrer chez tante Bette avant qu'elle se réveille et s'aperçoive de la disparition de sa camionnette. L'étape suivante de mon expédition, je pouvais la faire seule, à pied.

En marchant vers le nord, je me suis rappelé la cascade de gentillesse dont Flynn avait fait preuve à mon égard. *La folie d'un homme vient de ce qu'il croit savoir*, disait souvent Ivy. Lorsque Flynn avait enterré Ruby Day, il croyait enterrer la mère de son fils, et que j'étais sa sœur.

Il m'avait aussi demandé de ne pas retourner sur la montagne, mais il ne m'avait jamais dit pourquoi.

Il fallait plus d'une heure pour rejoindre la tanière de Flynn. Lorsque je suis arrivée au sommet de Violet's Run, la maison était vide, sans être fermée à clé. En attendant son retour, je me suis endormie à côté du lit où avait reposé le corps de ma mère.

J'ai rêvé d'elle – la sensation de ses doigts tressant des mèches de mes cheveux, l'écho de son rire lorsque Ivy se moquait gentiment d'elle, sa façon d'essuyer ses mains sur son tablier lorsqu'elle s'apprêtait à dire le fond de sa pensée à mon père. J'aurais tant voulu qu'elle me parle.

Je me suis réveillée juste avant l'aube. Une demi-lune brillait à la fenêtre, et je me suis levée pour la contempler. Au loin, une lumière perçait à travers une futaie d'érables, et j'ai quitté la maison pour m'en approcher.

J'ai grimpé la pente, les pieds rafraîchis par les violettes. Je suis passée devant les tombes de ma mère et d'Ivy, les monticules de terre tels deux yeux fermés. Je ne reverrais plus jamais Ivy gravir vivement notre colline, et je ne tiendrais plus jamais la main de ma mère tandis que nous plongions dans l'eau de la rivière pour y disparaître. Ces femmes m'avaient élevée. Elles m'avaient appris à survivre à notre montagne, mais pas à vivre sans elles. Ça, j'allais devoir l'apprendre seule.

Lorsque je suis arrivée à l'alambic de Flynn, j'ai senti la chaleur. Haut dans la montagne, près de la cime de Violet's Run, j'ai trouvé le feu de bois que j'avais repéré par la fenêtre de la chambre de Flynn. Dans l'obscurité, la fumée embrassait la rosée et le monde sentait le bonbon.

Je me suis glissée au bord d'un trou carré et j'ai regardé dedans. À l'intérieur, Flynn avait creusé un puits profond dans lequel il avait installé un alambic. Près de mes pieds se trouvait un rouleau de gazon qu'il devait poser par-dessus pour le dissimuler dans la journée.

J'ai regardé Flynn travailler. Il avait fourré deux fûts dans le coin, à côté d'un stock de bocaux vides. De l'eau coulait dedans, venue du torrent lointain. Flynn, torse nu, dégoulinait de sueur. Il a touché le mince tube de cuivre qui reliait les fûts, et grimacé en se brûlant.

Il a levé les yeux quand la lueur de la lune l'a éclairé, et m'a fait un sourire triste.

« C'est pas l'installation la plus jolie que j'aie jamais construite. Mais c'est la plus efficace. »

Il s'est essuyé la sueur des yeux.

« Où est Sonny ? ai-je demandé.

— Il dort. » Flynn a montré son pick-up garé dans la pénombre. « Pourquoi t'es pas au foyer ?

— Il faut que vous sachiez la vérité. »

Flynn n'a rien dit.

« Vous avez été gentil avec moi parce que vous croyiez que Sonny était mon frère, mais c'est pas vrai. » J'ai vu ses yeux se baisser vers les flammes sous l'alambic. « C'est le fils d'Ivy. »

Flynn s'est frotté le front. Son visage était buriné, ses cheveux encore aussi noirs que minuit dans les mines. « C'est pas pour ça que j'ai été gentil avec toi », a-t-il dit.

Je me suis assise au bord du trou, jambes pendantes.

« Ça va plus tarder. » Flynn a montré d'un signe de tête la ficelle fourrée dans le bec de l'alambic. « Il va se mettre à chanter dans pas longtemps du tout. » Il a placé un pot de verre sous la tige et attendu.

Le whisky s'est mis à couler, et il a pris le premier verre et l'a jeté dans un seau.

« Pourquoi vous le jetez ?

— C'est la tête de cuvée. » Flynn s'essuya les mains sur son pantalon. « C'est mortel. »

Mon père possédait des bocaux du même genre, les siens remplis de strychnine, comme ceux que Caleb et moi avions vus à la station-service. Deux hommes, deux sortes de poisons. L'un s'en débarrassait, l'autre l'avalait, une portion toxique à la fois.

Flynn a rempli un pot à confiture de trente-trois centilitres de whisky, l'a rebouché et l'a secoué jusqu'à ce qu'il fasse *pchitt.* « Il tient bien, a-t-il dit, plus détendu. Ça fera l'affaire. »

Je l'ai regardé remplir et refermer le reste des pots – remplir, refermer, remplir, refermer. Il avait des mains de magicien. Pas une goutte n'était perdue. Lorsque l'écoulement a commencé à se tarir, il a coupé le feu, s'est appuyé contre la paroi et a fermé les yeux.

L'alambic a soupiré, le cuivre grincé. Il surveillait ce pot de cuivre comme il avait surveillé le garçon qu'il avait élevé, avec la tendresse d'un père.

J'ai compté vingt bocaux tandis que la tête de Flynn s'abaissait vers son épaule, et pour la première fois depuis la mort de ma mère je me suis sentie en paix. J'en ai ramassé un et l'ai placé à la lumière. Le tiers du fond était peint en blanc, exactement comme celui des bocaux que ma mère collectionnait dans sa cuisine.

« Flynn, j'ai dit, le regardant à travers l'alcool qu'il avait fabriqué. Comment tu connaissais ma mère ? »

Il a poussé un soupir. « J'aurais été le témoin de ton père, au mariage de tes parents. Si j'étais pas tombé amoureux de la mariée. »

Flynn m'a pris le bocal des mains et a dévissé le couvercle. Il a bu une gorgée et me l'a proposé.

« Tiens, a-t-il dit, et j'ai pris le pot de verre et l'ai porté à mes lèvres. C'est comme ça qu'on partage nos secrets. »

Flynn m'a avoué qu'à ce jour encore, il n'avait jamais aimé une femme comme il avait aimé Ruby Day. C'était un amour tragique, définitif, et encore, tous les matins, au lever du soleil, il le choisissait.

Il m'a regardée en parlant, se rappelant peut-être la tresse épaisse que ma mère passait par-dessus son épaule, comme moi avant qu'Emma me coupe les cheveux. J'ai bu une autre gorgée, et Flynn aussi. Il m'a raconté la nuit que lui et ma mère avaient passée dans la rivière, à moins de cent mètres du lit où dormait son père, leur course emballée jusqu'à l'eau et leurs cœurs plus emballés encore. Puis il m'a raconté la maladie qui s'était emparée de lui, et que c'était la plus belle nuit de sa vie, néanmoins.

J'ai imaginé ma mère là-bas, dans la pénombre de l'été, sa jupe gonflée par le courant. Les yeux brillant telles des étoiles filantes.

« Et elle a quand même épousé mon père », ai-je dit.

Flynn a aspiré bruyamment de l'air entre ses dents. « Je vais pas défendre ton paternel. Mais il y a une chose qu'il comprenait. Il savait que la foi – en Dieu, en cette terre de Virgine-Occidentale, en l'autre – ne devient réelle qu'en risquant quelque chose. » Il a marqué une pause. « Je regrette juste qu'il ait fallu que ce soit sa propre vie. Ou celle de Ruby. »

J'ai pris un autre bocal de whisky et l'ai secoué entre mes mains, l'ai regardé mousser. Le soleil levant peignait le ciel en orange, et l'alambic avait refroidi. Flynn a laissé le pot vide tomber sur le sol.

Il m'a expliqué qu'après la mort d'Ivy, ma mère s'était résolue à quitter mon père. J'ai repensé à l'argent étalé sur la table de la cuisine, aux coups de téléphone à voix basse, à la dureté inhabituelle de ses mots. C'est pour ça qu'elle avait fait partir les garçons d'Ivy. Elle ne se préparait pas seulement pour l'enterrement d'Ivy. Elle planifiait notre évasion.

« Elle devait vous aimer », ai-je dit.

Flynn a écrasé de sa botte un reste de maïs sur le sol. « Je suis pas un homme pieux, mais c'est ma prière quotidienne. Même si je sais que ça n'a plus d'importance.

— Mon père était dévasté par son chagrin. C'est pour ça qu'il s'est enfui. »

Flynn a secoué la tête. « C'est pas le chagrin qui fait fuir un homme. C'est la peur.

— La peur ?

— Briar, il manipulait peut-être des serpents. Mais c'était pas un homme courageux. »

Et il m'a dit la vérité au sujet de mon père.

Après avoir laissé le cadavre de ma mère avec son garçon et m'avoir déposé chez tante Bette, Flynn fit demi-tour dans l'allée et s'enfonça dans l'obscurité en quatrième vitesse. La rage lui brouillait la vue. Il savait où se rendrait Briar pour se morfondre, en un lieu intime qui lui rappellerait sa propre gloire. Il allait se retirer à l'embranchement de la rivière où le vieil Arledge avait fourré sa carcasse de F-86 Sabre. C'était là que Briar avait capturé son premier serpent, avec Flynn à ses côtés – un souvenir qui lui était plus précieux qu'un millier d'éclairs.

La rivière était grosse de pluie. Il tenait le fusil Marlin .35 de son père au-dessus de sa tête, une seule balle logée dans une capsule attachée à son cou. Lorsqu'il atteignit l'embranchement, il passa sa main autour du nez de l'avion, sur ses rivets en acier trempé. Puis il entendit un gémissement.

« Briar, lança Flynn. Montre-toi. »

Briar descendit, et les deux hommes se retrouvèrent poitrine contre poitrine tandis que l'eau crachait des petits jets autour d'eux.

« Qu'est-ce que tu fous là, Flynn ? On n'a plus Ruby à se disputer. »

Flynn se rappela comment Ruby s'était désignée – un bestiau qu'on marchande. Il avait protesté, mais elle avait raison.

« T'as deux options, Briar. Tu peux avouer ou tu peux te cacher. C'est pas à moi de te dire quoi faire.

— C'est pas vraiment un choix.

— Dans les deux cas, tu peux pas revoir ta fille. » Le Marlin luisait dans les éclaboussures.

« Tu dois me prendre pour un con. Je sais qu'il est pas chargé. »

Flynn arracha la chaîne à son cou et retira la balle de 200 grains de sa capsule. Il l'inséra dans le magasin, puis arma le fusil et le pressa contre l'artère qui palpitait au cou de Briar.

« Vas-y, murmura Briar. Fais-le. »

Flynn enfonça encore plus le canon jusqu'à ce que Briar cède et tombe à genoux. Flynn lui donna un grand coup de pied dans la poitrine et le força à se mettre à plat ventre avant de le soulever de nouveau par les cheveux. Briar hurla, et Flynn hurla, puis lâcha et s'écroula contre la berge.

« Si je dois vivre sans Ruby, dit-il, haletant, toi aussi. »

Briar se laissa tomber à côté de lui et essuya une traînée de sang sur sa tempe.

« Avouer ou te cacher. Choisis.

— Avouer ? J'ai pas tué Ruby, si c'est ce que tu t'imagines.

— T'as étranglé un homme il y a seize ans.

— Et t'as pas participé du tout, Flynn ? Tu peux le jurer ? »

Flynn savait que Briar le manœuvrait, jouant sur ses points faibles. Et pourtant, il voyait aussi que son vieil ami était vidé de toute lumière, maintenant que Ruby avait disparu. Si Briar allait en prison, il entraînerait Flynn avec lui. Briar était trop lâche pour assumer seul son péché – et peut-être était-ce le juste prix du silence de Flynn. Mais Flynn ne pouvait supporter l'idée de priver Sonny de père. Il ne laisserait pas son garçon payer la facture du crime de Briar.

« Tu sais que non. » La voix de Flynn tremblait.

« Alors tu ferais mieux de t'en aller, dit Briar en se relevant. Et je crois qu'il vaut mieux qu'on se revoie pas. »

Flynn hocha la tête et regarda son ami s'éloigner de lui pour s'enfoncer dans la pénombre. Ce fut la dernière fois qu'il le vit.

« Mon père a tué un homme », ai-je dit, le bocal entre Flynn et moi à moitié vide.

C'était pour cette raison que mon père ne m'avait jamais laissée aller à l'école ou parler à des inconnus. Il avait peur de se faire prendre. La révélation ne m'a pas choquée autant qu'elle aurait dû. Le fardeau semblait trop familier, la même pourriture qui avait répandu son odeur fétide sur toute ma montagne depuis la nuit de l'orage.

REVENANT

Tous les dimanches, dans l'ancienne église de mon père, juste avant que les serpents ne dénudent leur langue fourchue et que les peaux de tambourins ne se mettent à frissonner, les vieilles femmes avaient pour habitude de se retrouver sur le parking pour se raconter des histoires. Elles parlaient de maris défunts et d'enfants partis, elles parlaient du temps où elles étaient jeunes et amoureuses, et personne ne les écoutait. Elles étaient trop vieilles pour avoir encore de l'importance, se disaient les gens, alors ces femmes se racontaient leurs histoires entre elles. Je m'étais toujours dit qu'Ivy et ma mère seraient un jour parmi elles.

Leur légende méritait d'être racontée. Si je racontais les histoires de ma mère, ça ne la ferait pas revenir. Elles n'étaient pas magiques comme celles de mon père, mais elles étaient vraies. Elles avaient encore le pouvoir de ramener un cœur égaré vers son foyer dans cette vie, si ce n'était la suivante.

Le paradis n'est pas si loin que ça, murmurait souvent ma mère quand nous contemplions nos prés violets tandis que les couleurs éclataient dans le ciel. Je ne pouvais imaginer une vie, ou une éternité sans elle.

Trois semaines après sa mort, je me suis rendue sur la tombe de ma mère. Septembre était arrivé, et tout comme ma mère en rêvait pour moi, j'avais commencé l'école. Ce n'était pas ce que j'avais espéré. J'étais en retard dans toutes les matières sauf l'anglais. Taper sur l'ordinateur me semblait impossible, et mes camarades me regardaient comme une bête curieuse. Mais l'école possédait une bibliothèque pleine de livres, et Emma et Caleb m'ont guidée dans les couloirs jusqu'à ce que j'arrive à me repérer toute seule. Ce qui me plaisait le plus : j'avais mon propre travail à faire. Et sans avoir besoin de le voler à un garçon.

Après m'avoir dit ce qu'avait fait mon père, Flynn m'a proposé un lit. Je faisais de mon mieux pour lui payer ma dette – même s'il ne me l'a jamais demandé – en l'aidant à poser un toit par-dessus le porche pour ma propre chambre et en ponçant les planches. Mais c'était la dette que j'avais envers ma mère qui m'éloignait de sa tombe. Elle m'avait donné la vie, et j'avais toujours le sentiment de lui avoir pris la sienne.

Comme elle l'avait fait le jour de l'enterrement de ma mère, Emma m'a accompagnée lorsque je m'y suis finalement rendue. Elle a pris sa guitare, et toutes deux, nous avons suivi le chemin des processions funèbres, sur le flanc de Violet's Run, tandis qu'elle jouait « Le Seigneur est mon berger ». Sa voix était profonde et éraillée, et le tambourin de ma mère tintait contre ma hanche.

Un bouquet de spiranthes avait été déposé sur la tombe de ma mère, ainsi que sur celle d'Ivy. Flynn avait attaché les deux avec un ruban de toile et retiré les feuilles mortes. Je l'enviais. Il savait comment accueillir sa propre douleur, lui faire la cour jusqu'à ce qu'elle lui réponde.

C'est un art, chez les femmes, de se punir elles-mêmes. Je me suis d'abord tenue à l'écart de la tombe de ma mère car je craignais d'être aussi responsable de sa mort que mon père. Ivy avait passé des années à se reprocher les péchés d'un étranger. Et ma mère n'avait jamais fait confiance à son propre cœur. À la fin de son existence, elle se demandait s'il n'y avait pas une autre issue. Elle ne voulait pas que j'attende aussi longtemps qu'elle pour la trouver.

Wren, avait-elle écrit, *Il faut que je te dise...*

Assise devant sa tombe, je n'ai pas dit au revoir. J'ai passé mes poings dans la terre et lui ai expliqué que la douleur du manque d'elle me cisaillait chaque jour comme si c'était le premier. Je lui ai promis de rester pour faire vivre ses histoires et raconter les miennes, ce que j'ai commencé à faire en automne, debout à l'arrière du pick-up de Flynn. Je lui ai promis que si des étrangers devaient m'interroger au sujet du manipulateur de serpents et de sa femme, je leur dirais la vérité.

Le ciel est devenu jaune paille, et j'ai pensé à ma mère, par un millier d'après-midi, une femme dont le visage semblait toujours trouver le soleil. J'ai posé les lèvres sur le sol et j'ai dit : *Amen, et amen, jusqu'à ce qu'on se retrouve.* Et je l'ai laissée en paix.

Lorsque je suis rentrée à la cabane de Flynn, le crépuscule était entamé. Sur la colline, Flynn s'affairait dans son bunker enterré. Il était parti remballer le matériel de distillation pour la saison tandis que Sonny installait son premier ordinateur dans la cabane afin que nous puissions faire nos devoirs sans avoir besoin de sortir de chez nous. Sonny venait de commencer sa sixième, et j'avais eu besoin de son aide pour survivre à mon séminaire de technologie de seconde. L'été était terminé et Flynn n'allait pas distiller de nouveau du *moonshine* avant que le maïs de printemps ne m'arrive à la taille. Je me suis relevée, j'ai marché jusqu'au bunker, et j'ai tendu les mains tandis qu'il remontait à l'air libre le couvercle de l'alambic. Il l'a posé à l'ombre d'un érable et m'a souri.

« C'est pas si facile, tout seul, a-t-il dit.

— Je peux vous aider, ai-je répliqué en soulevant le tube en cuivre. Je suis plus forte que j'en ai l'air. »

Flynn a hoché la tête, puis s'est assis contre l'érable et m'a jeté un regard énigmatique.

« Quel est le premier miracle accompli par Jésus ? » a-t-il demandé.

Sa question ne m'a pas décontenancée. Mon père m'avait posé ce genre de colles dans les marais pendant presque toute mon enfance.

« Changer l'eau en vin.

— C'est ça. Tu vois ce torrent, là ? » Il a désigné un point au-delà de la cime de Violet's Run. « Cette eau fraîche s'est changée en whisky par mon intervention. Pas besoin de serpents, de poison. C'est un miracle en soi, chaque fois.

— Vous passez par quelques étapes de plus que Jésus, pour accomplir ce miracle, je crois bien.

— Quelques-unes. » Il a ri.

« Flynn, j'ai commencé, passant le doigt le long de la soudure du couvercle de l'alambic. Pourquoi vous avez jamais quitté la montagne ?

— Faut qu'il reste quelques gens bien. » Il a fait un grand sourire. « Et puis il y a toujours du whisky à distiller. »

Je me suis assise à côté de lui, à l'ombre. « Je veux que vous m'appreniez », ai-je dit.

Il a réfléchi, se balançant lentement d'avant en arrière au rythme du vent.

« Faire du *moonshine*, c'est un mode de vie. Et pas parce que ça te met hors la loi. Ça te force à regarder tes peurs en face et à te souvenir de tout ce que tu as perdu. Quand tu te sentiras seule, la nuit – et c'est fatal –, tu te demanderas si tu n'as pas perdu ta voie. Mais garde courage et ne te retourne pas. Les *moonshiners* n'attendent pas que les ténèbres se dissipent. C'est dans les ténèbres qu'ils se dressent. » Flynn s'est redressé et tourné vers moi. « J'ai une condition. Tu recevras un salaire pour ton travail, et tu le mettras de côté pour financer tes études. C'est pas parce qu'il faut qu'il reste des gens bien sur cette montagne que tu es forcée de le faire. »

Nous avons scellé notre accord d'une poignée de main. Flynn a tiré un bocal de whisky de son seau à outils. Il a dévissé la capsule et but un coup.

« À notre partenariat. » Il m'a tendu le flacon.

« À notre partenariat. »

J'ai porté le whisky à mes lèvres. Il avait le goût du rire de ma mère, le son de sa voix quand elle m'appelait par mon prénom, la chaleur de sa peau dans le ruisseau par une chaude journée d'été.

« Si seulement mon père pouvait me voir en ce moment. » Je me suis essuyé la bouche. « Si on savait où il est. »

Flynn a fait claquer sa langue, et son visage a perdu toute expression. « J'ai jamais dit que je savais pas où il est. »

Je me suis tournée vivement : « Vous le savez ? »

Il a hoché la tête. « Il squatte la maison de sa mère, là-haut à Logger's Nook, sur l'autre flanc de la montagne. Il se cache là-bas depuis la dernière nuit où je l'ai vu, je parie. »

Mon père ne m'avait emmenée qu'une fois à la cabane de sa mère, quand j'étais petite, pour me montrer les marques de la foudre sur le sol. J'étais facile à impressionner, à l'époque. Après avoir aidé Flynn à charger les dernières pièces de l'alambic dans la Tacoma, je suis allée me coucher tôt. Le lendemain matin, je me suis levée avant l'aube et suis sortie en douce. Je me suis dirigée vers les hauteurs, munie d'un plan de la rivière appartenant à Sherrod. Le trajet jusqu'à Logger's Nook allait me prendre jusqu'à midi, et je devais être rentrée chez Flynn avant la nuit pour ne pas qu'il s'inquiète.

Mon père m'a vue arriver. Il m'attendait, debout sous le porche. Au début, j'ai cru que Flynn l'avait appelé pour le prévenir, mais ce n'était pas difficile de voir que mon père n'avait rien, pas même une ligne de téléphone. Il ne voyait personne. La cabane s'accrochait à une structure réduite à un simple squelette, l'un des murs était presque arraché par une branche tombée. Un buisson de rhododendron stérile plus gros que la maison elle-même la camouflait.

Une tristesse ancienne m'a submergée. Pendant tout le mois qui venait de s'écouler, mon père et moi nous étions dévoués en tant que complices lointains de la mort de ma mère. Nous n'avions jamais été aussi proches. Il avait l'air fatigué. Mince, mais pas décharné. Pâle, mais pas blême.

« Tiens, a-t-il dit tandis que j'avançais entre les branches de rhododendron. Tiens. »

Les voleurs ne se saluent pas entre eux.

« T'es pas un homme facile à trouver, ai-je dit. Mais c'est ce qui te plaît.

— Je me débrouille bien tout seul. Avec l'aide de Dieu. »

Comme je n'ai pas répondu, il a brisé le silence. « Comment tu m'as trouvé ?

— Flynn. »

Le visage souriant de mon père s'est affaissé, et son œil blanc s'est planté dans le mien avant de se lever vers le ciel. Il s'accrochait à sa douleur comme à un médaillon à son cou. En montant les marches du porche, j'ai entendu le sifflement coutumier de mon enfance s'échapper des caisses en sapin posées près de la porte.

« T'as toujours tes serpents.

— J'ai jamais eu besoin d'un public. » Il s'est balancé sur ses talons et a craché avec ce qu'il lui restait de poumons.

L'espace s'est attardé entre nous suffisamment longtemps pour que je me rappelle comment c'était d'avoir voulu être son héritière. Je ne lui ai pas demandé s'il me reprochait la mort de ma mère, et je ne lui ai pas demandé s'il regrettait ce qu'il avait fait à Ivy. Je n'avais besoin de sa réponse qu'à une seule question.

« Pourquoi t'as essayé de me noyer ? » ai-je demandé.

Il a poussé un soupir.

« Je me suis toujours demandé si t'étais ma fille, ou celle d'un autre homme », a-t-il dit. Il devait parler de l'étranger de la lettre d'Ivy, celui qui conduisait une Silverado blanche. « Ce jour-là, le doute a eu raison de moi. »

Il n'avait jamais été aussi près de demander pardon.

« Mais je te ressemble. Tu le vois pas ? »

Il m'a regardée dans les yeux, mais, inexplicablement, il ne pouvait voir sa fille.

« Elles sont toujours là ? ai-je demandé. Les marques de la foudre sur le plancher ? »

Il a hoché la tête.

« Montre-moi. »

Je l'ai suivi à l'intérieur de la maison, où tout se fanait sous l'humidité et la moisissure. Un matelas était posé à même le sol, à côté d'une marmite peu profonde. Mon père vivait dans une grotte d'ombres, et lorsque j'ai écarté le rideau de la fenêtre et que la lumière a inondé la pièce, la maison n'a même pas réussi à faire miroiter l'illusion de ses origines bénies. Il n'y avait pas de fantôme, pas d'esprit. Œil-Blanc, le magicien de la montagne, était redevenu vide, ainsi qu'il était né.

« Attention où tu mets les pieds », m'a-t-il dit en contournant la branche tombée pour se rendre à l'échelle menant sur la mezzanine.

Nous sommes montés dans le grenier branlant, bourré des vieilles taies d'oreiller et bâtons à serpents artisanaux que mon père utilisait lors de ses exploits de jeunesse.

« Là », a-t-il dit.

J'ai suivi son doigt et vu deux traînées noires qui partaient de la fenêtre. Sa mère n'avait jamais remplacé la vitre, et un vent aigrelet s'engouffrait par le trou. La poutre qui l'avait assommé gisait toujours en travers de la pièce.

« Je me rappelle toujours pas la foudre. Mais j'ai passé ma vie à courir après la sensation qu'elle m'a donnée. »

Je me suis avancée vers la fenêtre ouverte et j'ai regardé dehors. Des fragments de verre fumé étaient accrochés dans les fissures du porche au-dessus de moi. On aurait dit qu'ils étaient logés là depuis la nuit de l'orage. J'ai jeté un coup d'œil à mon père puis me suis retournée vers la vitre brisée, tandis qu'une question insistante se présentait à moi. Si la foudre était entrée dans la cabane par la fenêtre, comme le jurait la légende de mon père, la plus grande partie du verre brisé serait-elle restée sur le toit ? La question la plus pertinente, c'était : était-il possible qu'un éclair entre par la fenêtre, déjà ?

Je me suis agenouillée pour toucher le plancher brûlé et j'ai commencé d'imaginer une nouvelle origine à l'histoire de cette nuit-là, plus proche, peut-être, de la vérité. Les traînées noires avaient pu être faites avec du charbon, un bon couteau, et un briquet. C'était peut-être mon père qui les avait faites. Ou c'étaient peut-être les griffures d'une mère prête à tout pour raconter à son fils sans père une histoire pleine d'espoir, plutôt que la vérité sur ce qu'il était arrivé à son œil lorsqu'il avait été assommé. Beaucoup de récits respectés sur des guérisons anciennes dans la montagne avaient pour origine le témoignage de femmes de la génération de ma grand-mère. Elle voulait peut-être que son enfant ait une légende à lui.

J'ai repensé à la dernière fois que j'avais vu Ivy, la vraie Ivy, avant qu'elle ne tombe devant le brasero. Elle et ses trois garçons étaient arrivés en haut de notre colline en sueur, à cause du soleil – ou du moins c'est ce que j'avais cru. Emma m'avait montré le pot vide de pommade dont Ivy s'était enduite pour calmer les éruptions cutanées dues à l'eau empoisonnée. Ce n'était pas la sueur qui faisait luire sa peau. C'était la cire d'abeille et le suif.

Avant que ma mère n'étouffe les flammes, la pommade avait dû empêcher sa peau de brûler. Mon père n'avait pas guéri Ivy. Son propre mythe l'en avait convaincu, ainsi que nous autres. Briar Bird ne croyait en rien tant qu'en lui-même. Il avait fait reposer sa vie sur ce qu'il appelait un miracle, et ses fidèles aussi. Ça avait coûté la vie à ma mère, ainsi qu'à Ivy.

Mon père se tenait debout au-dessus de moi dans la mezzanine, contemplant ces marques sur le sol comme l'ancre qu'elles représentaient pour son âme. J'aurais pu contester son pouvoir de guérison – mais je ne l'ai pas fait. Je ne pouvais pas prouver les mensonges de son passé, et lui non plus.

« Parle-moi des serpents », ai-je dit.

Son œil valide a étincelé. « Qu'est-ce que tu veux savoir ? »

J'ai pensé à ce que j'avais laissé derrière moi pour venir là. Emma chatouillant les cordes de sa guitare, Caleb noircissant les pages de son carnet de croquis. Flynn et Sonny se préparant à hiverner.

« Je veux savoir ce que mangeaient les serpents avant la chute de l'homme », ai-je dit.

Il a réfléchi, et m'a scrutée un moment. Puis il a éclaté de rire.

« Alors là, aucune idée. Quelle importance ?

— C'est important parce que tu n'es qu'un homme. »

Il m'a reconduite au porche et, sans cesser de parler, il a pris son crotale des bois jaune préféré dans ses mains. Les yeux elliptiques du reptile luisaient telles des billes. J'ai attendu de voir le venin couler de ses crochets, de voir la bête ramener sa tête en arrière et les plonger dans le bras aimant de mon père. Mais elle ne l'a pas fait. Ce serpent, cette créature bizarre, devenait une sculpture malléable dans ses mains, un être dont il avait fait un passage vers l'esprit de Dieu.

« Dieu est glorieux dans le tonnerre, a dit mon père en observant un nuage qui filait au-dessus de nos têtes.

— J'aperçois », ai-je dit, et il a souri.

Nous jouions à ce jeu autrefois dans les champs de gingembre, quand j'étais petite. *J'aperçois*, disions-nous, et tour à tour, nous réimaginions le monde qui nous contenait. Il n'apercevait jamais de choses ordinaires, des arbres, des fleurs sauvages ou de vieilles granges. *J'aperçois une trompette*, disait-il, ou *une prêtresse en robe rouge royale*. Enfant, j'aurais pu jouer à ce jeu pendant des jours. Juste une fois, je voulais voir le monde tel qu'il le voyait.

Son serpent dans les mains, mon père me parlait comme autrefois. Il me racontait qu'on peut parler sans mots, évoquait les choses inconnaissables de l'Esprit, le sacrifice et la résurrection du Christ. En l'écoutant, j'ai repensé à mon proverbe favori : *Les mots tuent, les mots donnent la vie ; ils sont soit un poison, soit un fruit – à toi de choisir*. Mon père avait fait son choix, et le temps était venu pour moi d'en faire de même.

Cet après-midi de septembre, mon père a parlé longuement, et une nouvelle prémonition s'est emparée de moi. C'était toute la vie de mon père, et ce serait aussi sa mort. Un jour, je viendrais là et je trouverais son corps, enflé et raidi, avec deux marques parallèles laissées par des crochets rageurs. Et ce serait son heure, et il s'en irait de bonne grâce, embrassant le mystère alors même qu'il se serait retourné contre lui.

En redescendant la montagne, je me suis arrêtée à l'embranchement du chemin qui menait au ruisseau où j'avais un jour attendu mon baptême, l'endroit même où ma mère et Ivy se baignaient quand elles étaient jeunes. Je suis descendue vers la berge et j'ai vu que Caleb m'y avait précédée. Il était allongé sur le dos en haut du promontoire où nous nous étions rencontrés, et sa respiration s'élevait en volutes verticales dans l'air frais. Un oiseau jardinier a lancé un appel grave et mélodieux, et Caleb lui a répondu en sifflant.

« On dirait qu'on a eu la même idée, ai-je dit, tandis que l'oiseau lui répondait à son tour.

— Assieds-toi avec moi », a-t-il demandé.

Je l'ai fait, et ensemble nous avons contemplé l'eau tremblante, plus bas. Le ciel devenait gris, et les arbres frissonnaient. Je me suis tournée vers Caleb, son regard qui déjà cherchait le mien. Il avait les yeux avides et prudents, audacieux et constants. Le charbon grognait à mille mètres, et les mineurs le libéraient, fragment par fragment, et le transportaient vers une centaine de lieux lointains où nous n'irions jamais.

Ruby Day avait compris ce que chaque minute de sa vie allait devenir à l'instant où Briar y était entré. Sa mort m'avait dépouillée de tout ce que j'avais, laissant place à la naissance de quelque chose de neuf – une chose qui vibrait au plus profond de ma mère et cognait fort en moi. Un cœur de femme de la montagne.

« T'as jamais eu envie de t'échapper ? ai-je demandé. Et de quitter ce monde pour un monde meilleur ? »

Caleb a secoué la tête. « Y a qu'un seul monde. »

Je l'ai aimé à ce moment-là, car ensemble nous allions oser vivre cette vie de montagnards – les automnes glissants et les prés de violettes et les rivières de whisky et les paysages lunaires, impitoyables, restant lorsque les compagnies minières en avaient fini avec eux – nous allions oser vivre cette vie alors même qu'elle nous glissait entre les doigts.

Caleb m'a serrée contre lui, et ensemble, nous avons tourné le dos à la rivière. Un renard accroupi non loin perçait le froid avec la chaleur de ses yeux farouches. Je l'ai observé jusqu'à ce qu'il s'enfuie dans l'autre sens, sa robe luisant dans l'éclat des étoiles suspendues dans le ciel de la campagne. À la fin de la soirée, Caleb et moi nous rentrerions main dans la main vers la cabane de chasse de Flynn, vers le foyer de tante Bette, vers Emma et Sonny, vers ce qu'un jour nous considérerions comme notre chez-nous. Certains auraient peut-être dit que nous étions destinés à répéter les erreurs de nos mères et de nos pères, mais je ne le croyais pas. Nous aurions nos propres erreurs à commettre. Nous nous disputerions, et nous nous battrions l'un pour l'autre, aussi. Nous dirions la vérité sur les histoires de fantômes de notre montagne. Nous donnerions à nos enfants leurs propres histoires à raconter. Nous participerions à la terre de la Virginie-Occidentale, et nous la laisserions participer à nos vies.

Et une fois l'hiver dissipé, quand viendraient les pluies et que le maïs pousserait haut et fort – nous pourrions l'émonder et le moudre, le faire tremper et le distiller. Nous laisserions la chaleur du feu nous raffiner et le froid de la rivière nous laver. Et telles les collines qui nous regardent naître, mourir et renaître, nous nous élèverions.

REMERCIEMENTS

Je suis profondément reconnaissante à mon agente, Meredith Kaffel Simonoff, qui me pousse continuellement à donner le meilleur de moi-même dans mon travail et dans ma vie. Son intuition, son intelligence, sa ténacité et son intégrité sont sans égales. Danya Kukafka a aimé *Les femmes n'ont pas d'histoire* avec passion, et par bien des côtés, cet amour transparaît dans le cœur battant de ces pages. Sarah McGrath m'a permis d'amener cette histoire à un niveau que j'ignorais pouvoir atteindre. La chance de travailler avec elle a été la réalisation d'un rêve.

Alison Fairbrother, May-Zhee Lim et Delia Taylor de Penguin Random House m'ont toutes les trois soutenue en travaillant d'arrache-pied. Merci également à Maureen Sugden, Andrea Monagle, Lucia Raatma et Anna Jardine. Je suis plus que ravie d'être membre de l'incroyable famille de chez Riverhead. Merci de m'avoir accueillie à bras ouverts. Un grand merci également à Linda Kaplan, à toute l'équipe de DeFiore and Company et à Sonatine Éditions.

J'ai souvent travaillé le matin à la bibliothèque municipale de Franklin, et j'ai une dette envers son personnel formidable. La série d'anthologie Foxfire et le livre *Salvation on Sand Mountain*, de Dennis Covington, ont joué un rôle essentiel dans le début de l'écriture, et mes amis de la distillerie Black Draft ont répondu patiemment à toutes mes questions, mon bébé dans les bras. Leur *moonshine* est le meilleur que j'aie goûté, et une visite de leurs locaux est la garantie d'un après-midi joyeux.

Cette histoire ne serait jamais devenue un livre sans l'affection et le soutien de mon incroyable communauté. Paula Beisser et Haile Bell se sont occupées de mes enfants avec amour pour que je puisse travailler. Elles sont toutes deux des membres adorés de notre famille. Je suis aussi reconnaissante envers les écrivaines formidables que j'ai la chance de compter parmi mes proches : Samantha K. Smith me connaît mieux que je ne me connais moi-même, Jessie Male sait toujours me faire rire, et Krystal Sital illumine tout autour d'elle. Il n'y a pas meilleur convive pour un déjeuner qu'Anica Mrose Rissi, une source de sagesse et un esprit généreux.

Hannah, Kathy et Amanda sont trois fidèles amies de chez moi, sans lesquelles je ne pourrais vivre. Merci pour le modèle d'amour, de pardon et le sens de l'humour qu'elles me procurent continuellement. Feue ma conseillère et amie Louise DeSalvo a laissé partout son cœur et ses empreintes digitales sur les pages de ce livre et de ma vie. Merci à sa famille pour m'avoir adoptée comme elle l'avait fait.

Mes parents ont discuté avec moi les moindres détails de cette histoire, des marques de cigarettes aux toilettes d'extérieur. Merci d'avoir toujours cru en moi. Et au reste de ma famille, les Burns, les Allan, les Kanthadill, et les Maman – merci pour votre indéfectible soutien et pour m'avoir rappelé sans cesse d'où nous venons.

Mon mari, Mat, et nos enfants, Samy et Sana, m'ont merveilleusement tenu compagnie tandis que j'écrivais ce livre. Je suis heureuse d'avoir la chance de partager ma vie avec vous trois.

MIXTE
Papier issu de sources responsables
FSC® C003309

L'éditeur de cet ouvrage s'engage dans une démarche de certification FSC® qui contribue à la préservation des forêts pour les générations futures.

Pour en savoir plus :
www.editis.com/engagement-rse/

10/18 – 92 avenue de France, 75013 PARIS

Imprimé en France par CPI

N° d'impression : 2064874
X07947/03